本书为国家社科基金重大项目
"中国新诗传播接受文献集成、研究及数据库建设（1917–1949）"（16ZDA186）的
阶段性成果

本书受到武汉大学文学院"双一流"学科建设经费资助

中国新诗传播接受文献研究丛书

主　编　方长安

中国新诗传播接受与经典化研究

THE SPREAD, ACCEPTANCE
AND CLASSICAL HISTORY OF NEW POETRY

方长安　著

社会科学文献出版社
SOCIAL SCIENCES ACADEMIC PRESS (CHINA)

"中国新诗传播接受文献研究丛书"总序

方长安

    一百年来，关于新诗发生、个体诗人风格、创作思潮、新诗流派、中外诗歌关系、诗学理论等方面的研究，成就卓著；但是，关于新诗传播接受现象与问题的探索，则成果很少。其实，新诗的传播接受与新诗创作几乎是同时发生并同步发展的，最早的新诗刊发在《新青年》《新潮》《晨报副刊》等报刊上，接受读者的阅读批评；《创造周刊》《新月》《现代》《七月》《诗创造》《中国新诗》《诗刊》《文艺报》《人民日报》等刊发了大量的新诗广告、通讯、读者来信、新诗批评等，传播新诗理念，参与新诗发展建构；1920 年代初，新诗作品就结集出版，诸如《尝试集》《女神》《新诗集》《新诗年选（1919 年）》等，向大众展示新诗成就，引导他们阅读新诗，培育新诗读者，激励更多的人参与新诗创作；1920 年代中期开始，出版了大量的文学史著作，诸如《国语文学史》《白话文学史》《中国新文学的源流》《中国新文学史稿》《中国现代文学三十年》等，在中国文学史、中国新文学史框架里叙述、定位新诗，赋予新诗历史合法性，为新诗的继续发展提供历史依据。

    但是，长期以来，学者们的新诗传播接受研究意识不强，传播接受文献搜集整理与出版滞后，新诗研究基本上局限于创作领域，少有从读者传播接受维度论说新诗创作的。关于新诗情感空间、审美形式生成的研究，几乎未考虑读者阅读反馈所起的作用；对新诗创作发展史的研究，未能考虑读者传播接受所起的推动或者阻碍作用；报刊等媒介如何作用于新诗的历史进程，报刊特点如何作用于新诗审美品格的生成，大众传媒与诗人抒情风格形成的关系等，几乎都未能在新诗历史叙述、规律总结中体现出来。

本丛书对中国新诗传播接受现象进行了系统而深入的研究，特色鲜明。首先，本丛书以中国新诗传播接受文献为研究对象，重视原始材料的系统性发掘与科学运用。何为中国新诗传播接受文献？简言之，一百年来以新诗为"言说"对象的具有传播接受属性的文献，就是我们所谓的中国新诗传播接受文献，"传播接受"是文献的基本属性。这里的"传播接受"是并列关系，包含"传播"和"接受"两重语义，就是说只有进入传播通道并经过主体接受的关于中国新诗的文献，才是我们所谓的中国新诗传播接受文献。例如，胡适的《尝试集》1920 年正式出版，之后不断再版，不断被人批评，这表明它一直被读者阅读传播与接受，属于我们所谓的新诗传播接受文献。百年来的新诗通讯、新诗广告、新诗动态、新诗创作谈、读者来信、新诗批评、新诗论文、新诗别集、新诗总集、新诗序跋、文学史著作中的新诗章节、新诗研究论著、新诗教材等，都属于中国新诗传播接受文献。本丛书属于国家社科基金重大项目"中国新诗传播接受文献集成、研究及数据库建设（1917－1949）"的主要成果，所以特别重视文献资料的发掘、整理，努力使研究建立在系统的原始文献基础上，尽可能地做到以史实说话，以统计数据说话，理论概括、总结建立在数据基础之上，以此质疑既有的某些公论，提出了一些新的观点，一定程度上深化了对新诗历史的认识。

其次，本丛书研究新诗的传播接受现象，力求从不同层面梳理、考订新诗传播接受历史，揭示新诗传播接受规律，阐述新诗传播接受史内在的话语特征；但是具体研究中始终关注新诗创作发展问题，关注新诗内部情感发生问题，关注新诗审美形式生成问题。即是说，新诗传播接受研究与新诗创作研究构成平行关系，它们是新诗研究两大并列体系，从各自不同的维度推进了对百年新诗历史的认识；但同时，新诗传播接受研究又与新诗创作研究之间构成交流对话关系，从读者传播接受维度思考新诗创作发展问题，传播接受研究与新诗创作研究二者相互融通，外部研究与内部研究之间你中有我、我中有你，互动生成。这是对历史的尊重，不仅拓展了新诗研究空间，而且完善了新诗研究体系。

再次，本丛书先期出版的著作属于"中国新诗传播接受文献集成、研究及数据库建设"的前期成果，因为项目工程量大，任务繁重，研究战线拉得比较长，所以丛书采取成熟一本，出版一本的方式，整套丛书10余本，出版时间前后相距约5年。丛书作者均是博士学位获得者，其中绝大多数著作是在博士学位论文或博士后出站报告基础上修改而成，都有自己思考的问题域、研究主旨以及相应的研究思路和研究方法。即是说，每部著作的基本研究方法是以史实材料为依据，在史实的基础上进行理论概括，追求史论结合的效果；但在遵循总的研究思路、方法的前提下，每一本又自成体系，均有自己的问题意识和研究目的，形成了各自的特色和风格。有的以史料整理为重，资料性是第一位的，例如《中国新诗传播接受文献目录索引（上、下）》；有的偏于史论，例如《中国新诗传播接受与经典化研究》《现代时期出版的文学史著作中的"新诗"叙述研究》《1949~1956年出版的新文学史著作之"新诗"叙述研究》；有的偏于诗学建构研究，例如《胡适、胡怀琛诗学比较研究》《现代读者批评与"颓废"诗学建构》等。它们同中有异，各有特色，不同的声音之间形成一种良好的学术对话关系。

中国新诗传播接受是百年新诗史上一个重要现象，但迄今为止，学界关注不够，研究成果少，期待这套丛书的出版，一定程度地改变目前这种研究状况，从传播接受维度推进对百年新诗的认识，提升新诗研究的整体水平。

2018年11月15日

目 录

导　论　…………………………………………………………… 1

　一　文化生态与新诗发生机制　………………………………… 1

　二　中国新诗释义　……………………………………………… 10

　三　何谓新诗经典化　…………………………………………… 24

第一章　传播接受与经典化研究文献　……………………… 34

　第一节　基础与问题　…………………………………………… 35

　第二节　类型与特征　…………………………………………… 38

　第三节　思路与方法　…………………………………………… 44

第二章　新诗经典化途径　…………………………………… 47

　第一节　文本敞开　……………………………………………… 47

　第二节　诗作留存　……………………………………………… 53

　第三节　新诗历史化　…………………………………………… 59

　第四节　途径与经典化　………………………………………… 66

第三章　跨语际传播塑造功能　……………………………… 75

　第一节　跨语际诗歌翻译与中国诗歌形变　…………………… 75

　第二节　"十七年"英文版《中国文学》诗歌选译论　………… 81

第四章　选本与新诗经典化　………………………………… 93

　第一节　新诗倡导与内在矛盾　………………………………… 93

　第二节　历史重构与经典化功能　……………………………… 110

第五章　世纪焦虑与"新诗经典选本"现象 ················· 132

　第一节　世纪情结与新诗定位 ······················· 133

　第二节　选本特征与百年"经典"遴选 ··············· 136

　第三节　价值与反思 ······························· 142

第六章　文学史著作与新诗经典化 ····················· 150

　第一节　现代"无韵诗"入史考论 ··················· 150

　第二节　1980 年代现代文学史重写与新诗经典化 ······· 176

结语　中国新诗评估的第三范式 ······················· 193

主要参考文献 ······································· 216

后　记 ··· 228

导　论

新诗是通过现代传媒面世的，现代传媒使它迅速进入读者视野，接受阅读与汰选。一些诗人诗作受到更多读者的关注与言说，进入新的传播通道，受到更多读者的阅读与批评；但更多的诗人诗作则无法升级新的传播通道，其读者阅读空间被闭合，遭遇寂灭的命运。这一特点意味着新诗面世不久，即已开始了经典化之旅。进入经典化之旅的文本，其实也只有极少数者可能成为传世经典，绝大多数作品无法成为经典。本书研究的是中国新诗传播接受与经典化关系，或者说从传播接受史维度考察新诗的经典化问题，其特点是将经典化理论命题转换成历史过程问题。在开始研究之前，必须厘清何为新诗、何为经典化的问题。

一　文化生态与新诗发生机制

中国是一个诗歌传统深厚的国家，诗与中国人价值理念培育、审美趣味形成等有着密切的关系，诗通过"诗教"参与了价值体系、文化形态、社会秩序的建构，或者说它本身就是社会文化结构的体现。清末民初，中国诗歌开始由文言格律诗向白话自由诗转型，这个转型严格意义上讲，不只是诗歌本身的问题，也不只是文人自身的问题，而是中国文化转型发展的必然环节，是包括经济结构、政治统治、社会风尚、文化趣味等在内的广义的文化演变的重要构成部分。在这个意义上，新诗发生的生态不仅是文学生态，而且是系统的文化生态，文化生态的改变催生了白话自由诗。

（一）

新诗的发生，不仅是中国诗歌发展内在逻辑演变的结果，更是复杂的社会文化结构使然，是一个系统的生态问题。自然界生态环境由地下土壤和地上大气环境、生物链等组成，它们共同决定了世界上各类生命的发生与繁衍，决定了生命的种类、特点与构成系统。从人类生物发展历史看，土壤、大气的变化，地理面貌、内在结构的改变，导致了生命的种类构成与演变史。二者之间形成一种动态的因果关系。如此类推，文化生态环境则由潜在和显在两大部分构成，潜在部分指的是已经发生的历史内容、文化传统甚至种族记忆等，它是深层的文化传统密码，即文化生态系统的基石；显在部分则包括进行时态的社会思潮、政治运动、文化风尚、经济民生现状及社会心理诸方面，属于文化生态系统的主体部分。显在和隐在两部分之间不是简单地相加，而是既各自独立又相互对话、影响，相互改变着对方的存在形式，相互赋予对方以新的结构性功能、存在价值与意义，或者说相互照亮。任何新质文化的孕育、萌芽与生长均受制于这二者所构成的复杂的文化生态系统。

文化生态是一个完整、复杂的活态系统，"活态"是一个突出特征，当它的固有结构没有发生本质变化时，其生物链一般不会发生大的改变，但如果某些部分或结构的组织发生变异，则会出现生物种类的改变，或者影响物种的发育、生长，或疯长，或衰微，或畸变。中国新诗作为一种不同于旧诗的新生的文化形态，是一个文化变种，虽然本质上还是诗，还是与人的精神、情感及其表达相对应的艺术形态，但言说表达的载体、形式结构发生了根本性改变，所以其所承载或者说生产出的"诗"与旧诗所表达、生产的"诗"在内涵上有着很大的不同。这种新型的诗歌形态的出现，一定是与文化生态的改变相关，是新的文化生态系统催生了新诗。那么，新诗到底发生于怎样的文化生态环境呢？它同文化生态的关系究竟如何？二者关系对于新诗的历史发展影响又是怎样的？这当然是牵涉很多维度的极为丰富、复杂的问题，且正是这种复杂性赋予了新诗以矛盾张力与生命力。

新诗发生于西方对中国的军事、经济的侵略之后，即西方文化的强行侵入震荡、动摇、改变了中国文化固有的生态结构之后，也就是中国文化生态与西方文化生态整体相比处于弱势、言说无力的情势下，或者说发生在中国文化在世界文化生态谱系中失去了原有序位的历史时期。这对于那时的中国人而言，几乎是一个无法想象、难以接受的历史事实。此前，中国在世界格局中处于强势位置，当然那是在没有交往的封闭状态下的所谓强势，或者说是一种自我想象，这种想象就是自以为地球的中心，天下的中心，是承"天命"，是天下文化的缔造者，这是一种致命的文化心理。那时的中国文化生态处于封闭状态，生长机制基本上来自内部的自我运作，自生自产，自食其力，稳固而保守；鸦片战争后，中国这种旧的文化生态在与西方文化生态比较中显得相当衰微无力，失去了内部发动机制，或者说原有的动力机制在面对新的世界格局时失去了固有的力度，难以运作。这表明新诗发生于中国文化生态处于病态的历史情势里。这种历史情势是长期积弱的结果，是变动发展的，未形成相对稳固的结构形态，这决定了它所催生的新诗因此缺乏生长的根基，只能处于悬动之中，营养不足是先天特征。新诗随着病态的文化生态而生，未定型的新生文化生态赋予了新诗变动不居的特征，并带有原生性的病态，二者在某种意义上形成一种互动关系，新的生态决定了新诗的发生，新诗又参与修复病态的生态，在修复中改善自己的处境，使自己不断成长、走向健康。

众所周知，中国传统文化生态系统中，诗歌处于中心位置，诗是中国文化重要的构成部分，诗与国运、与边疆形势、与民生状况紧密联系在一起，成为政治、经济、民生生态中的精神部分、情感部分。或者说，以农耕文明、半开放型大河文化等为基本特点的生态孕育出中国传统诗歌。"五四"前后胡适等人对具有悠久历史、辉煌成就的诗歌进行革命，是缘于对世界文化大势的了解，缘于对中国在世界格局中位置的清醒认识，缘于对中国命运的分析，所以诗歌革命主要目的是修复、改善、培育中国文化生态，是使处于劣势的中国文化生态重新获得旺盛的生命力。在他们那里，诗歌本身不是根本目的，诗意不是诗创作的直接目的，这是新诗发生时的一个重要特征，一个在认识新诗历史时不能忘记的源头性特征。这一特征赋予新诗生来就具有崇高性和外在的文化责任感，诗人们既写诗，也写社会性小品文，一只眼盯着诗坛，一只眼瞭望社会，他们是社会观察者、文化启蒙者，诗创作与社会变革、文化启蒙联系在一起，诗承载着过重的历史使命，可以毫不夸张地说，新诗的诸多得失问题均与此密切相关。

（二）

诗歌革命的目的不在诗歌本身，不在诗性本身，而在整体的文化生态上，那么它是如何救治衰微的文化生态呢？这是一个对于新诗人而言沉重的话题，或者说是压在新诗头上的一个让它几乎喘不过气来的问题。当然，传统诗人也有家国使命感，诗要有兴、观、群、怨的功能，诗也与民生联系在一起，厚人伦、美教化，与维系社会联系在一起，但他们还是有相当大的遣兴抒怀的空间，还有一定的距离让自己表达"怨"；但现代新诗发生的动力本身就是救治民族文化生态系统，这个目的太直接、太急切、太仓促，目的过于清晰、强烈，几乎未给诗人们留下观察、表达自己的诗性空间，自我表达一定要与外在目的联系在一起，或者说缘于外在需要的刺激，这也就是有些诗人只要稍微游离于社会总体目的就会遭到他人指责的原因，而且随着历史演进，这一特点越来越强烈，徐志摩曾经无助地自我辩解说："你们不能更多地责备。我觉得我已是满头的血水，能不低头已算是好的。你们也不用提醒我这是什么日子；不用告诉我这遍地的灾荒，与现有的以及在隐伏中的更大的变乱，不用向我说正今天就有千万人在大水里和身子浸着，或是有千千万人在极度的饥饿中叫救命；也不用劝告我说几行有韵或无韵的诗句是救不活半条人命的；更不用指点我说我的思想是落伍或是我的韵脚是根据不合时宜的意识形态的……这些，还有别的很多，我知道，我全知道；你们一说到只是叫我难受又难受。我再没有别的话说，我只要你们记得有一种天教歌唱的鸟不到呕血不住口，它的歌里有它独自知道的别一个世界的愉快，也有它独自知道的悲哀与伤痛的鲜明。"①"五四"文学、"五四"新诗被称为个性解放的文学、个性解放的诗歌，但在根本上又不接受个人游离于社会主潮，不习惯个我性的哀怨

---

① 徐志摩：《〈猛虎集〉序文》，《徐志摩散文选集》，百花文艺出版社，1989，第 222 页。

与表达，这是一种看不见的文化、文学悖论。正是在这个意义上，我们看到了徐志摩与外在社会话语的冲突，但他的辩解是不是也可以理解成徐志摩自己内心中两个自我之间的纠结。他生性热爱自由，"个我"意识突出，但作为现代诗人，他同样感受到了"社会"的存在，他同样有一种社会情怀，于是二者在其意识深处也会发生某种冲突。

当时中西文化对话、对抗的结果，加之当事人的留学经历、西方知识背景等，特别是席卷大地的社会文化思潮，也就是笔者前面所说的显在的文化生态，决定了诗人们在价值取向上认同西方文化，认为中国落后的原因在传统文化本身，所以希望借助于外力革除中国传统文化的惰性，这样，新诗发生时与传统文化生态之间形成了一种革命性关系，而非一般意义上的文化改良。中国历史上的诗歌革新，也有影响的焦虑，也有反叛，但基本上没有明确而彻底地反传统。新诗发生时期，新诗人的具体做法是，在文化思想层面以西方自由、民主、平等、科学等观念替代中国传统的儒道文化，用现代进化论等思想刷新国人传统的儒释道心理；在诗歌体式层面，废除文言格律诗，倡导并实验白话自由诗。这是一种旨在救治民族文化生态的革命，而不是一般意义的革新，几乎是一种釜底抽薪。

那如何创作白话自由诗？如何使诗歌在艺术上延续历史上的辉煌？如何营造"诗意"？于是，新诗创作的资源问题凸显了。初期的倡导者、实验者尽管也意识到了中国文学中某些边缘小传统的价值，如民间歌谣，并作了一些实验，如刘半农、刘大白、周作人等的某些诗歌行为与探索实践；但当时的主导倾向是向外国诗歌学习，这是一种不约而同的共识，或者说是如火如荼地向外学习的社会文化思潮所构成的显性文化生态所决定的历史趋势。那时新诗的弄潮儿，都有传统文化、传统诗歌的背景，但明确的资源取向则是域外，是他者，希望由他者获得一种自我更新、救治的力量与方案。例如：胡适、闻一多对西方意象主义的认同，对意象主义诗歌写作原则的崇尚与实验；郭沫若对惠特曼浪漫豪放诗歌艺术的借鉴；李金发对法国象征主义的传播与理解，诗歌创作中的法国象征主义元素等，无不是希望以外力来发展自己，创作出新的诗歌。而向外国诗歌学习在他们那里往往又与反传统合二为一，即以异域诗质颠覆中国传统文言格律诗，颠覆中国传统的诗歌创作经验。就是说，从总体趋势看，新诗破土而出是以反根深蒂固的传统文化为基本取向。

这是一个值得深思的现象与问题。新诗以异域文化为养分，自觉与母语诗歌传统拉开距离，甚至以背叛母语诗歌写作经验为前提，这对于具体的诗歌创作，从某种意义上说，是一种自设陷阱，是自己给自己挖一个坑，是一种虚化历史的表现。这是需要勇气与胆识的。勇气有了，胆识够不够则是一个值得怀疑的问题。同为东亚文化圈的日本，明治维新后向西方学习，他们是没有负担地学习、借鉴，但他们并没有反自己的文学传统，没有觉得传统是一种包袱，而是将之看成一种保持自我身份的支撑力。中国新诗发生初期，在焦虑中不约而同地反传统，相当程度上使新诗成为无源之水、无本之木，使千年来未有的空前的诗歌革命失去了固有根基。这好似一边无序地乱伐自然，破坏原有的生态土壤，一边又忙着栽种、培植，试问在被破坏的自然生态下单靠外在养分能培植出多少茁壮的生命呢？以破坏而不是改良土壤为前提进行耕种，无论种子多么优良，无论多么勤劳，甚至无论多么风调雨顺，也难有好的收成。新诗发生期优秀作品不多与乱伐固有的文化生态、诗歌生态是有关系的。

新诗发生的重要动力机制，是改变衰微的民族文化生态，这是一个复杂的系统工程，从新诗参与当时文化启蒙、新文化建设角度看，这一诉求或者说目的，在一定程度上得到了实现。在当时整个新旧文化转型、变革过程中，以胡适、郭沫若等为代表创作的新诗确实一直是急先锋，是非常重要的一股力量，尤其是因为诗歌一直是中国文化中的核心成分，所以旧诗向新诗的转变，新诗对旧诗的置换，对于中国文化的新旧转型的影响力、作用力是其他力量所无法比拟的。在政治、经济、文化等现代观念的传播、人的现代意识的启蒙过程中，在人的现代审美意识的培育过程中，《威权》《凤凰涅槃》《天狗》《教我如何不想她》《弃妇》等新诗所起的作用确实很大。但是，如上所言，新诗对民族传统的反叛，对固有的诗歌生态系统的破坏，又是毋庸置疑的事实，这种破坏在相当程度上是不利于新的生态的培植与建设的。破除民族传统以建构新的生态秩序，在"破"中"立"从那时起就成为中国现代文化建设的一个重要特点，或者说变为一种新的文化生产传统，但今天看来这一新的传统值得反思，可以在"破"中创造，但在这种模式之外是不是还有更合理的路径呢？尤其是对于诗歌创作而言，"破"中"立"肯定不是最好的方式，笔者以为在传承中创造也许是诗歌生态修复、建设的更理想的思路与方法。

（三）

站在民族文化传统、诗学传统立场，早期新诗从生态学层面看，一定程度上犹如无源之水、无本之木，那发生期为什么还是有少数好的作品呢？例如周作人的《小河》、沈尹默的《月夜》、刘半农的《教我如何不想她》等就是优秀的作品。这是为什么呢？从文化生态学上应该怎么理解？其实，上述所言的革命性关系只是问题的一个方面，而文化生态问题是人的问题，与人的精神结构、情感形式等缠绕在一起，人有多复杂，文化生态结构及其功能就有多复杂，所以文化生态学反对无视生命复杂性的顾此失彼，反对单向的简单思维。就是说发生期诗歌创作具体生态不只是单面关系所能概括的，且诗歌创作是人的主体活动，是人的个我力量的释放，所以在关注主流现象时一定要注意问题的矛盾性、复杂性，在这里我们最起码要注意下述情况。

一是上述文化生态被破坏是就内在文化生态而言的，这只是文化生态构成的一个方面；外在文化生态则存在利于新诗写作的力量。当时外在社会思潮、文化运动、时代政治主题等相当复杂，千年未有之大变局，属于历史上的大时代，苦难与机遇并存，新诗倡导者、实验者都是那个时代的参与者、弄潮儿，他们个人的郁积与民族、国家的命运联系在一起，焦虑、希望、无望、绝望与反抗同在，折磨着他们，使他们对世界、民族、自我有了一种空前的感受与理解，他们的心灵之苦是古代诗人无法想象的。亡国灭种之感与文化转型纠结在一起，这使他们的文化认知、生命体验空前的深刻，"个我"与民族、国家"大我"融为一体，这使他们的写作冲动是一种文化层面上的、生命层面上的，创作成为个体生命的文化苦旅。同时，当时的社会文化思潮给予他们一种自由的感觉，一种无拘无束表达的自由，一种尽情试验探索的自由，于是所写出的作品，多有一种自由精神与意蕴。虽然如何写的问题没有解决好，没有理想的写作范本，但刻骨铭心的生命体验与自由场域的结合，正是诗歌创作所需要的，在这样的情势下创作出一些具有感染力的诗歌是情理中的事。他们的一些诗歌回荡着生命的激情，一种大时代特有的博大胸怀赋予其新诗撼人的情愫，如郭沫若的《凤凰涅槃》《天狗》《晨安》等。

二是他们虽然自觉反传统，背离千百年来汉语诗歌艺术创作经验，但20世纪初的中国只是处于传统向现代转型过程中，传统像一个汪洋大海，诗人们犹如驾驶着一叶扁舟驶离大海，其实很难。早期那批诗人成长于中国传统文化土壤，他们血管里流淌着传统的血液，或者说他们大多是浸润在传统中高喊反传统，甚至是以传统的方式反传统，所以很难真正地反掉生命中根深蒂固的民族诗歌传统。他们尝试着以白话写作自由体新诗，自觉逃离文言格律诗的表达方式，逃离旧诗诗意经营的模式，但在意象的运用、组合上，在意境的创制上，在韵律节奏的运用上，常常自觉或不自觉地回到了传统，胡适、鲁迅、周作人、沈尹默、俞平伯、刘半农、刘大白、康白情等早期的不少作品，就有中国旧诗的韵味。胡适曾说："新体诗中也有用旧体诗词的音节方法来做的。最有功效的例子是沈尹默君的'三弦'"，"这首诗从见解意境上和音节上看来，都可算是新诗中一首最完全的诗"。①沈尹默《月夜》的意象、氛围同样也是传统的，但又蕴含着一种现代人个性独立解放的思想。中国旧诗存在表达程式化、固化的问题，存在文字游戏的缺陷，但它在抒情遣性、意境经营上也有自己成功的经验，尤其是在表达读书人个人哀怨上的优势特别突出，这些被早期诗人不自觉地传承下来了，所以发生期还是有一些优秀的诗作，它们可以说是诗人们在反传统中写作又不经意间被传统照亮的作品。

三是新诗发生期许多诗人是置身于海外倡导、试验新诗，是在异域也就是在别的文化生态环境下思考、创作中国新诗，这是一个必须重新重点思考的现象。在本土思考、写作与置身于非中国文化生态中的思考、创作，绝对是两码事，这里面的跨文化冲突、心理冲突具有独特的魅力，既有的新诗研究对此关注不够，或者说大多把问题简单化了。在异文化生态下思考中国文化改造问题，在异文化生态中反传统、写作汉语新诗，那不是简单地受某种思潮影响所能表述清楚的。那是一种跨文化、跨文学的生

---

① 胡适：《谈新诗》，《中国新文学大系·建设理论集》，上海良友图书印刷公司，1935，第 303 页。

命感受与体验，是一种张扬主体自我意识又撕裂主体固有经验的情景。胡适在美国审视中国旧文化、旧诗歌，受意象主义冲击的同时倡导、试验新诗；郭沫若在日本阅读西方诗歌，隔海观察中国新诗坛，创作汉语新诗；李金发在法国认知象征主义，写作新诗，这些都不是简单地受某种外国文化、文学思潮影响，而是系统的文化生态问题。在异域写汉语诗歌，而且是新诗，而且承担着文化救助的使命，那是怎样一种复杂动人的情景！诗人在中国文化生态环境中成长而在他乡思考故土文化问题，进行创造性生产，不同文化生态之间如何拒绝、跨越、融合等种种情景非语言所能简单而清晰地表述清楚。我们曾经将问题描述、揭示得非常清晰，非常富有逻辑性，也许问题就出在这里，过于清晰，过于符合逻辑，因为受谁的影响所以具有什么特点，这种认知思路其实是无视跨文化生态创作的复杂性。对诗歌写作而言，创作主体跨文化生存、体验，跨文化观察、思考与表达，跨文化诗意体认，应该说是一种有利因素，或者说构成新诗内在的矛盾张力发生的重要机制。这种生态环境置换现象，是重新认识早期新诗得失时必须重新研究的问题。曾有人说新诗是汉语写作的西方诗歌，是西方诗歌的延伸，其实不能这样认为，如果注意到中国人在异文化生态下写作，注意到这个过程中主体内在的中国文化的作用，注意到主体创作时的文化关怀与目的诉求，就不会简单地称新诗是外国诗歌的延伸，或者可以说新诗是世界不同文化撞击、较量情势下以民族文化建构为诉求的跨文化生态写作的结果，它不是外来物种，是中国现代化早期的一种特有的诗歌。

　　新诗旨在改善、创造新的民族文化生态，这种独特的发生机制，使得中国新诗的问题，一开始就不是纯粹的诗歌修辞问题，不是简单的诗人自我情感表达问题，而是与整个民族文化神经、与民族历史命运联系在一起，所以那些理解了这一特点且将自己的写作拉入这一问题框架的诗人往往更能被读者接受，反之，就容易受到质疑与诟病。从诗歌艺术而言，这一发生机制既成就了中国新诗，使它在起源上就有一种文化胸襟与大情怀，许多诗人、诗歌作品有一种文化的大格局。但是，新诗的问题往往也与之相关，不以诗歌艺术本身为目的，严格意义上，就是一种本末倒置现象，导致不少诗人不去思考诗之为诗的独特性，不去思考新诗的诗性问题，在不知道何为诗的情势下写诗，其实所写的往往不是诗，这是新诗诗意、诗味不足的发生学缘由。以诗歌修复病态的文化生态，使诗承担了过重的文化历史使命，而病态的文化生态又不可避免地渗透到发生不久的新诗的机体里，影响了新诗自身的健康生长。

二 中国新诗释义

这里要论证的不是何为百年新诗的元问题，而是辩释百年新诗元问题的含义。自胡适等倡导新诗以来，什么是新诗这一问题就成为现代诗学探讨的核心问题，百年来围绕这一问题发表了无以计数的论说文章，被人们时常提起的有代表性的就有百余篇，诸如胡适的《谈新诗——八年来一件大事》、俞平伯的《社会上对于新诗的各种心理观》、宗白华的《新诗略谈》、康白情的《新诗底我见》、梁实秋的《新诗的格调及其他》、臧克家的《论新诗》、叶公超的《论新诗》、冯文炳的《新诗应该是自由诗》、袁可嘉的《新诗戏剧化》、公刘的《关于新诗的一些基本观点》、余光中的《新诗与传统》、郑敏的《我们的新诗遇到了什么问题?》等。[①] "新诗"是一个世界性现象，美国20世纪初出现了"新诗"运动，日本明治维新后出现了"新诗"，欧洲文艺复兴开始尤其是二战以后"新诗"成为重要的文学现象，20世纪初期中国的"新诗"运动是世界"新诗"大潮的组成部分。上述胡适、宗白华等人所论"新诗"，其全称应该是"中国新诗"。百年来也有很多诗人、研究者谈论"新诗"时没有省略"中国"二字，用的是全称"中国新诗"。例如金克木的《中国新诗的新途径》[②]、艾青的《中国新诗六十年》[③]、王光明的《中国新诗的本体反思》[④] 等，具有一种世界诗歌视野；1848年，曹辛之、唐湜、陈敬容、辛笛等创办《中国新诗》月刊，显示出一种自觉的"中国新诗"意识；钱理群等著

---

① 这些新诗文论均收入谢冕、吴思敬主编的《中国新诗总系·理论卷》，人民文学出版社，2009。
② 金克木（柯可）:《中国新诗的新途径》，《新诗》1937年第4期。
③ 艾青:《中国新诗六十年》，《文艺研究》1980年第5期。
④ 王光明:《中国新诗的本体反思》，《中国社会科学》1998年第4期。

《中国现代文学三十年》，明确将 1940 年代后期出现的穆旦、郑敏、杜运燮、袁可嘉、王佐良、唐湜、陈敬容等称为"中国新诗派"[①]，这既是历史事实的反映，同时在世界新诗史上彰显了中国身份与贡献；龙泉明、陆耀东的新诗史研究著作分别为《中国新诗流变论》[②]《中国新诗史》[③]，在"新诗"前加上"中国"，以与他国"新诗"相区别，同时突出了"中国新诗"的世界性。所以，"中国新诗"是中国百年来新诗的元概念、元问题。

　　新诗诞生百年之际，之所以会重提这一元问题，是因为百年新诗演变史、历史成就与诸多具体问题以及未来发展等，都与对这一元问题的理解有关，一个人心中的"中国新诗"观念或者说形象决定了其新诗想象、创作追求与风格。"何为中国新诗"，听起来是一个本质主义问题，但笔者要申明的是，笔者只是期待通过辨析、认知与观看"中国新诗"，尽可能敞开其内在秘密，并不是试图去定义"中国新诗"。任何定义都是危险的，但不去定义并不意味着无须追问它是什么；如果只是智慧性地追问并回答"中国新诗"不是什么，自然不会陷自己于某种言说的可能性陷阱，但那样则只可能在"中国新诗"外围言说，不可能走近更不用说走进"中国新诗"。

　　事实上，现在许多人心中，"中国新诗"是一个不言自明的概念，无论是专家学者还是一般大众都在不假思索地使用它，很少有人去思考何为新诗、何为中国新诗这类根本性问题。大家谈论"中国新诗"时，多是以对这个概念的印象式理解为基础，以一种表层认知为依据。提到"中国新诗"联想到的往往是具体诗人诗作，诸如郭沫若的《女神》、戴望舒的《雨巷》、徐志摩的《再别康桥》、闻一多的《死水》，联想到舒婷的《致橡树》、海子的《面朝大海，春暖花开》，甚至不少人还会想到梨花体、羊羔体，等等。显然，对"中国新诗"这种认知是以新诗史上的诗人、诗作为依据的，是一种模糊性的感知印象。这种模糊性对于欣赏新诗作品没有什么问题，甚至还可能为读者打开一个更为开阔的新诗视域，更

---

① 钱理群等：《中国现代文学三十年》，北京大学出版社，1998，第 579 页。
② 龙泉明：《中国新诗流变论》，人民文学出版社，1999。
③ 陆耀东：《中国新诗史》（3 卷），长江文艺出版社，2005，2009，2015。

为多义的诗歌空间；但是，这种模糊性认知因并非以科学理性为前提，以至新诗创作史上出现了大量写作者自以为是但事实上并不具有新诗属性的作品，使一些文学史著、新诗史论著大谈特谈那些不属于新诗范畴的作品。新诗百年了，新诗创作和研究还在进行，重释"何为中国新诗"这一元问题，有助于推进对百年新诗史上诸多具体问题的认识与判断。

（一）

"中国新诗"发生、发展于特定的时空场域，它既是时间向度上的存在者，是特定时间域的产物，烙上了时代印迹，同时又赋予自己所处的时代以特殊标记，使所属时代获得了不同于其他历史时期的诗意；但同时它又是空间的存在者，无法逾越特定的空间，既呈现所处空间里的人、事与话语，又使所属空间充满自己的符号、韵律与声音，充满自己的情感、想象与思想，成为人类文化史上的特别空间，一种诗化的空间。

具体言之，"中国新诗"作为历史上发生的新型诗歌形态，它有自己的起点和终点，构成其生存的时间向度。起点在何处？对于一般事物而言，也许比较容易判断，但作为一种历史文化事件，其发生究竟在何时，与对其本质的认识、定位相关，于是就没有那么容易判断，以至于对中国新诗的发生起点至今有多种观点：一是将新诗的发生视为新文化运动的组成部分，视新诗为具有新文化特质的诗歌，将其起点定位为 1917 年初，这是目前学术界的普遍看法；二是以 1919 年为起点，将新诗纳入新民主主义历史叙述框架里论述，1950 年代至 1970 年代的文学史著作基本上以此构筑新诗历史；三是以晚清"诗界革命"为起点，从维新维度判定新诗发生历史，"欧洲意境"是那时新诗的一个标志①，1920 年代至 1930 年代出版的某些文学史著作持这种看法②；还有人将新诗起点追溯到鸦片战争。任何新生事物的发生都有一个过程，就是所谓的从量变到质变的过程，而量与质如何界定则与对该新生事物性质的认识分不开，就是说新诗

---

① 方长安：《新诗传播与构建》，中国社会科学出版社，2012，第 13～16 页。
② 例如陈子展的《中国近代文学之变迁》（上海中华书局，1929）、谭正璧的《中国文学进化史》（光明书局，1929）、张长弓的《中国文学史新编》（开明书局，1935）等，均将现代新诗起源追索到近代的诗界革命。

的起点问题与新诗质的规定性联系在一起，而何为新诗质的规定性则取决于对新诗的界定与想象，取决于新诗的历史实践及其创作成果，所以不同的起点之说是由不同的诗歌观念尤其是新诗观念所决定的，在这个意义上，各种建立在事实基础上的起点之说，都有属于自己的言说逻辑与合理性。笔者认为，"中国新诗"最基本的特性是白话自由体，这是它与旧诗的最显在也是最根本的区别，结合发生期的相关史料和诗作特征，"中国新诗"的起点定在 1917 年初更为合适一些①。

那么，"中国新诗"的下限在哪里呢？这似乎不是一个问题，因为大家都会不假思索地认为白话新诗还在延续，属于正在进行时态，下限就是当下。然而，我想追问的是新文化运动中所发生的新诗真的还在延续吗？今天一些作者所创作的白话新诗还是早期倡导者所想象、所预期的新诗吗？这同样牵涉对新诗本质的认识。如果说世纪初发生的新诗之历史已经终结，那是什么意义上的终结？结束点在何处？应该如何理解这一问题？如果说新诗历史还在延续，属于正在进行时态，那如何梳理、阐释其历史进程的绵延性或者说延续性，其内在绵延不变的血脉是什么？如何对其进行历史分期与阐述？"中国新诗"之下限问题所引发出的这一系列问题非常复杂，笔者虽提出这些问题，但目的不是要给出答案，而是为警醒自己，警醒谈论新诗的人们，同时也是为敬告当下的新诗写作者。这些问题可以推进我们对"何为中国新诗"这一元问题的思考，推进我们对"中国新诗"本质的叩问、思考，进而重审百年诗歌史上的诸多现象与具体问题。

早期倡导者特别强调新诗形式特征，将形式视为新诗"是其所是"的根本属性，在这个意义上，笔者倾向于认为新诗历史并未终结。所谓形式特征，是指新诗的外在形式，即白话和自由体，这是区别于文言格律诗的最显在的标志，是中国诗歌自新文化运动开始绵延至今且成为主流的形式，在这个意义上可以将"中国新诗"定位为白话自由体诗歌，这样就可以断定 20 世纪初发生的新诗之历史仍在延续，属于正在进行时。当然，

---

①　1917 年 1 月，胡适在新文化运动的摇篮《新青年》刊发《文学改良刍议》，主张革新语体，废除文言，主张以白话写作；2 月，《新青年》第 2 卷第 6 号发表他的《白话诗八首》，它们可以被视为中国新诗的起点。

如果不以形式为决定性因素，则答案可能要复杂很多。

那么，什么是"中国新诗"的空间维度呢？简单说就是"中国"，即1917年至今的"中国"，它是"中国新诗"作为文学历史存在的空间场域。这似乎是一个无须言说的常识，然而事实并没有看起来那么简单。对于任何事物而言，与时间相比，空间的意义更大，时间离不开空间独立存在，或者说时间依赖于空间，空间发生的事件赋予时间以长度，所以作为空间的"中国"对于现代新诗而言具有不可替代的意义。那么，如何理解此处的"中国"呢？"中国"一词有其语义生成、变化的复杂历史，据冯天瑜考证，"中国"较早出现于周代，乃"中央之城"的意思，后又衍变出"中等之国""中央之国"等含义；北宋时它作为具有国家意味的概念出现于处理与辽、西夏事务的文件中；而国体意义上的"中国"概念，"是在与近代欧洲国家建立条约关系时正式出现的"，近代以前是在"华夷秩序"中使用"中国"，近代后才在"世界国家秩序"中使用这一概念，以前那种"居四夷之中""中国者，天下之中"的含义才渐渐淡化。① 至此，地理空间概念才真正上升为区别世界上国与国的国别空间概念，所谓国别空间概念就是以一国身份出现在新的世界秩序中。

1917年前后开始不断向未来延伸的时间向度，是一种直线性的开放型的时间轴，一种进行时态的时间过程；"中国"则是不同于古代"天下"的现代国别概念，这是以现代世界为背景的空间场域，是相对于世界中的其他国家而言的国别概念。在这样的"中国"空间和一百年的时间向度里，发生了围绕传统与现代、启蒙与救亡、科学与民主、改革与开放等主题的无以计数的历史事件，且仍在发生之中，使抽象的时间空间具体化、事件化，使生活在如此时空的诗人具有了相应的时空感觉与观念，使不同的时间向度、不同的空间区域的诗人具有与具体历史事件相关的心理体验与文化心理；换言之，"中国新诗"所存在的时空是中国古诗所不具有的发生、发展时空，是中国由旧向新、由封闭向开放、由天下之中心向世界之一国转型的时空，是中国历经苦难起起伏伏、坎坎坷坷由弱变强

---

① 冯天瑜：《"中国"、"中华民族"语义的历史生成》，《河南大学学报》（社会科学版）2012年第6期。

的时空，它使诗人及其作品具有一种不同于古典诗人、古典诗歌的时空意识，其特点就是时间观念上的开放性、延展性和未完成性，空间认知上的世界性、全球化。这种时空意识一方面使"中国新诗"成为一百年来世界新诗大潮的重要组成部分，参与世界诗歌的大合唱；另一方面，新的时空意识又使"中国新诗"具有一种强烈的民族性、国家身份，具有了突破中国传统循环论时间意识、封闭的农耕空间的功能，参与了一百年来中国的文化建设、审美建构。时间意识上具有开放、延展的现代特征，空间观念上获得了一种世界性视野，白话自由体诗歌成为一种开放的未完成的诗歌潮流，"中国新诗"仍在路上，未完成也就是未完型，这使它有一种历史宿命，即不确定性和不定型，但未完型意味着探索，意味着生机与生命力，这也是"中国新诗"魅力之所在。

（二）

"中国新诗"发生于中国由传统社会向现代社会转型过程中，生成、发展于从 1917 年起至今一百年的中国，且仍在延续，这一时空场域赋予了中国新诗独特的面相，具有与自己所处时空相应的文化气象与本质，概而言之有三，一是新旧转型性，二是现代性，三是中国实践性①。

所谓新旧转型性，是其生来具有的特征。鸦片战争后，中国开始被迫全球化，中国由封建农耕社会开始向半封建半殖民地社会转型，文学、诗歌被迫随着时代大变而变。晚清维新变革置重的就是一个"新"字，随后的新文化运动其特征也是"新"，新诗之"新"也就是这种文化大趋势意义上的"新"，这应该是"中国新诗"的一种本质诉求，一种文化气象。当然，"新"是相对于"旧"而言的，旧的社会结构、旧的文化导致中国落后挨打，所以需要变革，需要一种新质的文化取而代之。这种取而代之，就是一种革新，一个复杂的历史过程，也就是通常所说的新旧转型过程。这个过程中，新文化与旧文化不断博弈、较量，新旧文化处于一种混杂状态，诞生于这一历史过程中的"中国新诗"天然地具有这种转型

---

① 我不是本质主义者，但我也不反对本质说，本质在词源上来自"存在"，决定事物是其所是的东西就是本质，但谈论本质不能离开事物具体的存在状况、展现方式与历史过程。

时代新旧杂糅的特征，这是其文化宿命。胡适倡导文学革命、白话新诗运动之前的"诗界革命"，文化上的一大特征就是新旧杂糅，或者说是中国书写经验与"欧洲意境"相遇时所导致的半旧不新的特征①；到胡适时代，新是历史大势，也是新诗文化上的核心诉求，希望以新的形式表现新的文化理念、新的生活、新的心理，但转型过程中旧的势力、旧的文化依然强大，所以客观效果上不可能做到完全新，例如胡适的诗歌创作就是这样，《尝试集》就是从外到内新旧杂糅的作品，当然"新"占主导地位。早期白话诗人刘大白、沈尹默、康白情等人的诗作，都留有旧文化的痕迹；周作人等在反对旧体诗歌大传统的同时，眼光还是无法完全离开传统，还是欲在歌谣等小传统中寻找资源；甚至后来的闻一多在探寻新诗形式规范时，仍然离不开格律诗的思维，仍在旧诗形式机制里寻找新诗出路；再后来的戴望舒、林庚、卞之琳等仍然热衷于或者说无法摆脱中国旧诗意象、意境等的诱惑，一些诗歌中仍有新旧糅合的特征；即便是1950年后，新诗进入一个全新的历史时期，但向古典和民歌学习仍是新诗求新过程中的一种艺术策略。换言之，新诗诞生期历史转型所带来的新旧杂糅性，是新诗一个突出的文化特征。

现代性是新诗自发生时起，就自觉追求的一种文化品格，是新诗之"新"的内在标志，或者说是新诗内在的文化气象与本质诉求，正是在这个意义上，"中国新诗"也常常被置换成为"中国现代新诗"。这里的"现代"既是时间概念，即指现代历史时期，更是文化概念。胡适、陈独秀、刘半农、李大钊等在倡导新文学、进行新诗试验时，就将"现代"视为新诗的一种文化身份和价值诉求。那么，究竟什么是"现代"呢？这似乎是一个太普通的问题，但又是一个最棘手的难题。作为一个常用词，"现代"具有一种不言自明的特点，人们都在不假思索地使用它，文章里、日常交流中开口闭口"现代"，如同谈论日常生活中的"蔬菜""米饭""大衣"等有明确所指似的。不仅如此，以之为词根，还生成出许多派生词，诸如现代化、现代社会、现代民族、现代文明、现代人、前现代、后现代、现代艺术，等等。然而，事实上它并不是一个可以自明的

---

① 方长安：《新诗传播与构建》，中国社会科学出版社，2012，第13~16页。

词，它的意蕴并没有自我敞开，像很多概念一样，人们热衷于使用它们，但并不十分清楚它们的内涵是什么，多数时候是用个别外延事物置换之。理论言说中核心概念内涵不明确是许多交流、对话不畅的重要原因。

"现代"如其能指所标明的是现代社会才出现的概念，从笔者的认知和阅读视野看，中西文化界有很多关于现代、现代性、现代化等问题的讨论，但分歧大于共识。笔者以为，探讨"现代"问题时如以"中国新诗"为审视、言说对象，有几点则是明确的，或者说对于我们理解"现代"和"中国新诗"至关重要。第一，"现代"是相对于"古代"而言的，是一个与时间向度相关的语词，进入现代社会后出现的事物才能称为现代事物，古代社会里的事物不属于现代事物，不具有现代性。那种因某种相似就将古代作品阐释为现代性作品，那种从古代现象中发掘现代性的论说行为，是一种不明现代时间刻度的混乱思维的产物。"现代"是现代社会的存在物，古代社会某些存在物可能与"现代"存在相似的地方，但不能因此说它们就是现代的，中国传统社会的诗歌不具有现代属性，"中国新诗"存在于现代时间向度上，所以才可能具有"现代"特征。第二，"现代"从历史起源看，发端于西方，是自然科学发展到一定程度后带来的一套新的文化理念，是西方社会由蒙昧走向光明的理念，一种科学理性精神。它具有一种祛昧的本质属性，代表着进步、发展、文明，是一种新的文化价值理念。这是"现代"的本质属性，也是"中国新诗"所自觉诉求的精神特征，所以"中国新诗"在文化上应具有一种祛昧的功能，属于一种以启蒙理性为内核的新文化、新诗歌，这是其文化气象与本质特征。第三，从文化传播看，"现代"由西方不断向世界各地传播、扩展，这种传播曾有一种强迫性，甚至以战争开道，就是说"现代"在世界各地的传播带有侵略性，很多民族、国家在遭遇"现代"时并没有做好接受的心理准备，缺乏接受的文化基础，只是被动地反应，有一种无可奈何感，所以抵制、反抗是时有的现象。"中国新诗"与西方诗歌有着学习借鉴的关系，其中不乏西方元素，这与西方现代文学跨文化旅行分不开；但它与西方之间不只是借鉴关系，还有一种抵抗性，所以民族认同与西方艺术经验之间往往构成一种矛盾张力关系。第四，"现代"作为人类历史特定发展阶段的故事与相应的价值理念，有其历史局限性，随着历史实践与全球扩展，逐渐显示出某些负面功能，所以"超越现代"乃至"反现代"早已成为世界性的文化潮流。中国诗歌现代化过程中，不断遭遇固有文化、文学的抵制，在百年"中国新诗"历史进程中，"现代"与"封建"之间不断纠葛、较量，时有精疲力竭之感，以至于"现代"在有的时期被抑制，特征不分明，与"封建"较量的艰难性决定了现代性讲述是许多诗人的一种自觉行为，以至于"反现代性"也就是反思"现代"的声音在百年"中国新诗"史上很弱。"现代"在中国成为一种肯定性价值立场与标准，但它在西方早已暴露出固有的问题，所以我们也要警惕其可能性隐患。

与这些特征相关，"中国新诗"第三个突出的文化气象与特征是中国实践性，在相当程度上规约了其本质。所谓"中国实践性"指的是来自西方的"现代"文化与艺术经验，以诗歌为载体，在中国的实践，这是一种跨文化实践特征。就是说，"中国新诗"的"现代"是西方"现代"理念进入中国后生成的新概念，具有新的内核，是中国近代以后社会文化转型过程中出现的一种新的文化，是中国大的历史实践的产物，它是具体的而不是抽象的，具有一种实践品质。在"现代"中国化过程中，中国原有的文化参与进来了，改变着其固有的观念结构，赋予其中国元素，或者更准确地说，使其成为中国的一种新质文化。鲁迅、郭沫若、胡适、闻一多、戴望舒、穆旦这些人，多来自没落的家庭，带着家族没落感到海外留学，接受西方现代文化熏染，家族没落记忆、国家危亡感与对"现代"的不适应性糅合在一起，在这样的复杂语境、心理状态下思考中国问题，向中国叙述、引进西方现代文化理念，于是他们所介绍的"现代"是中国化了的变形的"现代"。就是说，中国的"现代"一开始是在病态背景下展开的，各种力量相较量，形成相互渗透、撕扯、让步的复杂关系，这样中国的"现代"与中国原有的文化糅合在一起，感伤乃至没落是其中的重要元素，且与现代进取精神纠结在一起；随着时间向度的延伸，中国社会实践内容不断变化，无产阶级、社会主义作为新的力量改变着历史实践的走向，使"现代"的内容和本质发生了很大的变化，中国化程度更高，或者说使之成为世界现代化潮流中新兴的最重要的一翼。质言之，这种"现代"是中国的"现代"，具有跨文化实践特征，赋予"中国新诗"

一种中国化的"现代"内容与特征，使其具有独特的民族个性与文化张力。

从文化本质上看，这种中国化的"现代"，既不是纯粹西方的，也不是纯然中国的，不是全新的，但又绝不是旧的，具有中西新旧杂糅的特征，它是"中国新诗"区别于此前历代诗歌最本质的特征。胡适的《威权》、郭沫若的《我是一个偶像崇拜者》里面张扬的反权威、反偶像的思想，郭沫若的《天狗》、冯至的《我是一条小河》、沈尹默的《月夜》、徐志摩的《雪花的快乐》等所表现的个性解放思想和自我意识，胡适的《人力车夫》、艾青的《大堰河——我的保姆》里面的劳工神圣思想，闻捷的《天山牧歌》是社会主义理想实践的反映，舒婷的《致橡树》、海子的《亚洲铜》等是新时期故事与心理的反映，这些又与中国固有的文化存在某种历史关联性。总之，1917年以来的"中国新诗"反映了中国被迫进入现代社会过程中读书人心灵焦虑、阵痛、创伤、修复与奋起等复杂的心路历程，是希望、无助、绝望与抗争的表达，其内核是中国化的"现代"，它是"中国新诗"所独有的文化气象与本质。

（三）

"中国新诗"首先是诗，这是它不同于小说、散文、戏剧等文体的质的规定性；然后才是新诗，一个"新"字将它与"旧"诗区别开来。新诗作为不同于旧诗的一种诗歌存在物，其"是其所是"的诗学特征与品格是什么呢？

"新诗"这个词在中国古代就出现了，即新写的诗，如陶渊明的"春秋多佳日，登高赋新诗"，杜甫的"新诗改罢自长吟"①，这里的"新"是标注时间先后顺序的词，不具有性质定位含义，那时所谓新写的诗，其实还是旧体诗，且在文化本质上没有什么变化。"五四"前后，新诗这个概念有了新的含义，这个"新"不再是标识写作时间先后的语词，而是新文化、新文学意义上的"新"，是形式革命、文化革新意义上的"新"。在本体意义上，"五四"新诗的基本构造发生了历史巨变，变到让传统读书人瞠目结舌的程度。具体言之，就是写诗的语言形式发生了变化，开始

---

①　陆耀东：《中国新诗史》，长江文艺出版社，2005，第10页。

用白话而不是文言书写，诗歌的呈现形式发生了变化，破除了格律，采用自由体形式。

白话书写与文言书写是两个相对立的概念，白话是未经雕琢精细化的言语，与民间、大众联系在一起，与新文化传播相适应，属于启蒙大众的语言；文言则是有文之言，是去粗取精的结果，充满之乎者也，与读书人、有闲阶级、士大夫联系在一起，与上层社会趣味联系在一起。在现代语言学视域里，语言不仅仅是交流工具，而且是文化本身，不同的语言意味着不同的身份，这也是孔乙己放不下"之乎者也"的原因；再进而言之，语言决定了人的言说方式与存在方式，是语言在讲人，制约着人的表达。在这个意义上，白话书写不只是形式问题，它意味着一种民间立场、民间身份，一种大众化、平民化言说，以白话写诗，赋予白话表达以合法地位，无疑包括一种大众化、平民主义立场和平等意识，体现了反叛传统文言书写的一种现代精神。白话写诗决定了写诗者的存在方式，在这个意义上，白话诗学具有一种民间、平等的诗学品格。自由体是相对于格律体等不自由的体式而言的，诗体不断解放是胡适从中国诗歌史上总结出来的一条进化规律①，是他论证自由体诗歌历史必然性、合法性的逻辑策略。自由诗体与人的情感自由表达联系在一起，体现了一种自由解放精神，张扬了一种自由解放的现代诗学品格。

白话书写与自由体式相结合，就是白话自由体，这是"五四"新诗最显在的"新"，是新诗区别于旧诗的最突出的也是最基本的特征。白话书写和自由体构成"中国新诗"两个基本的诗学品格，是"中国新诗"的元诗学，规范了中国现代诗学的基本走向，派生出相应的分支诗学，诸如胡适的"有什么话，说什么话；该怎么说，就怎么说"②的创作主张，袁可嘉的新诗戏剧化写作观念③，艾青的散文化诗学理论④，以及解放区

① 胡适：《谈新诗》，《中国新文学大系·建设理论集》，上海良友图书印刷公司，1935，第 298～299 页。
② 胡适：《尝试集·自序》，《胡适学术文集·新文学运动》，中华书局，1993，第 381 页。
③ 袁可嘉：《新诗戏剧化》，《诗创造》第 12 期，1948 年 6 月。
④ 艾青：《诗的散文美》，《广西日报》1939 年 4 月 29 日。

的大众化诗歌主张、新中国初期新诗的民歌路线、新世纪口语诗歌观念等。这些围绕如何写新诗、新诗何为等问题而展开的具体的诗学主张，其实是白话自由体这一元诗学所决定的，或者说是其在不同诗人、诗派那里的具体展开，所张扬的是一种民间价值取向和现代大众化、平民化精神。

这里有一点需要特别强调，就是"中国新诗"成立的前提是诗，必须具有诗性、诗意，这是最根本的诗学问题。一个文本不管是用什么语言、形式写的，也不管思想价值、情感取向如何，如果没有诗性、诗意，就不能称之为诗。白话书写、自由体式是新诗相比于旧诗最突出的外在形式特征，白话自由体文本可以是诗意诗性浓厚的诗作，近百年的新诗创作史证明了这一点。然而，白话书写和自由体这两大诗学品格以及相应的诗学主张，也使新诗之诗意、诗性成为百年诗歌发展过程中突出的问题。首先，以文言、格律创作诗歌，中国人积累了深厚的经验，有一套行之有效的抒情言志的方法，而如何以白话、自由体写诗则基本上无可法之范本，以至于很多白话自由体文本虽名为诗，其实没有诗意诗味，并不能称为诗。其次，白话写作和自由体形式，使新诗发展中延伸出口语诗学、民间诗学、散文化等重要的新诗创作倾向，而这些与日常生活往往黏得很紧，日常化程度高，难以给读者以陌生感，对读者审美神经的冲击力往往有限，这样的作品往往诗意不足，甚至有一种非诗化的倾向。再次，中国人的审美经验、诗歌观念与趣味，基本上是由文言格律诗歌培养起来的，对白话诗歌、自由体诗歌有一种近乎天然的排斥，所以新诗认同感一直是一个阅读审美问题；而且何为诗性、诗意，这本身就是一个极为复杂的问题，"五四"以后白话所对应的现代社会场域里的诗性诗意与文言所对应的传统社会里的诗性诗意虽有重合的地方，但差异是主要的，它们的边界无法重合。总之，白话书写、自由体是"五四"以后新诗基本的诗学主张与品格，这一品格使诗是什么、如何写诗成为一个突出的问题，使一百年来诗学的核心问题几乎萎缩为如何写新诗这一问题了，从胡适、郭沫若、闻一多到戴望舒、艾青、穆旦，再到郭小川、闻捷、李季，直至海子、西川、王家新等，都在苦苦思索、追问这一问题，而答案又难以获得共识，所以新诗的诗学历史虽然不长，历史分歧却很大，这一特征使中国新诗史呈现多元探索的局面。

（四）

"中国新诗"作为一个文学史术语，有其质的规定性，上述时空存在与意识、文化气象与本质以及诗学特征与品格，即其内在属性。严格意义上说，具有这三大特征的文本就是"中国新诗"的外延。内涵和外延之间是一种反比关系，内涵越丰富，外延越小，"中国新诗"的三大属性相当丰富，限制了其必须是一百年来中国人创作的作品，必须具有一种现代时间观念，必须是白话创作的自由体诗歌，在文化维度上张扬科学、民主、开放等现代理念，必须具有诗意诗性，这些限定了其外延范围。内涵外延这种反比关系，对于认识百年来的新诗史，判定百年来不同时期不同作者所书写的文本是否属于"中国新诗"范畴，颇有价值。但事实上，长期以来学界似乎忘记了这样一种认知、分析思路，常常失去了诗歌判断力；读书界更是面对大量的"诗作"进退失据，不知所措；创作界往往看似繁荣，实则相反，流行的一句话即写诗的比读诗的人多，也可能是对事实的反映，这说明一是人们不太愿意读诗，尤其是新诗，二是新诗创作门槛过低，谁都可以写新诗，一些人甚至根本不知道何为诗、何为新诗就敢写，更敢拿出来与人分享。

那么，如何从"中国新诗"的内涵与外延关系审视百年新诗创作现象，尤其是如何判定一个具体文本是否属于"中国新诗"呢？在实际操作中，简言之，就是要看具体文本是否具有上述三大属性。百年来以白话书写且分行呈现的大量文本，文化语境决定了它们基本上都具有一种内在开放的直线性时间意识，都具有一种以世界看中国的视野（当然如何看是另外一回事），都具有一种现代时空特征（即便写作者不具备现代时空意识，也因时代语境规约使其书写成为一种现代时空意义上的表达）；于是，判断那些白话自由体文本是否属于"中国新诗"作品，就看它们是否具有另外两大属性，即诗意诗味和现代文化意蕴，这两点对于具体诗人诗作而言，判断起来并没有那么容易。

审视百年来浩如烟海的白话自由体文本，不难发现大体上有几种情况。一是具有"中国新诗"三大属性的文本，诸如郭沫若的《晨安》《天狗》、周作人的《小河》、徐志摩的《雪花的快乐》《再别康桥》、戴望舒的《雨巷》、卞之琳的《断章》、艾青的《雪落在中国的土地上》《旷野》、穆旦的《森林之魅——祭胡康河上的白骨》、舒婷的《致橡树》等，都属于世界视域里的中国文本，突破了传统循环式时间模式，表现了一种不可逆回的进化意识，彰显或者内含着科学、民主、平等、爱国等观念，以现代汉语分行抒发现代诗性，营构出不同于旧诗的诗味。时间意识、现代文化本质和诗学品格三者之间构成一种相互渗透彼此影响的完型关系，形成一种新的诗性空间结构，这种诗性空间大于它们的简单相加，具有一种结构性张力，这种张力是中国古代诗歌所不具有的，也是"五四"以降的旧体诗歌所不具备的，这些诗歌属于"中国新诗"之外延，也就是典型的"中国新诗"作品。二是不具有现代意识的作品。现代文化诉求与表现，或者说现代底蕴、现代性，是"中国新诗"之"新"的体现，这是至关重要的方面，一首白话自由体诗歌，即便形式再美，甚至具有诗意，但是如果观念是封建的、腐朽的，支撑其言说的思想如果是非现代的，诸如蔑视女性、宣传农奴制、主张包办婚姻、反对或不尊重科学理性等，那这样的诗歌就不能称为新诗。是否具有"新"的品格是我们判定一个文本是不是"中国新诗"作品的一个重要依据。徐志摩的《别拧我，疼》曾受到一些人的批评，认为其表现了男女之间的低级趣味，甚至蔑视女性，就是从思想趣味立论，认为这个作品不具有现代性。当然，这个作品内容属于特写镜头，写两性间的情话，虽然没有什么社会意义，但也很难说它就是一种低级趣味。1950年代的一首民歌《大花生》，曰："花生壳，圆又长，两头相隔十几丈，五百个人抬起来，我们坐上游东海。"其中的夸张具体而又不伦不类，不符合生活常识和文学想象逻辑，违背了现代科学理性，这样的文本就不具有"中国新诗"所要求的现代理性，不属于"中国新诗"范畴。三是具有白话和自由体这两个基本特征，且所表现的情感、思想都属于现代范畴，但不具有诗性、诗味，这样的作品很多。诗性、诗味与诗歌的形式和思想没有必然关系，这是常识。格律是以前中国诗人探索出来的以汉语营造诗意的有效方法，但不是所有格律诗都有诗意，格律诗培育了中国人的诗性观和审美趣味，但代代相传、陈陈相因，模仿多于创作，于是格律反而成为不利于诗意创造的形式，在这个意义上白话自由体作为文言格律体的反动，有助于突破既有的诗歌创作套路，营造诗意，加之白话自由体与思想启蒙话语表达相契合，因而受到欢迎、提倡。同理，白话自由体也只是写诗的一种新的语言体式，与诗性诗意同样没有必然关系。思想、情感的现代性同样不意味着必然的诗意。一百年来，不是所有写诗的人都有这样的常识，有这种诗学常识的人有时又忘记了这一常识，他们常常只是醉心于形式的经营，将形式锤炼等同于诗意创造，或者以为有高尚的思想就等于有诗意，于是出现了大量自以为属于诗歌的白话自由体作品，其实它们不是诗歌，当然也就不是新诗。在白话诗歌诞生初期，这种现象很普遍，那主要是由于很多人还没有能力以白话自由体创作出具有诗性诗意的作品；而 1930 年代后，如何以白话自由体写诗的问题较上一时期在一定程度上被解决，但别的时代问题又凸显出来了，诗意诗味让位于以作品传达时代主题的需要，于是诗味不足也成为普遍现象；至于当下情况也不乐观，自命为诗人的很多，以为白话分行书写就是写诗，自媒体时代又为发表提供了新的渠道，早上一睁眼就写诗，晚上上床睡觉时也写诗，每天都写很多，写诗变成了一种习惯。爱诗写诗的人多固然是好事，但不少人根本就不知道什么是诗、什么不是诗，他们的作品根本就没有诗意诗味，不属于"中国新诗"范畴，只能算是分行排列的文本而已。在这一意义上，笔者认为当前亟须开展一场普及新诗知识的诗学启蒙运动。

三 何谓新诗经典化

（一）

考察传播接受与新诗经典化之关系，就必须弄清楚何谓新诗经典化，弄清楚新诗经典化的语义结构与功能。

新诗经典化，就是将一些新诗作品化为经典，是一个主谓结构的动词，表一种行为，但这种行为不是主语"新诗"发出的，新诗自身没有主动行为的能力，所以这个不及物的主谓结构相当特别。这个主谓结构之外，还有一个"第三者"，是"他"心甘情愿地实施、完成了"经典化"行为，那这个"第三者"又是谁呢？

24

　　所谓的"第三者"就是"读者"。从接受美学的角度看，没有读者的阅读参与，诗人所创作的诗歌文本仅是静止的文本而已，是一种没有生成意义的存在物，或者说是没有被激活的文字组合体。读者的阅读、批评就像火柴一样点燃了文本，使文本进入社会关系网络，成为一种有生命的作品，成为真正的诗歌。于是，沉睡的诗意世界被激活，诗性开始发酵、生成，在阅读对话中，意义开始增值。所以，从一定程度上讲，一个文本是不是诗，主要不是由作者决定的，而是由读者决定的。读者拥有裁决权，可以否定诗人所满意的"诗作"，认为它毫无诗意；也可以将通常以为毫无诗性的文字，诸如商业广告、标语等，指认为诗意的存在。所以，一段文字，一个文本，是不是诗歌，在相当程度上取决于读者的阅读接受与审美再创造。

　　中国新诗诞生于19世纪末20世纪初，已有一个世纪的历史。在这一个世纪里，它是中国社会语境中所发生的最大的文学、文化现象，因为它所置换的是被古老民族普遍认可的登大雅之堂的旧诗，简言之，即置换了文言格律诗。无论从哪个角度看，这种置换都是一种深刻的颠覆，一种由外到内的文化革命行为，在相当程度上改变了中国人的生活样态与深层传统。古代读书人几乎无人不读诗、吟诗，无人不作诗，诗是一种基本的文化生活方式，一种自我陶醉和愉悦他人的方式，一种身份标志；不仅如此，诗还是实现理想的重要途径，是自我存在价值的显现，是人格教育的依据，他们心中的诗是旧诗，主要是文言格律诗，所以新诗置换旧诗使传统的诗教失去了课本，使读书人无法继续旧的生存方式，他们的内心不免阵阵疼痛。这种疼有时是自觉的，有时则是一种本能，或者说是民族文化集体无意识的反应，让人莫名地烦恼。正因如此，一个世纪以来，对于新诗的阅读言说，虽然正面之声很响亮，气势很足，但抵触、抗拒情绪也是常有的事情，一些人甚至以不屑一顾的心理漠视新诗的存在，蔑视新诗的成就，批判乃至声讨之声不绝于耳。即便是今天，仍有不少人在质疑新诗。这种质疑一方面与新诗相较于旧诗总体成就不高直接有关，不少劣质作品为读者的指责提供了理由，它们咎由自取；但另一方面，也与中国诗歌新旧改道对那些守成意识强烈的读者之深层文化心理的刺激、伤害相关。从某种程度上讲，新诗是在质疑中诞生、发展的，它已经习惯于质疑，质疑是一种矫正、鞭策与动力，其实新诗经典化过程就是由质疑之声、抗辩之音相互纠结、合作完成的，或者说没有反向的质疑之语就没有新诗经典化，这是新诗经典化的重要特征。

如前所言，"经典化"是一个动词，意指新诗诞生至今延续不断的阅读新诗、批评质疑新诗、肯定新诗的活动，一种既已发生的传播、接受现象。尽管笔者认为20世纪有一些非常优秀的、称得上经典的诗作，但是，还是要指出讨论经典化不是讨论新诗经典，更不是确认经典，而是考察一种既已发生的阅读、批评行为，所以笔者所谓的"新诗经典"一般是打引号的，就是说经典化过程所遴选出的那些经典，其实不一定是经典，这是言说的认识前提。

经典化是以广大"读者"为主体而完成的，即一种阅读传播与接受的行为过程。新诗从倡导、实验至今已有百年，新诗经典化相应地有一个世纪的历史，于是新诗的"读者"指的就是一个世纪的新诗阅读者、批评者，"他"是流动变化的，不是单数，而是指不同时期、不同阶层的阅读者、批评者，是一个集合性概念；且包括一般的新诗爱好者、大众读者和受专业训练的新诗批评者、研究者，有些读者甚至兼有诗人的身份。不同时期的读者所处的阅读语境不同，所受到的政治、文化思潮影响有别，自身的知识结构、审美意识、文化价值立场不同，阅读批评的出发点、目的也不一样。特别是大众读者与专业读者之间，存在很大的差异。所以，阅读哪些诗人的诗作，不阅读哪些诗人诗作，他们的选择很不一样，阅读出的内容、言说的语态，自然也千差万别，也就是说20世纪新诗经典化历程内在形态、结构相当复杂，这种复杂性超出了我们的想象。考察研究固然是为了揭示现象内在的复杂性，但我们的研究其实很难真正敞开或还原问题的复杂性，因此必须时时警惕自己不要简单化地言说现象，不要粗枝大叶地处理文学历史问题。

语境，是新诗经典化展开的言说场域，由中国近百年的时空历史构成。虽然作为个体的读者有自己的立场与趣味，这是阅读现象的复杂性所在，但由政治、经济、文化思潮等所构成的语境，相对于个体而言，太强大了，是个体生命难以抗拒、逃避的存在环境；况且中国人在文化性格上容易为潮流所动，被潮流所裹挟，换言之，即习惯于顺从语境之潮流。其结果是，同一时代的读者，其阅读、批评虽千差万别，但总体倾向又趋向一致，这是中国文学阅读史包括新诗批评接受过程的一个突出特点。不仅如此，中国最近一百年又是一个语境力量特别强势的世纪：从近代维新变法到五四现代思想启蒙；1930 年代、1940 年代的民族救亡图存，再到新中国成立；从 1950 年代的社会主义改造与建设到"文化大革命"；从拨乱反正到改革开放，政治、文化运动和社会思潮一浪紧接一浪，每一浪潮都有自己的主题，有自己的思想文化诉求，而这些主题、诉求又往往是在鲜明的、非此即彼的二元对立中凸显出来的，就是说具有明确的二选一的特征。在这样一个"二选一"性的世纪里，文学阅读、批评势必深受语境潮流制约，审美意识语境化，文学之外的力量时常参与对新诗的遴选与批评。虽然那些优秀的诗作，还是被绝大多数时期的读者所欣赏与遴选出来，沉积为"经典"，但也有一些艺术成就不很高的作品被语境浪潮所裹挟、托起，反复显现，令人们耳熟能详。在这一过程中，还有一个特别的现象，就是一些所谓的专业人士，他们在编选新诗选本和编撰文学史著作时，或者因为审美能力不足，或者因为懒惰，或者其他因素，而照搬他人的选本或评说文字，缺乏自己的独立判断与辨识，没有作出个性化的增删，致使一些因特殊社会思潮需要而受赞誉实则艺术水准不高的作品不断出现在文学选本或新诗史著作里，而一些优秀作品长期被淹没，如此情形不断重复，以致某些一般水准的作品被读者惯性地视为重要作品，甚至尊为"经典"。

就是说，20 世纪新诗经典化过程，因外在语境影响致使一些非文学因素的参与而变得不可靠，充满矛盾性，所遴选出的有些"新诗经典"，实则根本就称不上经典。这一情形决定了清理、研究新诗"经典化"现象的重要性。新诗经典化问题清理，是一个复杂的历史还原过程，事实辨识大于理论思辨。通过大量的史料梳理、分析，可以弄清楚哪些重要作品的遴选主要是文学因素决定的，哪些则是非文学原因将其推为"经典"位置的，进而拨开历史迷雾，扫除沉积在文本上的尘埃，还原其真相，为作品重新定位寻找出可靠的依据，为文学史重写奠定基础。

（二）

新诗经典化是在传播中完成的，传播的主要途径包括报刊发表、结集出版、大中小学校讲坛、文学史教材、广播、电视朗诵、报刊新诗评论、学术著作，等等。这些传媒因素、途径的合力决定了新诗经典化的面貌，其结果主要表现在两个大的方面：一是将一些诗人遴选出来，删除枝蔓，突出、放大其主要特征，使其成为重要诗人，甚至成为"经典诗人"；二是遴选出新诗作品，不断阐释以敞开其重要性，使它们为读者认可，被诗坛认可，被后来者反复研究甚或模仿，逐渐沉淀为"新诗经典"。

诗人和诗作之所以被遴选出来，固然与其风格、诗性贡献分不开，与诗美艺术直接相关，但更与传播语境有着密切的关系，只有那些与语境特征相契合的诗人、诗作才能被遴选出来，被解读放大。近百年历史是分阶段的，每一阶段有每一阶段的主题、语境特征，只有那些与近百年不同历史阶段、不同语境反复契合的作品，才可能被塑造定型成为"经典"。事实就是如此，沈尹默、刘半农、郭沫若、闻一多、徐志摩、戴望舒、卞之琳、艾青等诗人，及其作品《月夜》《教我如何不想她》《凤凰涅槃》《死水》《再别康桥》《雨巷》《断章》《大堰河——我的保姆》等，就是因为与多个历史阶段的语境相契合，与不同语境下读者的阅读期待相契合，才被遴选出来，被反复言说，从而被塑造成为"经典"的。

中国现代诗人、诗作被经典化的过程，是一个知识生产的过程，一个意义建构的过程，建构了什么呢？大而言之，表现在两个层面：一是阐释、整合诗人及其诗作内在的情感、思想质素与文化价值等，将其凝练成为中华民族现代意识、现代精神；二是将诗人特别是其诗作中的形式艺术、诗美个性等揭示出来，阐释、凝练成为一种中华民族现代审美形式、审美意识。

中国现代新诗发生于民族历史转型时期，从一开始就与反传统文化和学习西方联系在一起。新诗的倡导者、写作实践者，特别是一些后来被公认的重要诗人，诸如胡适、沈尹默、刘半农、郭沫若、徐志摩、闻一多、李金发、戴望舒、郑敏、穆旦等，无不与西方现代文化有着密切的联系，现代思想文化价值是他们创作的立足点与主要文化资源所在，这决定了他们的诗作具有一种深层的现代性。不仅如此，这些诗人无不是有良知的中国读书人，他们忧国忧民，立志拯救中国，复兴文化、弘扬艺术是他们的志业，诗歌与个性解放、民族振兴深刻地关联在一起。他们的诗歌往往包含着一种深层的民族情感，他们的人生追求历程就是典型的现代性个案。也就是说，中国新诗人及其新诗作品是现代的，具有新世纪文化品格，对它们的阅读、传播就是整合、凝练某种现代精神，或者说是更新中国文化意识的文学实践。

　　胡适在美国留学时期民族自尊心受到刺激，立志进行文学革命，倡导白话新诗，并身体力行地实验新诗，最终结集出版了《尝试集》。实事求是地讲，胡适的诗歌天赋不足，其新诗少有诗意，甚至可谓乏味，然而近百年里人们不断地言说胡适的诗歌活动，反复出版《尝试集》，解读集中作品，新诗选本多选其诗，文学史、新诗史著作必谈《尝试集》。其实，读者认同的主要不是其诗本身，而是胡适那敢为人先的文化革新意识，是其尝试性探索理念。一代又一代地言说《尝试集》，解读《尝试集》，变成了一种文化生产仪式，其功能主要在于阐释、塑造中华民族现代尝试者形象，凝练、传播现代文化"尝试精神"。郭沫若的《女神》诞生于"五四"时期，它以宇宙为视野，以人类文明为立足点，着眼中国问题，表现了大胆破坏、创造的思想，体现的是自我的更新、民族的新生。对《女神》的阅读与传播，将《女神》经典化的行为，表现了古老的中华民族对于自由创造意志的渴望与认同；阅读传播《女神》使其成为"经典"的历史，可谓培育民族现代自由创造意识的文化实践活动。徐志摩不幸离世后，胡适将其诗歌与人生概括为"爱""美""自由"所构成的"单纯信仰"，后来的读者一般认可胡适的观点，当然也有例外，如茅盾。但从总体上看，对徐志摩《再别康桥》《雪花的快乐》等诗作的解读活动，将徐志摩经典化为杰出诗人，是实实在在地在整合、凝练一种现代的"单纯信仰"，是在重塑中国人的文化性格。在 20 世纪，闻一多的人生与诗歌被定格为爱国主义，闻一多及其《死水》被经典化，可谓整合现代知识分子批判意识、民族忧患意识、身体力行观念、爱国主义精神的过程。戴望舒是新诗读者公认的优秀诗人，《雨巷》称得上真正的诗歌经典。戴望舒的诗歌既是个体的，又是民族的，是以自我书写民族情怀的大作；诗人以启蒙的心境与姿态，将自己与民族救亡联系在一起。《雨巷》哀而不怨，怨而不怒，象征了一种对爱的执着、对人生的执着、对理想的执着，对戴望舒和《雨巷》的经典化凝练出一种不屈不挠的追求意识和现代执着精神。冯至是一位世纪性诗人，20世纪20年代被鲁迅赞为最杰出的抒情诗人，但后来不断变化，在否定中新生。大多数读者欣赏的还是《十四行集》，它普通而又奇特，把捉住了一些难以把捉的东西，读者朗诵诗歌，品味着那些直指生命存在的诗意。总体看来，半个多世纪以来，《十四行集》的阐释、接受史完成了对于生命"担当"精神的确认与定型。艾青是现代中国典型的知识分子，追求真理与背离旧家庭联系在一起。《大堰河——我的保姆》是现代知识分子的"母亲颂"，是读书人新型价值观的体现。半个多世纪以来对于艾青诗歌的阅读，对于艾青诗人形象的塑造，将艾青及其诗歌经典化，在相当程度上是在发掘一种大地情怀，阐释、生产新的人文意义，凝练一种以大地、太阳、人民为诉求的文化认同，培育了中国现代知识分子的人文价值观及爱国情怀。穆旦的诗歌诞生于血与火的年代，与民族苦难紧密地联系在一起，关注现实但又不为现实所羁绊，表现了生命内在的苦痛，形式别样，很早就被认为代表了新诗现代化的方向，但后来却在诗坛、读者眼前消失了，几十年后才被重新发现，被重新阐释，甚至被认为是20世纪中国最伟大的诗人。穆旦由不在场到被经典化，是一个重要的文化事件、诗歌事件。穆旦及其作品的接受史、经典化过程是中国对于现代性由误读到重新辨识、认定的艰难蜕变史，是一种文化整合与现代意义生产。《黄河大合唱》是富有时间性又超越时间限制的民族精神叙事作品，是民族体力和心力的大爆发，是中国的大合唱，也是世界人民大合唱的主旋律；它的传播经典化过程，塑造、凝练了民族不屈不挠、傲然独立的精神。

新诗阅读传播，是个体行为，又是集体活动，是特定语境中的文化实践。不同时期遴选的作品不同，发掘出的思想文化价值也不一样。但不同语境中的读者所发掘出的价值与意义，最终被放大、整合，沉积、凝练为具有普遍意义的中华民族现代精神，这就是意义生产。

（三）

中国古代审美意识、艺术精神，主要是由传统经典塑造、建构起来的，对应的是传统农耕社会的生活形态、生存方式和人生经验，与传统文化价值观念相契合，规约着传统社会读者审美阅读取向，维护着传统社会意识形态秩序；进入现代社会后，仅有旧的审美意识显然是不够的，这也是那些缺少现代美学意识的读者面对现代艺术时迷茫、晕眩、不知所措的原因。民族审美意识的更新、升级途径很多，诸如传播现代哲学理念、译介西方现代文论、翻译现代主义小说等，其中中国新诗传播、阅读阐释这一经典化过程所起的作用很大，或者说新诗是培育、建构民族现代审美精神最重要的平台与力量之一。

　　当代读者中热爱古典精品者固然不少，但绝大多数还是习惯于欣赏现代艺术，当他们遭遇挫折、内心矛盾苦闷时，往往是凭借现代艺术释放情绪，在大多数情况下，现代人难以静心地欣赏、陶醉于慢节奏的古典艺术。就是说，他们的审美趣味、艺术意识相比于古代读者发生了根本性改变，他们所有的是现代审美趣味与精神。那么，在现代人审美意识生成过程中，新诗提供了哪些资源，发挥了怎样的作用呢？

　　郭沫若的新诗在形式上绝端自由，没有任何外在格律的束缚，想象超凡，不拘一格，天马行空，令"五四"时期的读者耳目一新。《女神》在20世纪绝大多数时期受读者欢迎，它的传播、接受与经典化过程，是民族现代审美意识建构的重要环节，张扬了现代浪漫主义美学，培养了浪漫主义审美趣味，为"五四"以降的读者提供了新的审美眼光，凝练出一种全新的现代浪漫主义艺术精神。胡适的《尝试集》称不上艺术经典，这是不容争辩的事实，但在20世纪它却被反复言说，成为新诗的经典性语料，或者说起到了话语平台的作用。经由该语料或平台，读者讨论何谓新诗、何谓非新诗的问题，讨论白话诗歌创作的标准问题，也许这些问题至今还没有令人信服的答案，但这个存在了近一个世纪的无形平台，却让读者在"听"与"说"中形成了属于自己的新诗审美标准，或者说建构起了一种完全不同于古典诗歌审美取向的现代审美原则。这是一个特别有意味的现代文化现象，即价值与意义不是源于"言说"的对象，不是"言说"的对象决定了价值的大小，而是"言说"自身，是源源不断的"言说"构建出一个充满张力的、维系心理平衡的文化世界。在这个意义上，一些新诗人及其新诗作品所扮演的角色，类似于当代粉丝文化的"偶像"符号。闻一多诗歌接受史，从艺术上看，是探索传统形式与现代精神融通的过程，宣讲了由音乐美、绘画美、建筑美相融合以生成诗意的诗学，在理性、节制、平衡中实现艺术的自由，最终培植了读者跨越艺术门类以创作新诗的意识。徐志摩在想象中飞翔，在浪漫中体味苦痛，在追求理想中抒发不满，他的诗是现代艺术精灵。徐志摩形象塑造史，作品被经典化的过程，张扬了艺术独立、自由的现代观念，定型了一种空灵、飞扬的审美神韵。李金发是另一种离经叛道，受西方象征主义诗歌影响，将传统诗歌美学拒之门外且难登大雅之堂的内容作为书写对象，热衷运用暗示、象征、通感等修辞，赋予意象非常规含义，远取譬。他的《弃妇》可谓中国诗歌自古至今书写弃妇不幸人生最深刻的作品，它将弃妇放在反思、批判中国男权文化的框架里进行表现，可谓新诗的一大绝唱；晦涩使李金发获得了"诗怪"称谓，在近百年的阅读、接受过程中，"诗怪"含义在不断变化，对李金发的阐释、接受从某种意义上讲，就是在辨识传统诗歌的"比""兴"与来自西方的"象征"之差异，就是在探索现代审美形式之秘密，它培育了一批新型读者，使他们获得了一种现代主义审美意识与欣赏眼光。① 戴望舒的《雨巷》既有古诗的幽婉、静美，又有现代的执着，接通古今，是一种新型诗歌美学的体现。近百年对戴望舒的阅读，对《雨巷》的赏析，将其经典化，体现了一种"美的执着"，传播了一种现代"雨巷"情怀，塑造出蕴含现代性内涵的"雨巷"意象，培养了中国现代读者幽婉、凄美的审美心理，在一定程度上缓解了现代美与传统美之紧张关系。卞之琳是1930年代的新智慧诗人，《断章》《距离的组织》《鱼化石》《道旁》《尺八》等在新诗坛别开生面。诗句简单、口语化，但合为诗体后，其境与意、诗与情则颇难理解，诗人自解《鱼化石》有一千多字，最后也难说清楚，只得作罢；《断章》四行，看似简简单单，实则丰富深邃，展示了新诗相比于古诗的内在魅力，呈现的风景让读者流连忘返，它是一首因富有经典内质而被经典化的诗歌。卞之琳的一些作品尽管不太好懂，但读者不舍，唠唠叨叨，评头论足，硬是打造出了一个现代主义诗人形象，参与放大了新诗坛那片新异的"断章"风景，凝练出读者向往、心会而又似乎难以尽言的现代审美"断章"，或者说培育

---

① 参加方长安、田源的《"诗怪"阐释史与现代主义诗学之建构》，《河北学刊》2019年第1期。

了一种近似维纳斯风格的"断章美"。冯至是一位世纪性诗人，一位不断探索、更新诗歌风格的诗人，他有浪漫主义绝唱，更有现代主义杰作，不同时期的读者都能从他那里找到适合自己口味的作品。《十四行集》是其代表作，它在传播中扩大了自己的名声，被尊为现代诗歌上品。对《十四行集》的解读、经典化，让读者接受了存在主义美学意识，接受了诗歌乃一面"风旗"——一面把捉住了某些把捉不住的东西的"风旗"。这是典型的现代审美观念。穆旦的诗歌想象丰富、特别又不直抒胸臆，关注现实又直指生命存在，理性思辨又充满诗意，他被指认是现代主义诗人，但又与李金发、戴望舒、卞之琳、冯至等不同，其诗歌将现实、象征、玄学融为一体。对穆旦的言说、传播，将穆旦经典化，是肯定、张扬、培育一种现代理性诗学，凝集着一种理性主义诗歌意识。

　　既已发生的新诗经典化过程由众多不同个性的读者在近一个世纪的特定语境中完成，它遴选出了一批诗人与作品，整合、凝练进而生产出不同层面的现代审美意识。但我们应清醒地意识到，经典化只是将与时代语境和读者期待视野相契合的诗人、诗作变为所谓的"经典"，还有大量的诗人、诗作被无情地淘汰了。被遗忘的作品，其艺术水准究竟怎样？一定比那些所谓的"经典"差吗？这些提示我们应该拂去沉积在诗人及其作品上的灰尘，重新阅读、鉴赏并评介近百年的诗人及其诗作，千万不能让某些新诗上品永远埋没在历史的泥淖里，也不能让平庸之作混迹在艺术"经典"的行列。

　　新诗经典化所"化"出的那些现代精神、审美意识，固然属于中国现代文化、文学精神大厦的重要部分；但从今天的角度看，又总显得内容不够丰富，气势不够充足，似乎差了那么一点。这是经典化过程所导致的，还是新诗自身能量不足所致？不管答案是什么，上述问题均是严峻的问题，是新世纪中国诗人和读者必须严肃面对、认真思考并实实在在地去解决的问题，更是我们研究新诗传播、接受与经典化关系时必须特别警觉的问题。

第一章　传播接受与经典化研究文献

　　经典化是一个过程，通过传播接受完成，传播接受史就是经典化的历史，所以经典化研究必须以传播接受文献为依据。但是，长期以来，传播接受文献的搜集、整理并未引起学界足够重视，迄今为止，尚无一部系统的中国现代新诗传播接受文献资料，严重制约着对新诗创作历史的认识，影响着对现代新诗经典化历史的把握。在这个意义上，系统搜集、整理与集成现代新诗传播接受文献，是新诗研究领域迫在眉睫的学术工程。

　　近百年里，新诗传播领域文献无以计数，哪些属于我们所说的现代新诗传播接受文献呢？这与传播对象、传播时段、传播效果等密切相关。传播对象是中国现代新诗，即 1917～1949 年的新诗；传播时段是 1917～2017 年，刚好一百年；具体文献有新诗手稿、新诗通讯、新诗广告、新诗动态、新诗创作谈、读者来信、新诗批评、新诗研究文章、新诗别集、新诗总集、新诗序跋、文学史著中的新诗章节、新诗史著、新诗研究论著、新诗导读本、新诗学位论文、新诗教材、新诗朗诵光盘、新诗歌曲磁带、新诗词典、新诗人年谱、新诗编年史、新诗书目索引，等等。这些文献的传播效果，有些是诗人层面的，是诗人的诗学表白与宣传；有些是专业读者层面的，是一种理论思考与话语倡导；有些是大众读者的阅读感言；有些直接参与了新诗的历史进程，影响了新诗的发展走向，推进了新诗品格的生成；有些则是事实追叙与研究，是相对客观的陈述，未能影响新诗自身的发展。有的篇幅简短，只言片语；有的则属于鸿篇巨制。有的是宣传广告，煽情文体，标题党；有的则是客观言说，理性分析。有的属于诗歌作品，有的则是理论文章……凡此种种，特点各异。面对这些繁复的文献，我们集成的依据是"传播接受性"，即它们既要具备传播性，又必须具有接受性，二者缺一不可。

　　新诗传播接受已有一百年的历史，传播接受文献散落于不同的期刊、书籍等载体，浩如烟海，搜集、集成工作相当艰难、复杂，那么现有的文献汇编基础如何？存在哪些重要的问题？究竟应该如何搜集、集成？应采用怎样的集成思路、方法？

第一节　基础与问题

　　迄今为止，学界尚无专门的中国现代新诗传播接受类集成性文献资料汇编，但是，百年来不同年代里创作界和研究界从不同的目的出发，辑录了一些专题性的新诗资料，其中包括很多现代新诗传播接受类资料，为进一步集成中国现代新诗传播接受文献奠定了一定的基础。这些专题性的资料主要有大家耳熟能详的民国时期出版的《中国新文学大系（1917～1927）》之《诗集》、《建设理论集》、《史料索引集》（上海良友图书印刷出版公司 1935 年），有新时期推出的《中国新文学大系 1927～1937》之《诗集》、《文学理论集》（2 卷）、《史料索引集》（2 卷）（上海文艺出版社 1984～1989 年）和《中国新文学大系 1937～1949》之《诗卷》、《文学理论卷》（2 卷）、《史料索引卷》（上海文艺出版社 1990～1994 年）。《中国新诗总系》之《理论卷》、《史料卷》（人民文学出版社 2010 年），是新世纪出版的颇有学术价值的新诗理论和史料文献。中国社会科学院文学研究所主持编辑并由多家出版社自 1982 年起陆续出版的《中国现代文学运动、论争、社团资料丛书》《中国现代作家作品研究资料丛书》《中国现代文学书刊资料丛书》，非常珍贵，为现代新诗传播接受文献集成工作提供了大量史料。杨匡汉、刘福春编辑的《中国现代诗论》在研究界影响很大，而《中国现代文学总书目·诗歌卷》[①] 与《中国新诗书刊总目》[②]，则提供了丰富的新诗文献信息。陈绍伟的《中国新诗集序跋选

---

　　① 刘福春：《中国现代文学总书目·诗歌卷》，知识产权出版社，2010。
　　② 刘福春：《中国新诗书刊总目》，作家出版社，2006。

（1918～1949)》①，属于序跋文献汇编，相当珍贵。吴俊、李今、刘晓丽、王彬彬主编的《中国现代文学期刊目录新编（上中下）》②，相对于以前同类书籍，收录内容更为丰富。於可训等主编的《中国文学编年史·现代卷》③，钱理群、吴福辉、陈子善主编的《中国现代文学编年史：以文学广告为中心（1915～1927)》④，刘勇、李怡主编的《中国现代文学编年史》⑤等，以编年形式全面展示了中国现代文学发展进程。它们都重视材料的发掘、搜集与运用，其中新诗部分就有许多属于新诗传播接受类文献。还有刘福春、李怡主编的《民国文学珍稀文献集成·第1辑·新诗旧集影印丛编（1～50册)》⑥，以影印方式呈现一批民国版新诗集，那些诗集都属于具有传播性和接受性的文献。

　　它们大体上可以分为"诗集""文学大系""新诗批评、研究资料""文学史、新诗史""纪事、编年史""年谱、评传""工具书"以及"报刊杂志"等类型。"诗集"既是编者选择、接受新诗的结果，又是新诗作品进一步被传播接受的主要方式，所以其目录、序跋、出版信息等是需要集成的重要内容。"文学大系"是文献汇编，其中的新诗作品卷、理论卷、史料卷等属于辑录对象。"新诗批评、研究资料"主要包括新诗批评、研究方面的单篇文章和资料汇编，单篇中有一些是我们需要全文集成的对象，资料汇编则是对单篇的辑录、集成，是我们经过校勘可以直接使用的文献资料。"文学史、新诗史"展示了作为专业读者的史家接受、叙述、定位新诗的情形。"纪事、编年史""年谱、评传"和"工具书"按时间顺序较为完整地记录了诗人创作活动、诗歌事件、新诗作品发表、新诗集和诗论著作出版等历史信息，为查询、搜集新诗传播接受文献资料提供了多种线索，是需要重点参考的文献资料。"报刊杂志"虽然不属于直

① 陈绍伟：《中国新诗集序跋选（1918～1949)》，湖南文艺出版社，1986。
② 吴俊、李今、刘晓丽、王彬彬主编《中国现代文学期刊目录新编（上中下）》，上海人民出版社，2010。
③ 於可训等主编《中国文学编年史·现代卷》，湖南人民出版社，2006。
④ 钱理群、吴福辉、陈子善主编《中国现代文学编年史：以文学广告为中心（1915～1927)》，北京大学出版社，2013。
⑤ 刘勇、李怡主编《中国现代文学编年史》，文化艺术出版社，2015。
⑥ 刘福春、李怡主编《民国文学珍稀文献集成·第1辑·新诗旧集影印丛编（1～50册)》，台北花木兰文化出版社，2016。

接的文献，却是新诗传播与接受的重要媒介，是我们拉网式查找原始文献的载体。

这些书籍对我们查寻、搜集中国新诗传播接受文献具有重要的使用和参考价值，是系统集成工作的重要基础；但从专题性、集成性角度看，尚存在下列问题，无法满足研究的需要。

一是大量的新诗传播接受文献仍散落在最初刊发的期刊、书籍里，未被收录，将既有的不同类型的资料汇编里属于新诗传播接受类的文献加在一起，也只占全部新诗传播接受文献的很小部分，远远不能满足新诗传播接受研究的需要；而且随着早期纸媒的朽化，那些仍散落在原发刊物里的文献面临着丢失的危险，将它们收集起来集成专题性资料已迫在眉睫。

二是既有的各种主题的全文资料汇编，都属于专题性的，虽为研究者提供了查阅的方便，但它们使许多无法拉入自己主题的文献被遗漏。而且那些主题性汇编资料有的主题也过于单一，如序跋类、单个诗人研究资料等，且都是"选集"，文献收录不全；有的主题过泛，如《中国新文学大系》《中国新诗总系》既包括新诗作品，又包括理论文献和史料，虽在相当程度上呈现了新诗发展史，但从读者传播接受维度看，其中虽然有不少属于传播接受类文献，但数量相当有限，且文献主题不分明。

三是有些汇编资料，只有文献提要、历史数据和出版信息等，例如新诗纪事、诗人年谱、新诗编年史等，为研究者提供了查阅文献的线索，但不是传播接受文献本身，且其中提及的很多全文文献，一般读者无法查找，无法满足研究者直接查阅的需要。

四是百年现代新诗传播接受类文献，包括一些诗歌作品本身，但既有的汇编资料没有明确标示出哪些属于传播接受类作品，因而无法满足专题性的现代新诗传播接受研究的查阅需要。

五是有些文献信息不可靠。从现有的汇编资料看，有些文献在不同汇编资料里，文句有出入，出版信息也有不同；有的编排格式不规范，信息不完整，让研究者无所适从。

所以，从史料保存和深化现代新诗史研究、诗学研究、现代诗人文化心理研究看，尤其是从专题性的现代新诗传播接受与经典化关系研究看，系统搜集、整理与集成中国现代新诗传播接受文献，确实迫在眉睫，刻不容缓。

第二节　类型与特征

中国现代新诗传播接受方面到底有多少文献？我们应该怎样将这些文献分门别类地全部收集起来，如何整理、校勘，以什么方式将它们汇编成系统而可信的集成性文献？这是富有挑战性的复杂、系统的学术工程。一百年里，传播接受文献浩如烟海，为了不遗漏文献，应按编年顺序进行文献集成，具体言之，可以将100年的历史分为四个时期，即1917～1937年，1938～1949年，1950～1976年，1977～2017年，划分的依据不是新诗创作特点，不是新诗发展规律，而是传播接受的外在语境。影响传播接受的因素很多，例如接受者的年龄、所属阶层、审美观念、趣味等，但最重要的是外在社会语境。"五四"以降的中国社会语境力量非常大，强烈地制约着新诗的传播与接受。从一百年的语境特点看，1917～1937年最突出的特点是现代"启蒙性"，或曰启蒙语境；1938～1949年为"战争语境"；1950～1976年为"社会主义改造与建设语境"；1977～2017年为"改革、开放语境"。语境是一个复杂的问题，是由政治生活、经济基础、文化潮流、价值观念、审美趣味等共同决定的历史场域，语境力量非常大，语境特点决定了四个时期的长短不同，决定了新诗传播接受特点不同，致使文献类型、特征各异。

启蒙语境里现代新诗传播接受文献类型、特征。1917年前后，胡适、刘半农、沈尹默等开始倡导、实验新诗，言说新诗，1917年《新青年》发表胡适的《白话诗八首》，被认为是中国新诗创作的开端，自此，新诗成为重要的文化话题，新诗传播接受与新诗创作同步展开。本时期新诗传播最突出的特点是传播对象本身处在发生、发展过程中，就是说新诗一边探索发展，一边被传播、接受。从传播途径、内容看，本时期新诗传播接受文献类型主要有：（1）杂志、报纸副刊以及校报上关于新诗的文章，如《新青年》《新潮》《少年中国》《星期评论》《创造季刊》《文学旬刊》《美育》《读书杂志》《诗》《现代评论》《学生杂志》《开明》《希望月刊》《现代文学评论》《民国日报·觉悟》《民国日报·平民》《晨报副刊》等刊登的新诗通讯、新诗广告、读者来信、新诗评论等，文章篇幅比较短小。（2）新诗论文集、新诗著作，如胡怀琛的《诗学讨论集》[①]，属于较早评论新诗、探讨新诗如何发展问题的文献；冯瘦菊的《新诗和新诗人》以欧洲诗歌革新历史和中国诗歌革新运动为背景，论述中国新诗和新诗人，视野开阔，将新诗人定位为创造者、天才者、大情人和平民诗人[②]，是一本很有研究价值的著作；孙俍工编的《新诗作法讲义》[③]，探索如何写诗的问题，具有代表性；草川未雨的《中国新诗坛的昨日今日和明日》[④]，站在自己所属社团立场，介绍新诗发展状况，客观上起到了传播新诗的作用。（3）文学史著中的新诗章节，如赵景深的《中国文学小史》[⑤] 在当时以至后来影响都很大；陈子展的《最近三十年中国文学史》[⑥] 文学史视野开阔，个性突出；谭正璧的《新编中国文学史》[⑦] 以新的观念梳理中国文学历史，在中国文学史框架里论述新诗，使新诗获得历史合法性；凌独见的《新著国语文学史》从国语维度书写中国文学史，取舍诗人诗作，从国语运动、国语教育层面论述、传播新诗[⑧]；苏雪林的《新文学研究》借助于课堂传播新诗[⑨]；吴文祺的《新文学概要》里面也有不少新诗内容[⑩]。（4）新诗选本之序跋，如《尝试集·序》是以序跋形式传播早期新诗的经典文献；《新诗集·前言》[⑪] 和朱自清的《中国新文学大系·诗集·导言》影响深远。这些新诗传播接受文献，出现于新诗发生、发展过程中，内容上多具有启蒙性，主要是人的启蒙和新诗观念启蒙，它们要么论证新诗发生的必然性、合法性，要么为新诗创作论，直接

---

① 胡怀琛：《诗学讨论集》，晓星书局，1924。
② 冯瘦菊：《新诗和新诗人》，大东书局，1929。
③ 孙俍工编《新诗作法讲义》，上海商务印书馆，1925。
④ 草川未雨：《中国新诗坛的昨日今日和明日》，海音书局，1929。
⑤ 赵景深：《中国文学小史》，大光书局，1926。
⑥ 陈子展：《最近三十年中国文学史》，上海太平洋书店，1930。
⑦ 谭正璧：《新编中国文学史》，光明书局，1935。
⑧ 凌独见：《新著国语文学史》，商务印书馆，1923。
⑨ 苏雪林：《新文学研究》，国立武汉大学，1934。
⑩ 吴文祺：《新文学概要》，上海亚细亚书局，1936。
⑪ 《新诗集·前言》，上海新诗社出版部，1920。

参与了新诗的倡导与理论建构，影响了新诗的历史进程，"当下性""参与性"是其突出特征。

战争语境中的现代新诗传播接受文献类型、特征。1938 年，中国进入战争状态，且一直延续到 1949 年，政治、经济、民生受战争制约，新诗创作与传播遭遇战争语境。这一时期被传播的对象由两大部分构成：一是 1917～1937 年间的新诗，它们已经固定不变了，对于它们的言说、传播既意味着对新诗既有成就的总结，又表现为替发展中的新诗创作提供资源；二是 1938～1949 年处于发展中的新诗，也就是一边创作一边传播接受，传播接受与创作的关系更为直接一些。不仅如此，这一时期中国处于战争状态，国土被分割为沦陷区、国统区、解放区，所以相对于上一时期，这一时期的文献更为复杂，"过去时态"和"进行时态"两种被传播诗歌导致文献分类、分级相当困难。这一时期的文献载体主要有报纸、杂志、书籍以及墙壁、唱片等，文献类型复杂。第一类是报纸、杂志上的新诗文献，诸如《文学》《文学杂志》《抗战文艺》《文艺先锋》《文艺阵地》《文艺春秋》《文艺复兴》《诗》《诗创造》《解放日报》《诗号角》《民族诗坛》《中国诗坛》《中国新诗》等上面刊登的新诗广告、读者来信、诗人读者通信、新诗漫谈、新诗评论、诗论等，内容多为创作论。第二类是新诗论集方面的文献，如穆木天的《怎样学习诗歌》，是从如何写诗的角度，传播新诗理念[①]；朱湘的《现代诗家评》（三通书局 1941 年）属于典型的新诗传播类文献；李广田的《诗的艺术》（开明书店 1943 年）、废名的《谈新诗》（新民印书馆 1944 年）、艾青的《诗论》（三户图书社 1942 年）、胡风等的《论诗短札》（耕耘出版社 1947 年）、朱光潜的《诗论》（国民图书出版社 1943 年）、朱自清的《新诗杂话》（作家书屋 1947 年）、阿垅的《人和诗》（上海书报杂志联合发行所 1949 年），等等，它们多为从新诗发展史和自我写作经验维度论述新诗，构建现代诗学，或全书属于新诗传播接受类文献，或部分属于我们将集成的文献，诗学论是其重要特征。第三类是文学史著作包括新诗史著作方面的文献。这

---

① 穆木天：《怎样学习诗歌》，生活书店，1938。

个时期著史之风比较盛行，与新诗相关的主要有蒲风的《现代中国诗坛》①、李岳南的《语体诗歌史话》②、杨荫深的《中国文学史大纲》③、宋云彬的《中国文学史简编》④、蓝海的《中国抗战文艺史》⑤、李一鸣的《中国新文学史讲话》⑥ 等，其中的新诗史著和文学史著中的新诗文字属于传播接受类文献。无论是中国文学史类著作，还是抗战文艺史类著作，抑或专题性的新诗史著作，史的意识都比较强烈，新诗历史化是其目的与重要特征。第四类是新诗集尤其是新诗选本的序跋、附录等文献，如张越瑞的《语体诗歌选·编者导言》（商务印书馆 1937 年）、唐琼的《抗战颂·编者后记》（上海五洲书报社 1937 年）、金重子的《抗战诗选·编后》（战时文化出版社 1938 年）、孙望与常任侠的《现代中国诗选·前记·附录》（南方印书馆 1943 年）等，属于战争语境里的新诗言说。战争语境使新诗传播媒介、传播场域"硝烟弥漫"，新诗言说在一定程度上受战争语境制约，文献内容与战争关系相对而言密切很多，战争与诗性表达常常纠缠在一起，物理空间的多维性使言说的指向性更为复杂，这些文献是研究战争诗学的重要资料。

社会主义改造与建设语境里的现代新诗传播接受文献类型、特征。1949 年新中国成立，直到 1976 年，中国进入社会主义改造、建设时期，历史语境发生了巨大变化，这一时期被传播的对象即 1917~1949 年间的中国新诗，也就是我们通常所说的现代新诗，它不再如前两个时期的传播对象那样尚处于发展之中，而是完成时态，是固定的"史实"，对它们的传播接受，体现为对新诗历史的态度，可以影响它们在人们心中的形象，影响新诗的继续发展，但无法改变它们的固有面貌。新时间开始了，历史进入人民时代，传播接受语境发生了根本性变化，传播接受特点、传播接受途径和方式发生了新变，文献的载体也有相应的变化，这些均是我们在文献查找、集成中需要考虑解决的问题。本时期涌现出大量新的报纸杂

---

① 蒲风：《现代中国诗坛》，诗歌出版社，1938。
② 李岳南：《语体诗歌史话》，拔提书店，1945。
③ 杨荫深：《中国文学史大纲》，商务印书馆，1938。
④ 宋云彬：《中国文学史简编》，文化供应社，1945。
⑤ 蓝海：《中国抗战文艺史》，现代出版社，1947。
⑥ 李一鸣：《中国新文学史讲话》，世界书局，1943。

志，主要有《文艺报》《人民日报》《文汇报》《光明日报》《人民文学》《北京文艺》《诗刊》《长江文艺》《文学研究》《文学评论》等，它们的定位、性质与民国时期的刊物完全不同，发表了大量重新解读、评说、研讨现代新诗的文章，重塑了现代新诗形象。本时期出版了一批评论新诗的诗论集，如冯至的《诗与遗产》①、臧克家的《在文艺学习的道路上》②、楼栖的《论郭沫若的诗》③、晓雪的《生活的牧歌：论艾青的诗》④、袁水拍的《诗论集》⑤等，对新诗作了全新的叙述、评说。重写文学史，是新中国社会主义文学话语建构的重要环节，本时期涌现出一批新的文学史著作，主要有王瑶的《中国新文学史稿》（上、下）、蔡仪的《中国新文学史讲话》、丁易的《中国现代文学史略》、张毕来的《新文学史纲》、刘绶松的《中国新文学史初稿》、孙中田等的《中国现代文学史》、复旦大学中文系学生集体编写的《中国现代文学史》以及中国人民大学语言文学系的《中国现代文学史》等。这些文学史著作以新的历史观重建新诗史观，重构新诗知识谱系，重塑新诗"经典"，形象重构是这些史著文献的突出特征。

这一时期编辑、出版的现代新诗集不多，但 1956 年臧克家编选的《中国新诗选（1919～1949）》、1975 年北京大学中文系编选的《中国现代文学作品选》在现代新诗传播接受史上则具有重要地位，在相当程度上代表了这一时期主流话语对于现代新诗的基本态度，其序跋很有价值，例如臧克家自己撰写的"代序"——《"五四"以来新诗发展的一个轮廓》，重新梳理了新诗历史进程，将新诗纳入新民主主义历史框架进行叙述，重建现代新诗知识谱系，阐释现代新诗参与新的社会主义话语生产的可能性价值，具有以"论"代"史"的特征。

改革开放语境中的现代新诗传播接受文献类型、特征。1977 年以后，随着拨乱反正和改革开放国策的实行，对现代新诗的认识、评价与传播接

---

① 冯至：《诗与遗产》，作家出版社，1963。
② 臧克家：《在文艺学习的道路上》，新文艺出版社，1955。
③ 楼栖：《论郭沫若的诗》，上海文艺出版社，1959。
④ 晓雪：《生活的牧歌：论艾青的诗》，作家出版社，1957。
⑤ 袁水拍：《诗论集》，作家出版社，1958。

受，较之前一时期发生了根本性改变。直到 2017 年，改革开放一直是时代的突出特征。本时期现代新诗传播接受文献类型主要有：（1）《人民日报》《光明日报》《文汇报》《文艺报》《文学报》《中华读书报》《诗刊》《星星》《文学评论》《文艺研究》《中国现代文学研究丛刊》《新诗评论》《诗探索》《中国诗歌研究动态》等报纸杂志刊发的重新讨论、批评和研究现代新诗的文章，重回"五四"，重视诗之为诗的特殊性是其突出特征。（2）中国新诗史著、新诗研究论著、文学史著等方面的文献。例如祝宽的《五四新诗史》、金钦俊的《新诗三十年》、孙玉石的《中国现代主义诗潮史论》、龙泉明的《中国新诗流变论》、陆耀东的《中国新诗史》等，其前言、后记、著作章节目录等就属于新诗传播接受类文献。世纪末重审新诗，敞开新诗内在秘密，在史的维度评判新诗得失，历史定位是其突出特征。唐弢主编的《中国现代文学史》、黄修己的《中国现代文学简史》、钱理群等的《中国现代文学三十年》、朱栋霖等主编的《中国现代文学史（1917～1997）》、程光炜等主编的《中国现代文学史》以及严家炎主编《二十世纪中国文学史》等，对现代新诗的叙述、评价与以往文学史著不同，它们各有特点，既体现出对新诗的不同接受倾向，又向读者传播新的现代新诗观念，重建了现代新诗形象。（3）新诗集，尤其是新诗选本的序跋、目录等。例如绿原、牛汉编的《白色花》，辛笛等编的《九叶集》，孙玉石编的《象征派诗选》《中国现代诗导读》，蓝棣之编的《现代派诗选》《新月派诗选》《九叶派诗选》，以及谢冕主编的《中国新诗总系》，洪子诚和程光炜主编的《中国新诗百年大典》等，其序跋、目录属于新诗传播接受文献，它们旨在引导读者阅读新诗，品鉴新诗，参与新诗"经典"塑造。（4）新诗研究资料汇编。如刘福春等编著的《中国现代文学总书目·诗歌卷》《中国新诗书刊总目》《中国新诗编年史》，王训昭等编的《郭沫若研究资料》[①]，陈金淦编的《胡适研究资料》[②]，冯光廉、刘增人编的《臧克家研究资料》[③]，李怡、易彬编的《穆旦研究资

---

① 王训昭等编《郭沫若研究资料》（上中下），中国社会科学出版社，1986。
② 陈金淦编《胡适研究资料》，北京十月文艺出版社，1989。
③ 冯光廉、刘增人编《臧克家研究资料》（上中下），甘肃人民出版社，1990。

料》① 等，其中有大量的现代新诗传播接受类的文献，学理性、资料性是其特征。（5）现代新诗音像制品与网站。

因为每个历史时期语境不同且对新诗的认知、定位不同，传播特点不同，所以新诗传播接受文献的量与质有很大不同。20 世纪中国社会语境力量特别强大，诗歌言说诸如诗性定位、文本意义分析、诗歌史梳理与定性等，被历史语境所规约，语境化特征鲜明，质言之，语境化是一个世纪里现代新诗传播接受文献最突出的特征。

第三节　思路与方法

现代新诗传播接受文献浩如烟海，搜集、整理与集成是一项艰巨的心力、体力工程，科学的集成思路、方法非常重要。集成思路取决于文献存留现状和集成目的。总体而言，现代新诗传播接受文献多散落于报纸杂志和不同书籍里，而一些相关的专题性资料汇编也不成系统；集成的重要目的是为新诗研究者提供系统而可靠的一手文献资料，所以文献搜集、校勘、集成可以分三步依次进行：第一步，拉网式搜集 1917～2017 年间各类报纸杂志、书籍里的中国现代新诗传播接受文献，这项工作非常艰难，但至关重要，它是保证文献不遗漏的重要环节；第二步，在拉网式搜集过程中，充分利用既有的新诗书刊总目、新诗研究资料汇编、新诗大系、新诗编年史、新诗年谱以及相关网站资源、新诗数据库等，一边搜集一边合并，并按年代顺序汇编出文献初稿，同时利用 Excel 电子表格，将这些文献按时间顺序、类型录入，制作出《文献目录索引初稿》；第三步，对《文献目录索引初稿》进行整理、校对，以之为依据，按文献内容分类，按传播接受程度分等级，对汇编的文献进行整理、勘校，并最终定稿。

文献集成方法很多，根据中国现代新诗传播接受文献存留特点和现有汇编基础，可以采用三种集成方法。（1）文献甄别遴选法。现代新诗文献林林总总，种类繁杂，那么哪些属于我们所谓的现代新诗传播接受文献呢？这是颇为关键的问题，需要甄别遴选。甄别遴选的依据就是文献的传

---

① 李怡、易彬编《穆旦研究资料》（上下），知识产权出版社，2013。

播接受属性，"传播接受"是根本原则。"传播接受"是并列关系语词，包含"传播"和"接受"两重语义，就是说只有进入传播通道并经过主体接受的文献，才是我们所谓的新诗传播接受文献。例如，《尝试集》是否属于传播接受文献，如何甄别遴选？胡适1920年正式出版《尝试集》，主观目的是传播，那么它是否被传播接受呢？从后来情况看，它不断地再版，不断地被人批评，这意味着它一直被阅读传播与接受，属于我们所谓的新诗传播接受文献；又如新诗批评类文章，它是读者阅读诗歌作品后产生"共鸣"且不吐不快的产物，是阅读接受后的理性反馈行为，具有传播、接受二重特性，且这种批评文本还具有传播功能；再如诗集之序跋，是编者辑录出自己的选本后所写文字，辑录本身就是一种主体阅读接受行为，而序跋是这种阅读接受效果的集中表达，且将影响着选本的拟想读者的阅读接受，所以属于传播接受性文献。（2）文献等级类分集成法。面对海量的文献，搜集、集成时既要分类，还要分等级，按类型、等级以不同形式集成，我们称之为"文献等级类分集成法"。分类的标准很多，我们选择按照文献内容和形式分类，具体言之可分四大类：一是被传播接受的现代诗歌作品，包括单篇、别集、总集；二是传播接受类文章，主要包括新诗读者来信、诗人读者通信、新诗编者按语、新诗出版广告、新诗评论文章、新诗动态、新诗序跋、新诗导论、传播接受特性鲜明的新诗研究论文等；三是传播接受类图书，主要包括新诗教材、新诗史著作、新诗研究著作、新诗大系、新诗资料汇编本、新诗导读本、新诗词典、诗人年谱、新诗编年史、新诗目录索引等；四是传播接受类视听文献，主要包括新诗音频、新诗视频类文献，诸如朗诵光盘、歌曲磁带等。这四类均包括港澳台地区和国外相关文献。面对如此庞杂、巨量的现代新诗传播接受文献，如何集成呢？我们的策略是在分类的同时，再分等级，按不同等级分别集成。分等级以文献的"传播接受度"为原则，并参考文献呈现新诗传播接受历史状况的功能，传播接受程度高、功能强的为甲等，传播接受程度和功能较大的为乙等，程度和功能一般的为丙等，于是可以有三种集成形式，就是按文献级别以三种形式集成文献。原则上，甲等文献全文集成；乙等文献集成章节目录、序跋和提要；丙等文献则集成出版信息，编制题目索引。具体言之，第一种是全文集成，主要包括：新诗读者来信、诗人读者通信，新诗札记、新诗随笔、新诗广告，新诗评论文章；重要文学史著中的新诗章节，重要的新诗史著作；重要的别集、总集，如《尝试集》《女神》《三叶集》，因为它们出版后被不同时代的读者反复阅读评论，且不断再版，属于传播接受属性突出的诗歌集；重要的新诗教程；新诗光盘、新诗歌曲磁带等。第二种是集成章节目录、序跋和内容提要，主要包括：一般新诗研究文章；一般新诗史著作、新诗论著；一般新诗教材；一般新诗词典、新诗编年史、新诗年谱；新诗研究资料汇编本；新诗目录索引著作等。第三种是集成出版信息，也就是编制目录索引，收录未被全文、章节目录、序跋、内容提要集成的所有其他新诗传播接受文献；同时，收录第一种、第二种集成文献的出版信息。就是说，编制出包括所有新诗传播接受文献出版信息的目录索引。（3）文献校勘法。文献收集起来后，还要对文献的具体知识内容、出版信息等进行校勘。文献搜集以原始出处为原则，但原始文献亦需要校对、勘正，即存真、校异、订讹；如果所找到的文献非来自原始出处，一定要以原始文献为依据进行核对；依据本文前后行文、知识常识等，订正史实错误，指出错字、误字、脱字，并作注释说明。

上述三种集成方法前后相沿，依次使用，互为补充，复杂的文献问题就变得简单清晰，繁复驳杂的海量文献就可以被有效地汇编，并集成层次清晰、逻辑分明的大型资料丛书，从而使新诗经典化研究由理论思辨转变为史实考论成为可能，为建构起与创作研究体系并驾齐驱的传播接受研究体系提供文献支撑。

第二章　新诗经典化途径

中国新诗诞生于中国遭遇三千年未有之大变局的历史转型期，虽然从发生至今只有一百年，而且质疑之声时隐时现，不绝于耳，但一批诗作如《人力车夫》《教我如何不想她》《小河》《凤凰涅槃》《死水》《弃妇》《再别康桥》《雨巷》《断章》《大堰河——我的保姆》《诗八首》等，已成为人们谈论中国新诗绕不开的"经典"①。现在关于这些诗作的言说前提，是承认它们为经典，然后不断阐发其诗性与诗歌史价值，很少有人质疑它们是否属于真正的经典，更没有人去反思性地审视它们成为经典的历史。成为经典，当然与文本自身的情感空间、审美特征分不开，即它们必须具有成为经典的诗美品格；但具备成为经典的品格，并不一定能够成为经典，经典是通过经典化而塑造出来的。如前所论，经典化是一个动词，是一个文本走向经典的过程，这个过程其实就是文本传播接受历程，即那些现代诗歌"经典"是经由传播接受而构建起来的。中国新诗传播接受与经典化的途径很多，但从作用和意义大小看，则主要是在三个向度上展开与完成：一是新诗批评，二是作品选本，三是文学史著作。

第一节　文本敞开

中国现代诗歌批评与创作几乎是同时发生、同步展开的，且一直没有间断，长期以来，学界关注的要么是批评文本的内容与特点，要么是其所

---

① 笔者认为，现在公认的那些新诗经典，未必就是经典，它们还需要接受未来无数代读者的检验，所以需要打上引号。

体现的诗学追求，要么是它对于诗人创作的反馈作用，很少有人重视批评作为文学接受的一种主要方式，在新诗经典化过程中所起的历史作用。

考察批评与新诗经典化的关系，需要弄清谁在批评、为何批评的问题，弄清楚影响新诗批评走向、特征的主要因素。一百年来，重要的新诗批评者有胡适、周作人、刘半农、郭沫若、宗白华、俞平伯、闻一多、朱湘、茅盾、废名、朱自清、臧克家、梁宗岱、胡风、何其芳、袁可嘉、唐湜、朱光潜、谢冕、陆耀东、孙玉石、洪子诚、吴思敬、蓝棣之、龙泉明、程光炜、王家新、王光明、李怡、罗振亚、吴晓东、唐晓渡、徐敬亚、姜涛等，他们要么是诗人，要么是大学教授，要么是文艺界领导人，且大多集诗人、理论家和批评者于一身。这种身份构成与中国新诗发生发展特点密切相关。中国现代诗歌是一种完全不同于文言格律诗的新型诗歌，如何写，如何发展，一直困扰着诗人们，所以从发生的那天起，几乎所有写诗的人都在不断地言说新诗，自觉地思考新诗问题，新诗批评在很大程度上是在为新诗创作与发展探路，是在为新诗创作发现问题，探索规律，所以才有诗人、批评者和理论家多重身份合一的现象。

批评作品具有明确的选择性、目的性，换言之，选择批评言说对象，其实是在自觉思考新诗发展路径，是在帮助拟想的新诗爱好者、写作者遴选新诗精品，推介新诗阅读与创作范本。那些被批评的新诗文本，大都因此而没有被浩如烟海的创作所埋没，因此才有幸走向前台被读者阅读，获得被检阅的机会，也就获得了最终成为经典的历史可能性。例如，1920年代周作人对《尝试集》的批评，鲁迅对《蕙的风》的维护，胡适对《草儿》的言说，闻一多对《女神》的论析等，就是在向大众读者阐释白话新诗不同于旧诗的特征，张扬全新的诗歌美学，它们不仅引领了创作走向，而且起到了遴选与推介新诗范本的作用。又如，1929年朱湘逐一点评《雨巷》《我的记忆》《路上的小语》等诗①，其实就是通过揭示这些文本的诗性，向读者指出诗坛新的发展动向，帮读者遴选新诗、阅读精品。叶圣陶称赞《雨巷》"替新诗底音节开了一个新的纪元"②，使一般

---

① 朱湘关于《上元灯》《我底记忆》的通信，见《新文艺》1929年11月第1卷第3号。
② 杜衡：《望舒草·序》，《望舒草》，现代书局，1933，第8页。

读者知道了《雨巷》原来如此重要，使戴望舒因此赢得了"雨巷诗人"的美誉，《雨巷》开始走向经典。再如，王佐良认为穆旦的《诗八首》使爱情从一种欲望转变为思想，"这样的情诗在中国的漫长诗史上也是从未见过"①，揭示出《诗八首》在诗史上的独特性及其对于新诗继续发展的意义。与古代诗歌批评不同，20世纪诗歌批评与创作分不开，其重要目的是推进新诗创作，所以它感兴趣的往往是那些新兴的、预示新诗继续发展方向的作品（不一定是精品），它的动机不是要遴选、确认艺术经典，但客观上却因不断发掘出批评对象的诗学价值与意义，使之获得了更多读者的认可，令人耳熟能详。不仅如此，这些作品因体现了某种新的创作风格，开启了新的创作方向，其新诗史地位也就得到相应的提升，其结果是一些作品也许因艺术上不够完美而不能称为审美精品，但成为新诗发展史上的"经典"。

　　一般大众读者面对新诗文本，不一定能够理解其所言所指，无法真正领会其诗意，这就需要诗人或专业读者的批评解读。换言之，专业性新诗批评，可以敞开文本言语所遮蔽的内在情感，彰显其所包蕴的诗美，引导大众读者阅读接受。这既是为了使文本走向读者，也是引导读者走向文本，既是对读者审美趣味的培养，同时也是使一些文本获得在大众读者中传播、认可的可能性，并逐渐沉积为新诗经典。例如，《女神》出版后"颇有些人不大了解"，读不懂，谢康就以批评解惑，认为郭沫若是"时代精神的讴歌者"，其作品具有"打破因袭的力"②；李思纯曾极力推荐《凤凰涅槃》，认为它"命意和艺术，都威严伟大极了"③；闻一多刊文称《新诗年选（1919年）》不选《凤凰涅槃》"奇怪得很"④，向读者阐释出《女神》及其《凤凰涅槃》所具有的时代价值与诗意。正是这些专业性言说才最后敞开了《凤凰涅槃》的文本意义。换言之，它们是该诗经典化的起点。再如，徐志摩的诗歌一开始就存在阅读分歧，鲁迅就不喜欢它

① 王佐良：《穆旦：由来与归宿》，杜运燮等编《一个民族已经起来》，江苏人民出版社，1987，第4~5页。
② 谢康：《读了〈女神〉以后》，《创造季刊》1922年第1卷第2期。
③ 《少年中国·会员通讯》，1920年9月15日出版。
④ 闻一多：《〈女神〉之时代精神》，《创造周报》1923年6月第4号。

们。朱湘曾专文解读《志摩的诗》，认为《雪花的快乐》是"全本诗中最完美的一首诗"；《毒药》是"这几年来散文诗里面最好的一首"；认为《卡尔佛里》"想象细密，艺术周到"；《一条金色的光痕》写妇人"写得势利如画"；《盖上几张油纸》"在现今的新诗里面确算一首罕见的诗了"。① 朱湘以"新月"同人身份，从诗美角度向读者揭示出徐志摩诗歌的艺术价值，在一定程度上，改变了它们的命运。1926 年，陈西滢认为从《女神》到《志摩的诗》体现了新诗的变迁，"志摩的诗几乎全是体制的输入和试验"，"至少开辟了几条新路"，认为徐志摩最大的贡献在于"把中国文字，西洋文字，熔化在一个洪炉里，练成的一种特殊的而又曲折如意的工具"。② 在陈西滢看来，徐志摩作品中"有一种中国文学里从来不曾有过的风格"③，从中国文学史角度发掘徐志摩诗歌独特的存在价值，为其走向经典开启通道。又如李金发的诗歌难懂，很多人望而却步，穆木天 1926 年就曾坦言："不客气说，我读不懂李金发的诗。"④ 诗人都读不懂，何况一般人呢？这就要批评、引导。1927 年 1 月，博董（赵景深）刊文指出"李金发的诗艺术上的修饰是很好的"，认为"倘若把他的诗一节节分开来看，我们便可以看出他有一个特点：异国情调的描绘。这是近代我国新诗人不曾发展过的径路，我最喜爱着读它们"，并指出"这就是他的诗引人的魅力"。⑤ 1928 年，黄参岛抱怨"没有人作些批评或介绍的文字"去引导读者接受李金发的作品，认为这是"文艺界批评的惭愧及放弃"。在他看来，《微雨》"是流动的，多元的，易变的，神秘性的，个性化，天才化的，不是如普通的诗"；《食客与凶年》"有紧切的辞句，新颖的章法，如神龙之笔，纵横驰骋，句法上化人所不敢化的欧化，说中国人所欲言而不能找到的法国化的诗句"。⑥ 李金发的诗歌能否成为

---

① 朱湘：《评徐君〈志摩的诗〉》，《小说月报》1926 年第 17 卷第 1 号。
② 陈西滢：《西滢闲话·新文学运动以来的十部著作》（下），中国文联出版公司，1993，第 211 页。
③ 陈西滢：《闲话》，《现代评论》1926 年 2 月 20 日。
④ 穆木天：《无聊人的无聊话》，《A·11》1926 年 5 月 19 日第 4 期。
⑤ 博董：《李金发的〈微雨〉》，《新文学过眼录》，广西师范大学出版社，2004，第 139 ~ 142 页。
⑥ 黄参岛：《〈微雨〉及其作者》，《美育》1928 年 12 月第 2 期。

经典是另外一个问题，但这些批评无疑是在揭示其独特的诗学价值，帮助读者欣赏、接受它们。一般读者理解不了的作品，要么风格特别，要么文字晦涩，批评解惑无疑是敞开它们的诗意，希望它们能为读者接受。从客观效果来看，一些晦涩的"另类"作品，诸如李金发的《弃妇》、卞之琳的《鱼化石》、穆旦的《诗八首》等确实因为被反复批评、言说，其诗意得以彰显，成为不少新诗爱好者津津乐道的精品，并逐渐化为"经典"。

诗歌批评必然受到批评者文化身份、知识结构、审美意识、文学趣味等的影响；而现代诗歌批评已走过一个世纪的历程，不同年代有不同的文化诉求，有不同年代的审美趣味与诗歌理想，这样一个世纪的新诗批评就与不同的文化话语表达结合在一起，与不同的诗歌美学主张联系在一起，遴选什么样的文本，如何阐发文本的思想意蕴，如何揭示其诗学意义，就与批评者的文化、文学背景分不开，这使得近一个世纪的中国现代诗歌批评与经典化的关系变得更为复杂与重要。换言之，现在那些公认的"经典"在相当程度上是不同话语在近一个世纪的传播空间里借助于批评者而遴选、阐释出来的，各种话语参与了对"经典"的生产。例如，"五四"是启蒙主义与封建主义话语相争的时期，批评者自然瞄准了《尝试集》《女神》和《蕙的风》等。胡先骕批评胡适的《尝试集》"其形式精神，皆无可取"[1]，周作人则予以回击[2]；胡梦华发表《读了〈蕙的风〉以后》[3]，批评《蕙的风》"有公布自己兽性冲动和挑拨人们不道德行为的嫌疑"，鲁迅写了《反对"含泪"的批评家》[4]，加以批驳；张资平发表《致读〈女神〉者》[5]，郁达夫发表《〈女神〉之生日》[6]，闻一多发表《〈女神〉之时代精神》[7]《〈女神〉之地方色彩》[8]，阐释《女神》的新文化价值与诗学意义。这些批评与争论，也就是对新诗文本意义的不同理解

---

[1]　胡先骕：《评〈尝试集〉》，《学衡》1922 年 1 月 1 日创刊号。

[2]　周作人：《评〈尝试集〉匡谬》，《晨报副刊》1922 年 2 月 4 日。

[3]　胡梦华：《读了〈蕙的风〉以后》，《时事新报·学灯》1922 年 10 月 24 日。

[4]　鲁迅：《反对"含泪"的批评家》，《晨报副刊》1922 年 11 月 17 日。

[5]　张资平：《致读〈女神〉者》，《时事新报·文学旬刊》1922 年 4 月 11 日。

[6]　郁达夫：《〈女神〉之生日》，《时事新报·学灯》1922 年 8 月 2 日。

[7]　闻一多：《〈女神〉之时代精神》，《创造周刊》1923 年 6 月第 4 号。

[8]　闻一多：《〈女神〉之地方色彩》，《创造周刊》1923 年 6 月第 5 号。

与阐释，不仅体现了文言写作与白话写作话语权之争，体现了现代启蒙主义与封建主义之争，还张扬了一种新的白话自由诗歌的审美理想，《尝试集》《蕙的风》《女神》作为启蒙现代性话语的体现者，作为早期白话诗学的承载者，因批评而广为关注，成为人们谈论"五四"新诗时绕不开的"经典"。

在 20 世纪的中国，不同的社会文化思潮、文学运动此起彼伏，各种话语渗透到新诗批评中，致使出现了各种不同性质的新诗批评；但由于 20 世纪的中国在新的世界秩序中面临着严峻的生存问题，由于新旧文明转化带来的现实文化信仰问题，由于广大民众日常生活的现实问题等，一直困扰着现代中国读书人，而且中国读书人自古便有忧国忧民意识，所以现代诗歌批评与社会现实粘连得非常紧，现实主义的社会学批评成为"五四"至 1980 年代中期主流的诗歌批评。于是，那些现实情怀相对深厚的作品，那些社会性、时代性强的作品，受到更多的青睐，诸如康白情的《草儿》、刘大白的《卖布谣》、郭沫若的《女神》、臧克家的《泥土的歌》、艾青的《大堰河——我的保姆》、袁水拍的《马凡陀的山歌》、李季的《王贵与李香香》等，便在反复批评中令人耳熟能详，成为新诗"经典"。从 1980 年代中后期开始，特别是进入 1990 年代后，总结一个世纪新诗成就的意识越来越强烈，现实主义社会学批评失去了一枝独秀的地位，浪漫主义、现代主义受到重视，历史文化批评、心理分析批评、新形式批评等成为审视新诗的重要方法，于是在现实主义社会学批评中被忽视的一些现代诗歌文本得以重新阐释，例如《小河》《弃妇》《雨巷》《断章》《十四行集》《鱼化石》《诗八首》等，它们的情感意蕴、表意方式、诗学价值被充分阐释与敞开，换言之，被重新阐述成为体现某种现代话语诉求的、具有审美独特性和普遍性的现代新诗"经典"。

总之，一个世纪的新诗批评，深受外在语境的制约与影响，常常与一些话语表达缠绕在一起，从而自觉张扬特定语境中流行的美学思想，于是，对于诗歌文本的解读，对于诗歌现象的评说，对于读者阅读的引导，对于诗歌范本的遴选，往往随着语境的更替、话语的消长、美学趣味的变化而改变，致使不同时期有不同时期的所推崇的新诗范本，短短的一百年中，新诗"经典"变动不居。现代话语参与遴选、塑造新诗"经典"，新诗"经典"也因此参与且将继续作用于中国现代文化建设，这一特点使其具有一种内在的生命力，有助于其继续传播与诗意的彰显，那些审美性突出的作品也因此具有了沉淀为超越时空的真正经典的可能性。

第二节　诗作留存

选本是主体阅读接受行为的体现，是文本存身的重要载体，在经典化过程中扮演着重要的角色。本书所论选本是指收录中国现代诗歌的各种选集，不包括《尝试集》《女神》这类诗人自选集。新诗诞生后不久，选本就出现了。1920 年上海新诗社出版了《新诗集（第一编）》，上海崇文书局出版了《分类白话诗选》；1922 年上海新华书局出版了《新诗三百首》，上海亚东图书馆出版了《新诗年选（1919 年）》，这些是新诗选本的滥觞。自此以后，每个年代都有大量收录新诗作品的选本，构成中国现代诗歌接受与经典化的重要向度。那么，不同年代是哪些人在编辑选本呢？目的何在？编辑了一些怎样的选本？它们对新诗经典的形成起了怎样的作用？

百年新诗选本的编选者主要由两部分人构成，一部分是诗人、新诗批评者和理论家，如康白情、朱自清、闻一多、赵景深、吴奔星、臧克家等，他们主要是从有利于新诗自身发展的角度编选作品，为同行和社会一般读者提供新诗阅读选集；另一部分则是学校教育工作者，特别是大学教授，如严家炎、钱谷融、谢冕、孙玉石、洪子诚、王富仁、龙泉明、朱栋霖、张新颖、张同道等，他们主要是为满足学校教学需要编选作品，为师生提供诗歌教学用书。于是，新诗选本便主要分为面向社会和学校两大类。

面向社会读者的选本，浩如烟海，其中一些属于新诗史上的经典选集，如《中国新文学大系·诗集（1917～1927）》《现代诗钞》等。它们体现了不同时代的选家对新诗独特的理解、认识与想象，经由所选诗作承认新诗坛既有的某种创作倾向，张扬某种诗歌理想，引领新诗发展方向。例如，《新诗集（第一编）》是新诗史上第一个选本，其序言回答了编印目的："汇集几年来大家实验的成绩"，给新诗爱好者提供"许多很有价值的新诗"，使他们"翻阅便利"，成为创作与批评的"范本"。① 它首次从"写实""写景""写意"和"写情"四个方面选择诗歌，肯定并倡导描摹社会现象、自然景色、高尚思想和纯洁情感的作品，倡导以具体描写方法写诗，这类作品被视为"很有价值的新诗"而得到大量选入，如胡适的《人力车夫》、刘半农的《相隔一层纸》、周作人的《两个扫雪的人》等。稍晚，许德邻的《分类白话诗选》问世，编选目的是"把白话诗的声浪竭力的提高来，竭力的推广来，使多数人的脑筋里多有这一个问题，都有引起要研究白话诗的感想，然后渐渐的有'推陈出新的希望'"。编选体例步《新诗集（第一编）》的分类法，与之"同声相应"，同样倡导以具体描写方法书写纯洁情感、高尚思想的新诗②，于是所选作品与《新诗集（第一编）》重叠率高，如刘半农的《相隔一层纸》、周作人的《两个扫雪的人》等，这些作品作为"范本"引领新诗创作朝写实、写景、写意和写情方向发展。《新诗年选（1919年）》是早期选本中佼佼者，阿英曾说："中国新诗之有年选，迄今日为止，也可谓始于此，终于此。"③ 该诗集没有遵循此前选本分类选诗原则，也就是反对将诗歌截然分类的观念，为无法归类的诗歌提供了收录与存在依据，有助于创作的多元发展。其《弁言》谈到编辑目的时，既承认"以饷同好"的诉求，同时又以孔子删诗自况，"今人要采风，后人要考古，都有赖乎征诗"。④ 不仅想引领新诗发展方向，还有一种为后世留存"经典"的意愿，所以在某些特别看重的作品后面以只言片语的方式予以点评，如：认为沈尹默的《月夜》"在中国新诗史上，算是第一首散文诗"⑤；周作人的《画家》"可算首标准的好诗，其艺术在具体的描写"⑥，以及《小河》"在中国诗里也该是杰作呵"⑦ 等。该诗集收录作品89首，专门评点力推的还有胡适的《应该》《上山》，傅斯年的《老头子和小孩子》，今是的《月夜》，

---

① 《新诗集（第一编）·吾们为什么要印〈新诗集〉》，新诗社出版部，1920。
② 许德邻编辑《分类白话诗选·自序》，崇文书局，1920，第4页。
③ 阿英：《中国新文学大系·史料索引》，良友图书印刷公司，1936，第301页。
④ 北社编《新诗年选（1919年）·弁言》，亚东图书馆，1922。
⑤ 北社编《新诗年选（1919年）·弁言》，亚东图书馆，第52页。
⑥ 北社编《新诗年选（1919年）·弁言》，亚东图书馆，第86页。
⑦ 北社编《新诗年选（1919年）·弁言》，亚东图书馆，第80页。

俞平伯的《风的话》，沈尹默的《三弦》，郭沫若的《天狗》等。在编评者眼中，它们是"中国新诗史"乃至"中国诗"里的"杰作"，即经典。这些选本的主要目的是以"杰作"引领新诗创作，有一种继往开来的特点。它们既是过去创作实绩的反映，又引领诗坛创作走向，这就是一种"史"的地位；引领、开启创作潮流，使它们可能成为新潮流源头意义上的代表作，后来类似风格的写作又反过来不断彰显它们的重要性，它们所承载的诗学也随着后来者新的创作而不断获得认可与传播，使它们的地位在诗学层面上得以巩固，所以，这类选本以引领创作的动机和特点在客观上使自己所收录的作品的价值得以突出，开启了它们走向经典的大门。

　　不同时代有不同时代面向社会的选本，体现出不同时代的诗歌眼光、诗学观念以及对新诗经典的不同想象。例如《中国新文学大系·诗集（1917～1927）》就与1920年代初的《新诗集（第一编）》《新诗年选（1919年）》等不同。朱自清曾回忆说："民国十年和叶圣陶同在杭州教书。有一晚，谈起新诗之盛，觉得该有人出来选汰一下，印一本诗选，作一般年轻创作家的榜样。"编选目的同样是为年轻作者提供创作范本，但同时他对此前出版的《新诗集（第一编）》和《分类白话诗选》颇不满意："这两种选本，大约只是杂凑而成，说不上'选'字。"[①] 其实，作为最早的两个选集，不能说没有"选"，当时诗歌作品数量那么多，怎可能没有选呢？分为四类不就是选择的结果吗？朱自清的否定说明他对此前诗集的"选"诗原则和结果不满，对它们所体现的新诗观念不认可。他将新诗分为自由诗派、格律诗派、象征诗派，以此为标准编选作品，形成了自己的取舍个性。例如，沈尹默的诗歌只选取《三弦》，而没有选《分类白话诗选》和《新诗年选（1919年）》均收录的《月夜》，因为朱自清自己"吟味不出"其诗意[②]；又如，特地选录了胡适的《一念》，原因是"虽然浅显，却清新可爱，旧诗里没这种，他虽删，我却选了"。[③] 该选本

① 朱自清：《选诗杂记》，《中国新文学大系·诗集（1917～1927）》，良友图书印刷公司，1935，第15页。

② 朱自清：《选诗杂记》，《中国新文学大系·诗集（1917～1927）》，良友图书印刷公司，1935，第16页。

③ 朱自清：《选诗杂记》，《中国新文学大系·诗集（1917～1927）》，良友图书印刷公司，1935，第19页。

以自由诗派作品为主体，重点选录了刘大白（14 首）、汪静之（14 首）、俞平伯（17 首）、冰心（18 首）、郭沫若（25 首）等诗人的作品；格律派重点选录闻一多、徐志摩的作品，分别为 29 首、26 首，可见他对该派的重视；李金发的诗歌争议颇大，但朱自清将其命名为象征诗派，选录 19 首。此后，自由诗派、格律诗派和象征诗派成为概括"五四"诗坛格局的基本框架，该选本成为后来许多选家和史家述史的重要参考，所收录的作品如《小河》《我是一条小河》《炉中煤》《天上的市街》《太阳吟》《雪花的快乐》《雨巷》《弃妇》等出镜率高，它们的诗歌史地位和诗性价值因此被反复阐释、不断彰显乃至增值，逐渐沉淀为新诗"经典"。

不同时期面向社会的选本对新诗经典化的作用不同。1920 年代至 1940 年代，重要的新诗选本有《新诗年选（1919 年）》、《分类白话诗选》、沈仲文的《现代诗杰作选》（上海青年书店 1932 年）、赵景深的《现代诗选》（上海北新书局 1934 年）、闻一多的《现代诗钞》（开明书店 1948 年）等。由选本标题可见，这一时期的诗歌观念经历了从"新诗""白话诗"到"现代诗"的演变，"现代诗"命名逐渐被普遍认可。然而，"现代"是一个内涵丰富的概念，何为"现代诗"尚未形成统一看法，以之审视、遴选诗歌致使各选本所选作品重复率低；当然，重复率低还与新诗坛张扬个性、自由取舍的氛围有关，与满足不同趣味的读者群的审美期待有关。各选本之间重复率低，虽然表明这个时期遴选出的被公认的精品很少，但也意味着有更多的作品受到不同选家关注，被保存下来，获得了进入读者视野的机会，使其中那些有生命力的作品没有随时间的流逝而消失，获得了成为经典的可能性。1950 年代至 1960 年代的选本，为引导新的审美风尚，舍弃了民国时期选本的取舍原则，重新遴选新诗，臧克家编选的《中国新诗选（1919～1949）》（中国青年出版社 1956 年），是一本以青年读者为阅读对象的诗选，是这一时期选本的代表。在代序《"五四"以来新诗发展的一个轮廓》中，臧克家站在社会主义、现实主义立场上重构新诗发展史，将它阐释成为"战胜了各式各样的颓废主义、形式主义，克服着小资产阶级的个人主义情调，一步比一步紧密地结合了历史现实和人民的革命斗争"① 的历史，按这一逻辑重新编选诗人诗作，重点选录了郭沫若、康白情、闻一多、刘大白、蒋光慈、殷夫、臧克家、蒲风、田间、艾青等诗人的那些具有"人民性"的作品，淘汰了民国选本推崇的胡适、周作人、李金发、朱湘等人的那些体现资本主义启蒙现代性的诗作，开启了现代诗歌经典化的崭新路径，使民国时期选本淘汰的一批作品在新的话语逻辑中受到关注，获得了接受读者阅读检验的平等机会，使那些具有"人民性"的作品如《凤凰涅槃》《天上的市街》《死水》《再别康桥》《雨巷》《大堰河——我的保姆》《雪落在中国的土地上》《别了，哥哥》《老马》等，在参与新中国文学话语建构中敞开了内在的经典性品格，获得了成为经典的可能性，所以，站在近百年现代诗歌传播接受的角度看，该选本张扬"人民性"文学逻辑具有历史的合理性。1980 年代至2010 年代，选本数量无以计数，代表性选本有艾青的《中国新文学大系·诗集（1927～1937）》（上海文艺出版社 1985 年）、王一川和张同道的《二十世纪中国文学大师文库》（海南出版社 1994 年）、谢冕和钱理群的《百年中国文学经典》（北京大学出版社 1996 年）、伊沙的《现代诗经》（漓江出版社 2004 年）等。它们努力站在历史和审美的角度审视遴选现代诗歌，所选作品既有民国选本所青睐的诗歌，也有 1950 年代至1960 年代选本推崇的"人民性"文本，还有与上两个时期选本没有交集的作品，显示出独立地为一个世纪新诗遴选经典的气度与眼光。这个时期各选本所选作品重复率高，一些诗作被不同选本同时收录，例如《凤凰涅槃》《再别康桥》《雨巷》《断章》等，这意味着经过大半个世纪的探索，我们民族对于新诗的阅读感受、新诗观念和审美趣味等趋于一致了；然而还有一个颇有意味的现象，即这几个作品很少被民国时期的选本收录，1920年代至 1940 年的选本几乎都没有收录《凤凰涅槃》，1930 年代至 1940 年的选本只有陈梦家的《新月诗选》、闻一多的《现代诗钞》收录了《再别康桥》。这表明当代尤其是 1980 年代中期以后，国人对新诗的审美取舍与民国时期有了很大的不同，形成了对理想新诗范型的独立判断、想象与表达。

综上所述，近百年面向社会读者的选本所经历的三个时期，其选诗立

---

① 臧克家编选《中国新诗选（1919～1949）》，中国青年出版社，1956，第 2 页。

场、原则与结果差异很大，各有特点，从传播接受层面看，给予了不同题材、主题与审美风格的文本以平等机会，有利于遴选出真正的新诗经典。

面向社会读者的选本，多从诗歌自身发展角度选择作品，对作品的遴选多追求个人性、原创性，在新诗经典化过程中起着引领方向的作用。与此同时，还有大量面向学校教育特别是高校教学的选本，如《初级中学国语文读本》（上海民智书局 1922 年）、赵景深编的《现代诗选（中学国语补充读本之一）》（上海北新书局 1934 年）、北京大学等编的《新诗选》（上海教育出版社 1979 年）、九院校编选的《中国现代文学作品选》（1986）、孙玉石主编的《中国现代诗导读（1917～1937）》（北京大学出版社 2008 年）等。从时间上看，这类选本出现于 1920 年代初，与面向社会读者的选本出现时间差不多；从量上看，则无以计数，比社会性选本多得多。这类选本主要不是为了引导诗歌自身发展，而是将新诗作为一种新的语言文学读本，作为一种新的知识向学生普及，以培养学生的语言能力和新的诗歌趣味，所以这类选本多以面向社会读者的选本所选作品为参照，结合学校教学需要遴选作品，"选"的原创性往往不足。它们的个性体现在教学需要所决定的取舍上，以郭沫若的《凤凰涅槃》《炉中煤》《天狗》《天上的市街》为例，它们在比较重要的 89 部选本（包括 1920年以降的 38 部面向社会的选本、1977 年至今的 34 部普通高校选本和 17部中小学教辅类选本）中的选录情况是：《凤凰涅槃》入选社会性选本、高校选本、中小学选本的情况分别是 9 次、33 次、1 次，《炉中煤》入选情况分别是 10 次、14 次、6 次，《天狗》的入选情况分别是 12 次、18次、0 次，《天上的市街》分别是 6 次、10 次、9 次。显然，中小学选本从培养孩子爱国主义和想象性角度重点选取的是《天上的市街》和《炉中煤》，而完全放弃了难懂而不利于语文教学的《天狗》，《凤凰涅槃》也只有一个选本收录；高校选本则高度认可神话与现实结合的《凤凰涅槃》；社会性选本则最青睐张扬自我的《天狗》。选者不同，接受对象不同，选本对作品的取舍则不同，两类选本的面貌颇为不同。上述统计数据还显示，它们入选社会性选本和学校选本的总次数差异很大，《凤凰涅槃》入选社会性选本 9 次，入选学校选本 34 次；《炉中煤》入选社会性选本 10 次，入选学校选本 20 次；《天狗》入选社会性选本 12 次，入选学校选本 18 次；《天上的市街》入选社会性选本 6 次，入选学校选本 19 次。显然，学校选本是新诗传播的核心媒介，相比于社会性选本，在新诗传播过程中发挥了更大的作用。青少年是诗歌的主要读者，通过学校选本，他们获得了关于新诗的感性认识，构建起了自己的新诗观念，那些作品也因此成为他们心中的新诗经典。

总之，两类选本特点、功能不同，社会性选本以其原创性的"选"，在推动新诗创作潮流的同时，通过向不同时期的大众读者提供新诗阅读范本，开辟新诗经典化路径，引领经典化的方向；学校选本则以巨大的发行量，以向学生普及新诗知识的方式，讲授社会性选本所遴选出的那些新诗作品，传播那些作品所体现的诗学知识，培养学生的新诗鉴别能力与审美趣味，改造民族固有的诗歌经验，培养新诗读者。在相当程度上，社会性选本所遴选出来的那些新诗范本，是通过学校选本而真正成为家喻户晓的"经典"的。

第三节　新诗历史化

文学史著就是对文学史实进行记录、叙述与定位，文学史实主要包括文学创作潮流、作家作品等，所以不管编撰者述史立场、目的与框架有何不同，不管是否具有经典化意识，客观上都参与了对经典的塑造。近百年各个时期的文学史著，包括新诗史著作，通过对新诗发生发展过程的叙述，通过对现代诗人诗作的评说与定位，成为影响现代新诗经典化的重要力量。

为何述史，如何述史，是关键问题。它与述史者的历史观、文学观直接相关，与其所处的现实环境有关。现代诗歌是一种全新的诗歌形态，对它的叙述不是对成为过去式的"历史"的讲述，而是对诞生不久且正在延续的"历史"的言说，是将新诗人及其作品叙述进记录历史的著作之中，使之历史化。这样问题就变得更为复杂。从为何述史、如何述史的角度看，近百年文学史包括新诗史著对新诗经典的塑造，其方式和特点主要有四。

一是以中国文学为视野，将现代新诗视为诗歌进化史的必然环节，阐述其发生、发展的依据与合法性，在大文学史框架内评说现代诗人诗作，揭示它们在"史"上的重要性、经典性。新诗发生后的第一个十年，就出现了一批文学史著作，主要有凌独见的《新著国语文学史（中等学校用）》（商务印书馆 1923 年）、胡毓寰的《中国文学源流》（商务印书馆 1924 年）、谭正璧的《中国文学史大纲》（泰东图书局 1925 年）、赵祖抃的《中国文学沿革一瞥》（光华书局 1928 年）、赵景深的《中国文学小史》（光华书局 1928 年）、谭正璧的《中国文学进化史》（光明书局 1929 年）等。"进化史""大纲""小史"等，是它们述史的框架结构，"进化""源流"与"沿革"昭示了言说的话语逻辑，中国现代诗歌是这一逻辑结构的必然环节。编撰文学史在相当程度上是以史著的逻辑力量与话语权力在新旧文学、新旧诗歌转型期为新文学尤其是新诗辩护，赋予它们以不可动摇的文学史位置，确认一些作品在文学沿革史、新诗进化史上的支点性价值，也就是指认它们为文学演变史上的经典。

从这一目的出发，它们遴选并评说那些彰显进化思想、体现源与流关系、具有历史进步意义的作品。《中国文学源流》叙述了从歌谣、古诗、乐府、近体诗到词曲、新诗的源流史，认为胡适等创作不押韵的新诗，"中国文学至此诚发生空前之一大革变矣"[1]，遵循源与流的逻辑，将胡适的《老鸦》、沈尹默的《生机》、周作人的《两个扫雪的人》和《小河》等，解读为中国文学史上开启新思潮的经典作品。《新著国语文学史（中等学校用）》将几千年的中国文学史叙述成为"国语文学史"，认为"从民国六年到现在，为时虽然不久，然而可以供给做国语文学史的材料，已是不少"[2]，由此专门抄录了胡适的《朋友》《他》《江上》《鸽子》《老鸦》《上山》，沈尹默的《人力车夫》《落叶》《三弦》，刘半农的《学徒苦》，俞平伯的《春水》，周作人的《秋风》等诗歌，以"国语文学"为标准，在"国语文学"逻辑中赋予所录新诗作品以"经典"地位。《中国文学史大纲》编制出一个以太古至唐虞文学、夏商周秦文学、两汉文学、三国两晋文学、南北朝文学、隋唐五代文学、两宋文学、辽金元文学、明清文学、现代文学等为章目的文学史大纲，其中，"现代文学"不是附骥的尾巴，而是文学新时代的开端；最后一章是"现代文学与将来的趋

---

① 胡毓寰编《中国文学源流》，商务印书馆，1924，第 330 ~ 331 页。
② 凌独见编《新著国语文学史（中等学校用）》，商务印书馆，1923，第 332 页。

势",在过去、现在与将来的框架中阐述《繁星》《春水》《女神》《蕙的风》《冬夜》《湖畔》等诗集的重要的诗学价值与经典地位。①"趋势说"是以一定的逻辑对文学未来发展的预见,不属于文学史书写范围,但这时期一些文学史叙述者乐于"预判"未来,文学史叙述相当程度的批评化成为一种特别现象。赵祖抃的《中国文学沿革一瞥》以朝代文学为单元阐释文学的历史沿革,新文学被称为"民国成立以来之文学",赋予其历史合法性,徐志摩、郭沫若被称为"新诗之健将"②,即经典诗人。

这些文学史著所述现代新诗在热烈讨论与探索中展开,著者一方面意识到新诗作品的尝试性、探索性,意识到新诗史的开放性,所以在指认经典时相当谨慎,例如,谭正璧的《中国文学进化史》最后一章"新时代的文学"设有"作家与作品"栏,列举了大量作家作品,但并没有标识出具体的经典文本;另一方面,又以进化的文学史观看待新诗创作,审视新诗作品,发掘其历史进步性,坚信其中有些作品具有成为经典的可能性,所以在无法判断它们是否为经典时,仍不厌其烦地将它们罗列出来,使其不至于被创作洪流所淹没。

二是在"新文学"的框架与逻辑中叙述现代新诗,重点阐释那些具有"新文学"特征、体现新诗艺术发展方向的作品,揭示其在新文学史、新诗史上的意义,使之在"史"的场域中彰显经典品格。这类史著的代表作有朱自清的《中国新文学研究纲要》(1929)、周作人的《中国新文学源流》(人文书店 1932 年)、王哲甫的《中国新文学运动史》(杰成印书局 1933 年)、吴文祺的《新文学概要》(上海亚细亚书局 1936 年)和李一鸣的《中国新文学史讲话》(世界书局 1943 年)等。著者的目的不再是为新诗的合法性辩护,因为新诗已经成为一种公认的主流诗歌形态,他们的目的是展示新诗创作实绩,呈现新诗发展轨迹,为新诗自身立传,于是在独立于古代文学史的"新文学"自身框架与逻辑中揭示新诗流变规律,找寻那些在诗艺流变中起过支撑作用的诗人诗作,阐发其意义,凸显其位置,客观上起到了将它们经典化的作用。

---

① 谭正璧:《中国文学史大纲》,泰东图书局,1925,第 152 页。
② 赵祖抃:《中国文学沿革一瞥》,光华书局,1928,第 125 页。

　　1929 年，朱自清开始在清华大学讲授新文学，其讲义《中国新文学研究纲要》的第四章标题为"诗"，相当于一部新诗史纲目，由"小诗与哲理诗""长诗""李金发的诗""徐志摩与闻一多的诗"等十一章构成。章目上李金发、徐志摩、闻一多、冯乃超的名字赫然在列；节目上出现的主要作品有《尝试集》《女神》《草儿》《冬夜》《志摩的诗》《死水》《我的记忆》《忆》《烙印》等；节下又专门列举一些"名作"，如俞平伯的《春水船》、康白情的《江南》、胡适的《应该》、沈尹默的《三弦》等，其中周作人的《小河》被称为"著名的象征的长诗"。①《中国新文学研究纲要》在叙述新诗流变史时醒目地推出那些"名作"，将它们解读成新文学"经典"。周作人的《中国新文学源流》，将新文学的源头追溯到公安派、竟陵派，在"言志"的诗歌史逻辑中推举出胡适、冰心、徐志摩、俞平伯、废名等诗人及其诗作，指认它们为言志派新诗的代表。王哲甫的《中国新文学运动史》认为新诗创作经历了讨论、尝试和演进三个时期，第九章为"新文学作家略传"，其中的诗人依次是郭沫若、周作人、冰心、徐志摩、朱湘、闻一多、汪静之、王独清、穆木天、白采、赵景深、胡适等，这是新文学史著第一次为诗人树碑立传，有一种刻意经典化意味。李一鸣的《中国新文学史讲话》将新诗史分为三个时期，认为胡适的《尝试集》、沈尹默的《三弦》、沈玄庐的《十五娘》"都是新诗运动初期的名篇"②；认为第二个时期"诗坛的盟主，要推徐志摩"③，朱湘、闻一多、郭沫若和徐志摩是"中国今代四大诗人"④；认为第三个时期值得提起的诗人是"李金发、戴望舒、王独清、穆木天、冯乃超、姚篷子等"⑤。该著专门抄录了郭沫若的《太阳礼赞》、徐志摩的《我来扬子江边买一把莲蓬》、朱湘的《悼歌》、闻一多的《也许》、李金发的《里昂车中》、戴望舒的《雨巷》等诗歌，将它们视为新文学史上的名篇经典。

　　这类文学史著，强调的是"新"，对新诗的择取、评述是以不同于古

---

① 朱自清：《中国新文学研究纲要》，《朱自清全集》第 8 卷，江苏教育出版社，1993，第 85~98 页。

② 李一鸣：《中国新文学史讲话》，世界书局，1943，第 49 页。

③ 同上书，第 62 页。

④ 同上书，第 64 页。

⑤ 同上书，第 73 页。

诗的现代白话自由诗的审美原则为尺度，从"新"的角度阐述其经典品格，突出其在诗学层面对于新诗建构的贡献。

三是为新中国编纂文学史，重新讲述新诗发生发展故事，遴选新的现代诗歌"经典"。进入 1950 年代后，文学史写作进入一个全新时期，述史成为新型话语建构的重要环节。1950 年上半年，教育部通过了《高等学校文法两学院各系课程草案》（以下简称为《草案》），要求"运用新观点，新方法，讲述自五四时代到现在的中国新文学的发展史，着重在各阶段的文艺思想斗争和其发展状况，以及散文、诗歌、戏剧、小说等著名作家和作品的评述"①。不久，又通过了《〈中国新文学史〉教学大纲（初稿）》（以下简称为《大纲》），强调新文学是新民主主义文学，要求以无产阶级、现实主义和大众化为立场，重新梳理、解读新文学史及其作品。《草案》和《大纲》实际上就是要求将一批作家作品解读成有助于新中国文化、文学建构的经典。

1951 年 9 月，开明书店出版了王瑶的《中国新文学史稿》（上），1953 年 8 月，新文艺出版社推出其下部。它努力以《草案》为"依据与方向"，编撰新文学史②，一方面坚持胡适的《尝试集》是第一部新诗集的观点；另一方面又认为其内容多是消极的，并将新文学起点定于 1919 年。一方面高度评价李大钊的《山中即景》、陈独秀的《除夕歌》、刘半农的《相隔一层纸》等作品，认为朱自清的《毁灭》是"超过当时水平的力作"③，强调闻一多具有伟大诗人的灵魂，指出郭沫若《女神》之后的作品更优秀，推崇蒋光慈的《新梦》《哀中国》，肯定中国诗歌会和工农兵群众的诗歌创作；另一方面认为徐志摩的"文艺倾向是很坏的"④，批评新月派、现代派，认为李金发是以离奇的形式掩饰"颓废的反动内容"，断定象征派是"新诗发展途中的一股逆流"⑤。全书没有设专门的章节叙述诗人、诗作，有意淡化个人及其作品的核心地位，叙述的诗人、诗

---

① 王瑶：《中国新文学史稿·初版自序》，新文艺出版社，1954，第 1 页。
② 同上书，第 1 页。
③ 同上书，第 64 页。
④ 同上书，第 76 页。
⑤ 同上书，第 80 页。

作虽多，但用力较平均，并没有将它们经典化的倾向。

该著开创了一种新的述史思路与模式。此后出版的文学史著，主要有张毕来的《新文学史纲》（作家出版社 1955 年）、丁易的《中国现代文学史略》（作家出版社 1956 年）、刘绶松的《中国新文学史初稿》（作家出版社 1956 年）、复旦大学学生集体编著的《中国现代文学史》（上海文艺出版社 1959 年）等。相较于王瑶本，这批史著以更大的力度重写文学史。一方面批判新月派、现代派、象征派，视之为新诗史上的逆流；一方面遴选、突出一批新的作品，主要有：李大钊的《山中即景》，郭沫若的《女神》《前茅》《恢复》，刘半农的《相隔一层纸》，康白情的《女工之歌》，刘大白的《卖布谣》，闻一多的《洗衣歌》，蒋光慈的《新梦》《哀中国》，殷夫的《孩儿塔》，艾青的《大堰河——我的保姆》《我爱这土地》，臧克家的《烙印》，蒲风的《茫茫夜》，田间的《给战斗者》，以及《马凡陀的山歌》等，将它们解读成为新的现代新诗"经典"。王瑶后来谈到 1950 年代后期至"文化大革命"期间的文学史写作时认为，由于极"左"思潮的影响，文学史写作越来越偏离文学与史实，无产阶级与资产阶级的斗争成为现代文学史的基本发展线索，甚至否定其新民主主义性质，叙述的重点"由作家作品转向文艺运动，甚至政治运动"，"'现代文学史'变成了'无产阶级文学史'"，"最后就只剩下一个被歪曲了的鲁迅"。[①] 这批文学史著所确认的"经典"诗人诗作，色彩较为单一，往往思想性大于文学性。

四是以尊重新诗发生发展客观史实为原则，以再现现代新诗历史、彰显新诗演进规律为目的，建立述史框架，重新遴选诗人诗作，阐发其在新诗艺术史上的价值与意义，使之经典化。1970 年代后期至今，重新编写符合历史事实的中国现代文学史、新诗史，重新遴选文学意义上的新诗经典成为一种自觉，出现了两个系列的史著。第一，从唐弢主编的《中国现代文学史》（人民文学出版社 1979 年），经黄修己的《中国现代文学简史》（中国青年出版社 1984 年）、钱理群等的《中国现代文学三十年》（上海文艺出版社 1987 年），到《中国现代文学三十年》（修订本）（北

---

① 王瑶：《中国现代文学三十年·序》，上海文艺出版社，1987，第 2～3 页。

京大学出版社 1998 年）、程光炜等的《中国现代文学史》（中国人民大学出版社 2000 年）等，为一个系列；第二，专门的新诗史著，如金钦俊的《新诗三十年》（中山大学出版社 1991 年）、孙玉石的《中国现代主义诗潮史论》（北京大学出版社 1999 年）、陆耀东的《中国新诗史》（长江文艺出版社 2005 年）等。前一个系列的文学史著，从唐弢本到 1987 年钱理群等的《中国现代文学三十年》，其特点是强调回归文学史真实，回归现实主义传统，重新辩证地评述胡适及其《尝试集》在新诗史上的地位，重新阐释郭沫若《女神》的个性解放主题，重新评说被极"左"文学史著所排斥的诗人、诗作，突破了在极"左"思潮影响下出现的那批文学史著的述史框架，重启了一些被边缘化的诗人、诗作入史和经典化的序幕。从《中国现代文学三十年》（修订本）开始，文学史叙述进一步强调还原历史真实，进一步突破既有的文学史叙述框架和逻辑，平等地对待不同思潮与流派的创作，在一个世纪新诗现代性建构的框架中，评述现实主义、浪漫主义和现代主义诗人及其诗作的诗歌史地位和诗学价值，李金发、戴望舒、冯至、穆旦等人获得了和郭沫若、闻一多、艾青、李季等平等的入史机会和经典化权利，高度评价了《凤凰涅槃》《死水》《再别康桥》《雨巷》《大堰河——我的保姆》《断章》《十四行集》《诗八首》等诗歌，也就是认为它们属于现代新诗"经典"。特别值得注意的是，其中《凤凰涅槃》《死水》《再别康桥》《雨巷》《大堰河——我的保姆》等也入选了臧克家 1950 年代中期编选的《中国新诗选（1919～1949）》，这既表明臧克家眼光犀利，所选的某些作品具有穿越时空的品质；又意味着世纪转型期出现的那批文学史著确实是以自己独立的判断在审视、遴选与评述现代诗人诗作。后一个系列的新诗史著，属个人著述，有的从流派角度述史，有的从探寻新诗自身流变规律述史，有的以诗美为核心、以论说作品为主而述史，有的专述现代主义思潮发生发展史，角度不同，但对现代新诗史上具有支点意义的诗人诗作的指认、理解却大体一致，主要也是郭沫若、李金发、闻一多、徐志摩、戴望舒、卞之琳、艾青、冯至、穆旦及其代表作。相比于前一个系列，专门的新诗史著对新诗历史的梳理，对内在演变规律的探讨，对诗人诗作的评述，都更为具体而深入，它们以新诗艺术自身发展为逻辑遴选诗人诗作，设专章加以论述，以充分的史料和理论思辨来揭示那些重要的诗人及其诗作在"史"和"诗"两个层面上的价值，确认其经典品质。两个系列的编撰者以一个世纪的文学、诗歌为视野，以历史和审美的眼光打量、评说新诗，共同参与遴选出了中国现代新诗"经典"。

第四节　途径与经典化

一百年来，批评、选本和文学史著以各自不同的方式、特征作用于现代诗歌的传播与接受，作用于诗人、诗作的汰选与经典化，形成了各自独立的展开史。但与此同时，它们又彼此关联，形成特定的合作关系，构成多维的传播世界。传播的世界是一个创作主体、文本、读者交互作用的世界，在这个世界里，主客体的身份不是固定的，而是在对话交流中互为主客体，彼此激活，生成意义。批评、选本和文学史著又使传播的世界多维空间化，在多维对话中生产"经典"。大体而言，三者之间存在三重关系。

一是批评与选本相互合作，推进现代诗歌的经典化。每一个时期的政治倾向、文化思潮和审美取向往往借助于新诗批评发出声音，表达自己的愿望，开启新的诗歌风气，引领新的诗歌创作潮流，培养读者新的阅读趣味，批评具有披荆斩棘、破旧立新的功能；同时期的新诗选本，往往按照批评所彰显的时代风尚、审美趣味遴选作品。例如，1920 年代初，围绕汪静之《蕙的风》展开了新诗批评，鲁迅、周作人、章衣萍、于守璐等著文维护《蕙的风》，此后的新诗选本遴选"五四"情诗，几乎都将眼光转向湖畔诗歌，收录《蕙的风》中的诗作，选本与批评相呼应，实现乃至巩固了那些批评所引导、彰显的诗歌精神，将体现时代诗歌理想的作品推向大众，让其在读者传播中进一步接受检验。

如果说这是先"评"后"选"的情况，那么还有一种"选""评"一体的现象，以《中国新文学大系·诗集（1917～1927）》为代表。它前面有一个《导言》，对新诗史上的重要现象、诗人及其作品作了评说，"评"与"选"相互呼应，形成互文关系，"评"在一定程度上回答了"选"的理由，"选"体现了"评"的诗学取向，共同将一些新诗作品推向阅读市场，接受读者的汰选，一些作品由是逐渐走向经典。

如果说《中国新文学大系·诗集（1917～1927）》的"选""评"一体还不够典型，《导言》作为一篇具有独立言说逻辑的梳理新诗发生发展历史的文章，与选本正文是分开的，与选本中的诗歌不构成直接的评说关系；那么，还有一种针对具体作品进行点评的选本，"选"与"评"真正融为一体，以《新诗年选（1919年）》为代表。它每首诗歌后面注明出处，诗后多有片语，对所选诗作最突出的特点进行点评，揭示其诗学价值所在。例如：认为周作人《小河》的出现"新诗乃正式成立"①，点明了该诗在新诗史上的地位、价值与意义；认为大白的《应酬》"这首诗的好处端在不着力。不着力或者倒是真着力"②，彰显其艺术奥秘所在；认为傅斯年的《老头子和小孩子》"这首诗的好处在给我们一种实感，使我们仿佛身历其境；尤在写出一种动象。艺术上创造力所到的地方，更有前无古人之慨"③，从阅读效果层面凸显其诗歌史地位。这种选本有"选"有"评"，"选""评"合为一体，有力地推动了新诗文本的经典化进程。

二是文学史著（包括新诗史著）与新诗批评相互支持，遴选新诗"经典"。1920年代初，新文学、新诗尚处于萌动展开阶段，其合法性还处于争辩之中，几乎与此同时关于其历史的书写就开始了，如胡适的《五十年来中国之文学》、凌独见的《新著国语文学史》、胡毓寰的《中国文学源流》、草川未雨的《中国新诗坛的昨日今日和明日》等。它们仅晚于新文学批评、新诗批评几年，一方面吸纳批评的成果，以史书的权力将一些批评话语转换成"历史"话语，给了《尝试集》《女神》《草儿》等以"史"的地位，赋予它们合法性的同时开始将其经典化；另一方面，著史者出于对新文学、新诗的感情，往往忘记了自己是在述史，忘记了史的严肃性，以写批评的方式编撰史书，历史书写在一定程度上变成了文学批评，或者说演变成为文学批评的一种方式。这样的情况几乎贯通一个世纪，于是新诗史书写与新诗批评史似乎很难真正拉开距离，有的时期二者对新诗作品的取舍、话语表达方式与言说逻辑惊人地相似，历史著述高度呼应新诗批评，甚至参与新诗批评，失去了史书的独立性、严肃性。于是

---

① 《一九一九年诗坛略纪》，《新诗年选（1919年）》，亚东图书馆，1922。

② 北社编《新诗年选（1919年）》，亚东图书馆，1922，第13页。

③ 同上书，第187～188页。

文学史著与批评文章所遴选、置重的诗人及其诗作，往往高度一致，很难从一个时期的史著中找到不同于该时期主流批评的表达，二者相互支持，推出了不同时期的"经典"。因为文学史著与新诗批评没有拉开距离，史著批评化，于是所遴选出的很多"经典"也只能是自己时代的"经典"，伴随着语境、时代主题的变化，不少"经典"在后一个语境中也就销声匿迹了。

三是选本与文学史著或离或合，作用于现代诗歌经典化。这有三种情况，第一种是有史无选，民国时期和 1950 年代上半期的一些文学史著，一般都没有相应的选本。这些史著，大都是个人著述，对如何述史、如何评判诗人与文本尚处于探索之中。它们的目的或是以史赋予新诗这种新型的诗歌样式以合法性；或是借史评说刚刚出现的诗人诗作，尚无为历史留存经典的明确意识；或是在新时代来临之际，试探性地按照新兴话语要求述史，对自己遴选的诗人及其诗作究竟有多杰出，并没有太大的自信，或者意识到了那些作品只是书写临时性话语的即兴之作，或者根本就没有从经典化意识层面思考问题，所以他们也没有自觉到要为读者编选相应的选本，没有意识到要向读者推介经典诗人诗作。这些史著具有一定的个人性、探索性，及时地以历史著作形式记下了大量诗人诗作的名字，使一些作品获得了经典化的可能性。但因为其探索性，加之没有相应的选本与之呼应，所以推动诗人及其作品走向经典的力量相对而言还是有限的。第二种情况是有选本而无相应的文学史、新诗史著。从 1920 年代初的《新诗年选（1919 年）》，到 1930 年代的《中国新文学大系·诗集（1917～1927）》，再到 1940 年代的《现代诗钞》等，它们都是诗人或学者编选的新诗选本，其特点是以文学审美眼光、诗美眼光选择诗人诗作，所选作品虽然有很强的个人性，但因为以艺术眼光为主，所选作品的艺术水准往往较高；其中一些选本还具有以选代史的特点，试图以诗人诗作形象地展示新诗发生发展历程，每个重要诗人的代表作往往就是新诗发展史上某类风格作品的代表，它们是新诗史重要关节点上的代表作，虽然没有相应的史著呼应其地位，但选本明显的以选代史的特点，让有心的读者很容易意识到其重要性；加之，选家往往是重要的诗人或者新诗专家，选本中的作品大都艺术水准较高，等于是优秀作品的大集结，所以这类选本相对而言经得起不同时期读者的阅读检验，发行量大，流传较广，所以它们所选作品经典化的概率较大。第三种情况是选、史配套，如北京大学等高校编写的《新诗选（1～3册）》（上海教育出版社 1979 年）、钱谷融主编的《中国现代文学作品选读》（华东师范大学出版社 1985 年）等，它们与相应的文学史著配套，一般是高校中文系教材，是以主编的文学史观、文学观为编选原则的，所选新诗作品是主编新诗史观与诗学理念的体现与展开。这些选本，大都是 1980 年代中期以后编选的，所选作品或为新诗史意义上的重要作品，或为纯审美意义上的作品，与文学史教材相得益彰，传播面广，共同塑造着青年学生的新诗史观和诗学观，在新诗经典化过程中起了相当大的作用，现在公认的新诗经典作品大都是经由这类选本与史著而最终确认、传播与完成的。

百年新诗批评、选本和文学史著以各自的方式作用于新诗的经典化历程，总体看来，三者之间基本上是共振呼应的，很少有冲突，很少有不一致，形成一种合作同构关系，共同遴选出了中国现代诗歌"经典"。

从浩如烟海的现代诗人、诗作中遴选出为数不多的"经典"，无疑是与现当代多重话语建构与生产相关的文化事件。如果说众声喧哗的新诗创作发展史，是 20 世纪一道夺目的文学风景；那么，现代新诗"经典"的塑造史、生成史则因各种声音的参与较量，因与各种现实问题、文化关系纠缠在一起，成为更为斑斓复杂的以新诗为语料的现代文化生产、建构史。新诗批评、选本和文学史著在作用于经典建构过程中，各自负载着浓厚的文学和非文学诉求，那么，以它们为主体力量所遴选出来的现代诗歌"经典"完全可靠吗？要回答这个问题，就必须对以它们为主体所推动的新诗经典化历史进行反思。

这是一个与被经典化对象的诗美资质有关的问题。现代诗歌指的是 1949 年之前的白话新诗，总共只有三十多年历史，且最初几年属于拓荒期，主要还是与各种反对声音论争，进行实验性写作，以回答白话是否可以为诗的问题。现代写诗的人虽然不少，诗歌数量也难以计数，但相对于古代诗歌而言，其历史太短，相对于成熟的古代诗歌艺术，现代诗美理想还处在探索中，艺术上还处在起步阶段，真正的诗美之作并不多，提供给选家、史家来遴选的优秀作品有限。不仅如此，现代诗歌属于白话自由体诗歌，势必受到旧式读者的质疑，于是现代新诗批评多是论证新诗存在的合法性和诗美探索的合理性问题，缺失艺术鉴赏性，或者说不以玩味、鉴赏为目的，于是选取批评对象时看重的多不是其诗美价值，那些被反复批评的作品有些可能只具有白话为诗的实验性、探索性，并不一定是艺术上精致的作品。它们因为批评不断令人耳熟能详，于是引起选家关注，收入各类选本，于是关于现代诗歌历史的书写，多绕不开这些作品。所以头脑清醒的选家往往会告诉读者哪些作品是真正诗美意义上的精品，哪些是文学史、新诗史意义上的代表作，而那些"史学"意义上的重要作品多不是艺术精品。就是说，那些被经典化的现代新诗作品，不一定具有真正经典所需的内在诗美资质，所以其是否属于真正的经典尚需打一个问号。

新诗接受与经典化的三向度——批评、选本和文学史著是由诗人、学者和理论工作者所承担完成的，他们的眼光是专家的，审美趣味是专业的，理论上讲有助于遴选出真正的新诗经典，事实上也确实在遴选、阐释新诗经典过程中产生了相当大的正面效应。但这只是问题的一个方面，我们还必须审慎地注意到另一面。第一，新诗批评者和选家，尤其是民国时期，多是正在从事新诗倡导、实践的诗人，例如胡适、刘半农、俞平伯、康白情、周作人、朱自清、闻一多、陈梦家等，他们思考更多的还是白话如何为诗的问题，他们的诗学观念还在探索中，还想象不出理想的新诗范型，还无法与当时的文坛、诗坛拉开必要的审视距离，无法以冷静超然的态度批评作品，只能以自己还不够成熟、不够完善的新诗观念批评新诗创作。编选新诗作品，他们所推举的作品只是符合他们当时的新诗理念，达到他们那时所想象的优秀新诗的水准，其中一些作品诗性平平，不具有经典品格，例如《人力车夫》《相隔一层纸》《学徒苦》等。第二，他们往往隶属于某个文学社团，认同某种创作潮流，在取舍作品时常常无法跳出文学小圈子，这不利于经典的遴选。草川未雨，实名张秀中，是海音社成员，1929年，该诗社所属海音书局出版了他的新诗史著《中国新诗坛的昨日今日和明日》。他完全站在拔高海音社诗歌的立场上，一方面批评否定《尝试集》《女神》《蕙的风》《繁星》《春水》等诗集；另一方面又不惜篇幅拔高海音社诗歌，设专节叙述、肯定名不见经传的谢采江的诗集《野火》和海音社的"短歌丛书"，肯定他自己的诗集《动的宇宙》等，失去了史家应有的尊重历史、尊重艺术的起码立场。闻一多的《现代诗钞》也未逃出本位主义陷阱，收录了新月派徐志摩、闻一多、饶孟侃、朱湘、孙大雨、邵洵美、林徽因、陈梦家、方玮德、梁镇等一大批诗人的作品，且排在选本最前面，以示其重要性。其中，徐志摩 13 首，是收录作品最多的诗人，排在前几位的还有陈梦家 10 首，闻一多 9 首，西南联大闻一多的学生穆旦 11 首；而郭沫若只有 6 首，戴望舒 3 首，早期诗人胡适、周作人、刘半农、康白情、李金发等一首也未收，个人诗学观念和本位立场影响了他对诗歌的取舍。闻一多的诗坛地位，无形的话语霸权，决定了其选本具有较大的影响力，而其选诗的偏执则不利于新诗经典的呈现。第三，专家控制着批评话语权，按自己的好恶编辑选本，普通大众读者的权利无形中被剥夺。经典必须具有雅俗共赏的特点，经得起大众读者的阅读检验，符合大众审美意识与趣味，换言之，大众读者应参与经典的遴选。然而，现代新诗批评与选本是专家意识与口味的反映，他们按照自己的标准代替大众读者选诗，或者说强行向大众读者推荐作品，甚至以教学的方式规定哪些作品是新诗经典，规定哪些选本、哪些作品属于必读书，要求学生阅读乃至背诵，专家借助于外在力量控制着大众读者的阅读取向，在相当程度上剥夺了大众读者选择的权利，他们所遴选出来的不少作品，诸如李金发的《弃妇》、卞之琳的《鱼化石》、穆旦的《诗八首》等，专业读者都很难读懂它们，何况大众读者呢？所以它们是否能成为超越时空的经典，还需打一个问号。

近百年以新诗批评、选本和文学史著为主体所推动的经典化历程，是在由社会现实、历史文化、流行时尚、文学理想、审美趣味以及新诗创作潮流等多重因素所共同构成的场域中展开的。这个场域相当复杂，浮躁，变动不居，影响着新诗的传播与接受。启蒙、救亡与革命是 20 世纪中国最大的主题，构成文学传播与接受场域中最核心的力量，其消长在相当程度上决定着场域的变化，决定着对新诗的取舍与艺术价值评判。在启蒙话语占主导地位的时期，表现个性解放、生命自由主题的作品受到青睐，如《小河》《天狗》《雪花的快乐》《教我如何不想她》等，被指认、阐释成为新诗经典；在救亡话语压倒一切的年代，解放、救亡及相关主题的诗歌受到重视，如郭沫若的《抗战颂》、杨骚的《我们》、田间的《给战斗者》、艾青的《雪落在中国的土地上》、戴望舒的《我用残损的手掌》等受到重视，广为传播；在革命话语凸显的时代，殷夫的《血字》、蒲风的《茫茫夜》、蒋光慈的《新梦》、郭沫若的《前茅》、闻一多的《洗衣歌》、李季的《王贵与李香香》等被确认为时代经典。总体而言，从1920年代起，传播接受场域的基本风貌和性质也随时代的交替、场域核心力量的消长变化，致使不同时代遴选、阐释出了不同的经典诗人、诗作；后一个时代所认可的经典往往与前一个时代的经典有很大的不同，甚至在主题与诗美上都是对前一时代经典的否定。就是说，现代诗歌经典化的历史不是一个沿着前代逻辑、遵循相同的诗美原则以遴选塑造诗歌经典的过程，而是频繁中断既有的阐释思路，不断另起炉灶，不断推出新的经典的过程。缺乏较长的相对稳定的沉积期，这无疑不利于新诗经典的沉淀。所以，近一个世纪里被各个时代共同认可的经典诗歌其实很少，例如《凤凰涅槃》《再别康桥》《雨巷》《断章》这些从1980年代后期以来就被读者高度认可的新诗经典，在民国时期却并不受欢迎，那时的文学选本很少收录它们。

中国是一个传统文化深厚的国度，作用于新诗传播接受与经典化的不只是现实层面的话语，如上述启蒙、救亡与革命，而且还有传统话语，且二者往往无形中结合在一起形成合力而发生作用，这是一个重要特点。例如，中国古代民为邦本思想，进入20世纪后与启蒙和革命主题相结合，致使劳工神圣、大众化等成为一个世纪里绵延不绝的文学潮流，影响着新诗批评、选本与文学史叙述走向，使书写底层民众生活的现实主义诗作常被青睐，化为经典。从理论上说，这没有问题，古今中外许多经典诗篇就是书写底层人民苦难的现实主义作品，然而事实上在一些时期存在只看劳工题材和主题而不重视诗艺的倾向，或者说降低了对这类主题作品的艺术要求，使它们获得了更多的传播接受与经典化的机会。胡适的《人力车夫》是一首他自己并不满意的作品，在增订四版中被删除，从诗美层面看乃平庸之作，然而笔者统计从1920年至今的收录了胡适诗歌的218个诗歌选本，《人力车夫》竟然是入选率最高的诗作，共有47个选本收录该诗[1]，这无疑与该诗所表达的劳工主题有着直接关系；《大堰河——我

---

[1]　方长安：《新诗传播与构建》，中国社会科学出版社，2012，第83页。

的保姆》因其表现了对底层农妇的深情，长期以来被各类选本和文学史著高度认可①，推为经典，其实这首散文化的诗歌，由"在……之后""你的……""我……""她……""大堰河……""同着……""呈给……"等句式所构成的大量排比句叙事抒情，靠真情与主题打动人，但诗句过于口语散文化，一览无余，失去了汉语诗歌的含蓄与凝练，其诗意并不如一些专家所言那么浓烈，称得上中等资质的作品，但不属于诗美意义上的精品；刘半农的《相隔一层纸》、刘大白的《卖布谣》、臧克家的《泥土的歌》等亦属此类作品。再如，中国传统诗学中的功利主义观念，与20世纪"为人生"话语、社会革命话语结合在一起，致使那些书写现实革命主题的诗歌，受到更多眷顾，例如蒋光慈的《新梦》、殷夫的《别了，哥哥》、田间的《给战斗者》、袁水拍的《马凡陀的山歌》等被多数时期的选本收录，被不同版本的文学史著指认为新诗史上的重要作品，经由阐释、传播，令人耳熟能详，成为新诗"经典"，但事实上其中不少作品并不属于艺术上乘之作。又如，中国是一个诗教传统深厚的国家，进入现代社会后，诗教的实施途径主要被学校教育所取代，于是编写供学生使用的选本与文学史教材成为重要现象；但进入1950年代后，选本与文学史教材编撰被统一性大纲所规约，那些不符合"人民文学"创造要求的诗人诗作，如胡适、周作人、李金发、戴望舒、穆旦等诗人及其诗作就被删除或批判，郭沫若、刘半农、刘大白、殷夫、朱自清、蒋光慈、臧克家、蒲风等人的那些有助于新中国文学话语建构的诗歌，则受到重视，新诗史地位不断提升，成为一代又一代青年学生心中的经典。诚然，以统一性大纲取舍作品，向学生推介作品，这符合学校教书育人的特点，合情合理，以这种方式所遴选、塑造出的经典有些确实是艺术精品，但以统一性大纲取舍作品也可能会抑制或抬高某些作品，所以，那些选本和教材所推崇的新诗也不乏艺术平庸之作。进入1990年代以后，新诗选本与文学史著更是泛滥成灾，不少编选者、编撰者或因缺乏足够的鉴赏力，或因懒惰东鳞西爪地照抄他人的选本与史著，向读者推介了一些艺术性不足的平庸作品，而一些大众读者正是阅读这类粗制滥造的选本和史著

---

① 方长安：《新诗传播与构建》，中国社会科学出版社，2012，第182~190页。

而形成自己的审美趣味的，这样他们的审美境界往往不高，无法辨识诗之优劣，这对于新诗经典化是一种负面现象，不利于真正优秀诗作的传播与接受。

批评、选本和文学史著作为现代诗歌传播与接受的三重向度，确实有力地推进了新诗的经典化，为不同时代遴选出了新诗"经典"；但如上所言，专家视野、变动不居的传播接受场域，以及外在话语的参与，致使新诗的经典化历程中存在一些问题，使所遴选阐释出的某些"经典"作品的经典性并不完全可靠。今天，我们应同情性地理解近百年里现代诗歌经典化历程，反思性地审视被批评、选本和文学史著所指认的那些新诗"经典"，并充分意识到现代诗歌经典化只是一个刚刚展开的开放性的历史过程。

第三章　跨语际传播塑造功能

现代社会，文学在不同语言之间的传播交流日益频繁，不同语言文学之间相互渗透、相互影响成为普遍现象。中国新诗是以全球文学为背景发生的，其精神与形式中融入了相当丰富的他者文化、文学基因。在一定程度上，新诗创作是一种跨语际文学实践活动。随着时间的推移，中国新诗也被译介到了他国，成为世界现代诗歌的重要组成部分。在这个意义上，新诗的经典化不同于传统诗歌的经典化，影响其经典性生成的背景更为阔大与丰富，新诗的经典性是一种现代文化意义上的经典性，一种立足中国而具有世界视野的经典性，所以新诗经典化的内涵更为丰富，而这种丰富中可能也充满矛盾，其张力也许就是其突出的价值所在。

第一节　跨语际诗歌翻译与中国诗歌形变

中国诗歌在"五四"前后完成了由传统文言格律诗向现代白话自由诗的形变。这个形变并非一夜之间发生的，而是在19世纪后期业已启动的动态过程中完成的。这个过程非常复杂，它的发生、走向与形态特征等是多重合力共同作用的结果，其间跨语际诗歌翻译同转型的关系相当密切，译诗也许是促使中国诗歌转型发生、完成的最为重要的力量。

鸦片战争以后，诗歌翻译成为中国诗坛引人瞩目的重要现象，许多重要的政治人物、思想家、文化人士有意无意地参与了外国诗歌的翻译活动。清末民初逐渐涌现的报纸杂志上，外国译诗同政治、经济、文化等方面的文章一同刊发，占据了相当的版面。政治、文化人士从事文学活动，是近代以来文坛的重要特点，不过在他们那里，文学活动不再只是一种个人消遣行为，而是政治、文化活动的重要组成部分，他们翻译外国诗歌同样不再是一种传统意义上的诗歌行为，而主要是借以表达某种政治理想，抒发政治情怀，传播某种思想，所以近代报刊等公共领域传播的译诗一开始并非为了诗歌本身的建构。

然而，外国译诗毕竟是一种新型的诗歌，且许多重要人物参与了译诗活动，使译诗成为一种新的诗歌景象，所以它不可能不影响中国诗歌的演变与走向。于是，我们不禁要问：晚清以降的译诗到底经历了怎样的一个流变过程？它对于中国诗歌的转型、发展究竟起了怎样的作用？或者说，译诗与中国诗歌形变之间到底存在一种怎样的关系？

就现有资料看，鸦片战争以后最早的一首汉译外国诗歌不是出于中国人笔下，而是外国人所为，英国人威妥玛于 1864 年以汉语翻译出美国诗人朗费罗的《人生颂》，该译诗后经中国人董恂修改，题为《长友诗》。威妥玛以一种较为自由、无韵的汉语诗体翻译《人生颂》，其译文诗味明显不足；董恂则以七绝形式译之，营造出了某种诗意，但他的诗意完全来自中国传统七绝，散发着中国古诗气息，且诗体又不自由，所以经他修改后的译诗失去了原诗的韵味。① 从当时的诗坛状况看，该译诗并未触动中国人的诗学观念，没有动摇既有的古诗创作格局，其影响主要表现在外国诗歌翻译上，即开启了以古诗体翻译外国诗歌的风气。②

清末民初外国诗歌翻译者，大都为忧国忧民的志士，他们对外国诗歌中那些具有民族主义、爱国主义思想倾向的作品极感兴趣，诸如拜伦的《哀希腊》、裴多菲的《故国》、丁尼生的《哀波兰》等，法国的《法国国歌》（即《马赛曲》）、德国的《祖国歌》等也备受青睐。王韬在 1871年与人合译出《法国国歌》，其中反复咏叹如此诗句，"奋勇兴师一世豪／报仇宝剑已离鞘／进兵须结同心誓／不胜捐躯义并高"，表现了反封建专制、争取民族独立的精神，感人肺腑。他的另一译诗《祖国歌》中则不断回响着"谁为日耳曼之祖国兮"这一诗句，以激励国人意志，据称蔡

---

① 参见郭延礼《中国近代翻译文学概论》，湖北教育出版社，1998，第 79～81 页。
② 这种译诗将外国诗歌装进了中国旧诗的形体里，所输入的某种新的思想观念在文言和格律的挤压中，成了枯黄的枝叶。

锷曾为之动容，曰："吾读其《祖国歌》，不禁魄为之夺，神为之往也。德意志之国魂，其在斯乎！其在斯乎！今为录之，愿吾国民一读之。"①那一时期，胡适翻译了堪白尔的《军人梦》；梁启超、胡适、马君武、苏曼殊等均翻译过拜伦的《哀希腊》，他们从该诗中获得了一种精神上的共鸣，翻译该诗旨在宣传民族独立思想。

当时这些译者大都青春年少，又接受了现代西方个性解放思想，不满于中国传统的婚姻观念，渴望真正的爱情，所以在忧国忧民同时，他们的爱情意识开始觉醒，于是爱情题材的诗歌成为又一翻译热点。苏曼殊翻译过雪莱、拜伦、彭斯、歌德等人的爱情诗，在当时颇引人注意；鲁迅翻译了海涅的《少女的爱》；黄侃翻译了拜伦的《留别雅典女郎》；马君武也译了一些情诗，如雨果的《重展旧时恋书》，其中有如此诗句，"百字题碑记恩爱／十年去国共难虞／茫茫天国知何处／人世苍黄一梦如"，这种将人生意义与爱情相结合的情诗，在清末民初译诗中颇具代表性；胡适也翻译过海涅的情诗。

上述两类题材、主题的外国译诗，在今天看来，自然没有什么特别的地方，但在当时中国诗歌语境中却令人震惊，甚至给人以惊世骇俗之感。为什么会这样呢？因为中国自古以来崇尚的是天下主义、家族主义，以天下为公，以家族为立足之地，中国人追求的是修身、齐家、治国、平天下，而所谓的"国"也是天子的"国"，这就是说，中国传统社会只有空泛的天下主义，没有真正的民族主义，所以文学创作上几乎没有真正意义上的民族主义、爱国主义作品。在男女关系上，中国传统社会讲究的是父母之命、媒妁之言，男女情感受压抑，文学上正面而直接表现爱情的作品不发达。对这些特点，20世纪初中国知识分子所感很深，刘半农就曾说过："余尝谓中国无真正的情诗与爱国诗，语虽武断，却至少说中了一半。"② 朱自清亦曾严肃地指出："中国缺少情诗，有的只是'忆内''寄内'，或曲喻隐指之作；坦率的告白恋爱者绝少，为爱情而歌咏爱情的更是没有。"③ 刘朱二人"语虽武断"，但还是颇有道理的。中国古代诗歌非

---

① 参见郭延礼《中国近代翻译文学概论》，湖北教育出版社，1998，第87页。
② 刘半农：《诗与小说精神上之革新》，《新青年》1917年第3卷第5号。
③ 朱自清：《中国新文学大系·诗·导言》，上海良友图书公司，1935，第4页。

常发达，但古代诗歌中表现爱国主义和直接歌咏爱情的作品却很少，现代意义上的民族主义诗歌更是无从寻觅。这一诗歌背景，决定了上述翻译诗歌的重要性。就是说，清末民初的外国诗歌翻译者，从个人兴趣出发所翻译的那些表现民族独立主题、爱国主题和青年男女爱情自由主题的诗歌，有意无意间为中国诗坛输入了一种西方现代的民族主义、爱国主义和爱情自主观念，震撼了中国传统诗坛，动摇了中国旧诗坛的精神结构与价值取向，就是说翻译诗歌为中国诗坛引入了一股全新的思想活水，为中国诗歌在思想层面上的转型开启了一扇闸门。日后，中国诗歌的转型，一个重要的表现就是诗歌内在思想主题的转型，如果没有这些翻译诗歌打前站，中国诗歌要完成由所谓的"天下主义"诗歌、"忠君"诗歌和"忆内""寄内"诗歌向现代民族主义、爱国主义诗歌和爱情诗歌的转型，那是难以想象的。

当然，清末民初那些译诗，并非真正的现代诗歌，它们最致命的问题是诗体形式仍是传统的。几乎所有的译者，都是以中国古代文言诗歌的形式翻译外国诗歌，译语是文言，形式是五言、七言或词曲，讲究押韵、对仗，追求整齐划一，所使用的语词基本上是传统诗歌中惯用的意象词，这样许多译诗，便失去了原语诗的味道，成为地道的中国诗歌。梁启超对此感受颇深，他曾谈到译拜伦《哀希腊》的体会："翻译本属至难之业，翻译诗歌，尤属难中之难。本篇以中国调译外国意，填谱选韵，在在窒碍，万不能尽如原意。"[1] 以中国调翻译西方诗歌，自然是无法真正传达西方诗的神韵。当时之所以采用古诗词形式翻译外国诗歌，主要是由于多数译者心中古代文言诗歌仍是最理想的诗歌，他们的认识尚未上升到革新古诗形式的高度。

近代译诗开启了中国诗歌变革的大门，但形式上的归化特点，决定了它无力承担完成中国诗歌转型的重任，事实上近代外国诗歌译者也没有真正意识到译诗形式对于诗歌转型的意义，他们尚无完成中国诗歌转型的志向。随着时代发展，到"五四"前后，一些人开始认识到翻译诗歌语言、

---

① 梁启超：《新中国未来记》，阿英编《晚清文学丛钞·小说卷一》（上册），中华书局，1980，第61页。

形式的重要性，对过去那种以文言古诗体述译、意译外国诗的做法进行了反思。周作人在《点滴·序》中就认为："此后译本应当竭力保存原作的风气习惯，语言条理，最好是逐字译，不得已也应逐句译。宁可中不像中，西不像西，不必改头换面。"[①] 他认识到了直译不是简单的语言问题，而是思维、文化问题，"不必改头换面"强调的是对他者的完整引入，也就是希望以外来文学的语词、思维、诗学真正冲击中国文言诗学体系，扩展中国诗歌的内在张力，以促使中国诗歌的更新。这种直译观念无疑建立在对晚清以降述译、意译理性反思的基础上，它带来的将不只是译诗形式的变化，而且将改变译诗与新诗关系，促使中国诗歌完成由传统向现代的转型。

　　"五四"前后《新青年》刊载的翻译诗歌，是中国现代直译诗歌的先行者，代表了当时译诗的最高成就，由它们可以看出译诗与中国诗歌转型的实质性关系。事实上，《新青年》的翻译诗歌并非一开始就是直译，其最初几年的译诗多为文言古诗，沿袭的是梁启超、苏曼殊等人在清末民初时的述译、意译方法，对外国诗歌进行了归化处理；到"五四"前后，随着其成员的文学革命意识日渐清晰，特别是白话自由诗创造意识开始觉醒，《新青年》的译诗语言、形式便随即作了大的调整。这一时期，《新青年》仍然致力于翻译爱国主义诗歌和情诗，例如刘半农翻译的《马赛曲》（第 2 卷第 6 号）和胡适翻译的苏格兰女诗人安妮·林赛（Anne Lindsay）的《老洛伯》（第 4 卷第 4 号），继续向中国诗坛"输入现代爱国、爱情观念"[②]，输入现代民族主义思想和婚姻自主意识，但译诗语言则发生了很大的变化，由文言变成了白话，形式也解放了，由格律诗变成了自由诗。胡适曾谈到《老洛伯》这首诗，认为它"向推为世界情诗之最哀者"，是经典情诗，而其语言则是苏格兰"白话"，"全篇作村妇口气，语语率真，此当日之白话诗也"[③]。胡适看重的是原诗的"村妇口气"，推崇其白话诗形式，所以将它转译成汉语白话自由诗，以传达其情感意蕴。刘半农的译诗在近现代翻译诗歌史上地位很高，他在《新青年》

---

① 周作人：《点滴·序》，北京大学出版部，1920。
② 方长安：《〈新青年〉对新诗的运作》，《学术研究》2006 年第 1 期。
③ 胡适：《老洛伯·引言》，《新青年》1918 年第 4 卷第 4 号。

上翻译了大量译作，其《马赛曲》较之以前王韬等人对该诗的翻译更符合原语诗歌的神韵，他的直译意识非常明确，且不断实践，用他自己的话说，就是要在中国诗坛"自造一完全直译之文体"①。"直译的文体"就是尽量保持原语诗歌的文体，也就是一种新的汉语诗歌样式，直译文体意识的自觉，意味着对既有诗歌文体的不满，它的出现有力地冲击、改变了中国诗人的诗体观念，成为他们白话诗写作时新的参照对象和模仿资源。

如果说清末民初的外国诗歌译者，其文学意识尚未真正觉醒，尚未将译诗作为中国诗歌自身建构的重要环节；那么"五四"前后《新青年》的外国诗歌译者，则自觉地将外国文学翻译纳入中国文学革命进程中，将译诗与新诗创作视为同一问题进行思考，译诗成为新诗创作主要的参照对象，二者在互动中相互渗透、发展。1918年，《新青年》第4卷第2号发表了周作人的《古诗今译》，即两千年前的希腊古诗。在译诗前面的 *Apologia*（辩言）中，周作人认同"翻译如嚼饭哺人"这种观点，在他看来，译诗就是为了"哺人"，也就是哺育中国新兴的白话自由诗，这是译诗与新诗创作间的一种直接关系。在谈到希腊诗歌时，他还指出："中国只有口语可以译它"，"口语作诗，不能用五七言，也不必定要押韵；止要照呼吸的长短作句便好。现在所译的歌，就用此法，且来试试；这就是我的所谓'自由诗'"。② 这段话尤为重要，它不仅表明周作人已经深刻地意识到口语翻译诗歌优于文言翻译诗歌，更表明他开始将外国诗歌翻译视为自己的新诗创作实验，开始将诗歌翻译等同于新诗创作，开始将译诗看成新诗，译诗与汉语新诗合二为一了，这是一种全新的诗歌翻译观念，它意味着译诗与新诗创作间的关系已超越了前述二元性的哺育关系，译诗即新诗，二者浑然一体了。

当时，不只是周作人如此看待译诗与新诗关系，其他主要的译者在实践上也是这样做的，其中最富代表性的是胡适及其译作《关不住了》。该诗是美国诗人萨拉·蒂斯代尔（Sara Teasdale）所作，题为 *Over the Roofs*，胡适将它翻译成白话自由诗，刊登在《新青年》1919年第6卷第3号上。

---

① 刘半农：《我行雪中·译者导言》，《新青年》1918第4卷第5号。
② 周作人：《古诗今译》，《新青年》1918年第4卷第2号。

胡适对自己的译诗非常满意，甚至掩饰不住内心的惊喜，曰："《关不住了》一首是我的'新诗'成立的纪元。"① 这一表达颇有意味。倘若用今天的版权标准看，胡适似乎属于剽窃他人成果，但诗歌翻译不同于一般文类翻译，它本身就是一种创造性生产，且胡适当年确实是以自己多年来所积累的白话诗创作经验创造性地翻译这首诗的，他是以创作新诗的原则翻译这首诗的，从译诗中不难看出其白话诗的痕迹。

中国白话新诗成立的标志在哪里？中国诗歌由传统向现代转型的标志是什么？严格意义上讲，我们确实很难找到一个为大家所共识答案。然而，胡适毕竟是新诗的倡导者、开拓者，他的言论与作品无疑是有相当权威性的。就是说，狭义上讲，我们可以认同胡适的观点，将其译诗《关不住了》看成现代新诗成立的"纪元"，看成中国诗歌转型的标志。然而，这个"纪元"却并非他的原创，而是一首翻译诗歌，这确实耐人寻味，但有一点是可以肯定的，即"五四"时期译诗与新诗创作在相互渗透中合二为一了，新诗的探索、发展离不开译诗的哺育，译诗对中国诗歌转型的贡献似乎无论怎样形容都是不过分的。

这也进而向我们提出了一个问题，即中国新诗史写作该如何处理译诗？译诗到底算不算中国新诗？世界文学可能不再是一个独立于国别文学的概念，国别文学史写作该如何处理与世界文学史之间的关系，或者说长期以来的国别文学史写作是不是遮蔽了太多的现象与问题，是不是掩埋了现代文学、现代新诗的某些经典性？《关不住了》这类译诗是否具有进入中国新诗"经典"库的资格？这些无疑是现代社会跨语际诗歌翻译所带来的需要重新思考、处理的问题。

第二节　"十七年"英文版《中国文学》
诗歌选译论

向外译介作品，是张扬主体性的跨语际文学传播行为，或者说是

---

① 胡适：《尝试集·再版自序》，《中国新文学大系·建设理论集》，上海良友图书印刷公司，1935，第315页。

一种自觉参与世界文学活动的文化实践，它在塑造国家文学新形象的同时，打开了本国文学经典化的新空间。在这个意义上，1951 年创刊的英文版《中国文学》是一本文化和文学含义丰富的刊物，值得深入考察、研究。

英文版《中国文学》是新中国成立初由官方发行的向外译介中国文学作品的刊物。该杂志译介的作品中，诗歌所占比重较大。本节选取了1951～1965 年《中国文学》中的诗歌作为考察对象，梳理其编选方针、选译情况，以及不同时期选材的变化，阐释其特点，并揭示在诗歌编选过程中发生作用的显性及隐性因素。

一 编选方针与古诗翻译

《中国文学》第 1 期出版于 1951 年，最初是以年刊形式出版，1953年改为半年刊，具体出版时间并不固定。1954 年改为季刊，1958 年再改为双月刊，1959 年正式改为月刊。在《中国文学》初创的前三年，刊物的工作人员较少，主要的编辑工作，如选稿、编排、定稿等，都由刊物负责人叶君健一人承担。稿件来源则主要由美籍专家沙博理（Sidney Shapiro）、翻译家杨宪益和他的英籍夫人戴乃迭（Gladys Yang）提供，其中相当一部分是这三位翻译家的旧作。也就是说，1951 年到 1953 年刊物初创期选材主要有两个步骤：第一步是翻译专家提供英译稿件；第二步叶君健从翻译家提供的译稿中进行筛选并定稿。1953 年第三期出完后，刊物"已经在国外有了影响"①，于同年 7 月正式成立独立的编辑部和编辑委员会（以下简称"编委会"），在编辑和翻译岗位上增补了大量的工作人员，并明确了编辑和翻译之间的分工，选稿来源也不再只限于几位翻译家的旧作，范围扩大到了各个重要文学刊物，如《人民文学》《人民日报》《诗刊》等，这使得在选材过程中翻译家的自主性降低，编辑的作用开始凸显。同时，中宣部还详细为刊物制定了选材方针："以介绍我国优秀的当代文学作品为主，并介绍少数'五四'时期和古典的优秀文

---

① 吴旸：《〈中国文学〉的诞生》，见周东元《中国外文局五十年回忆录》，新星出版社，1999，第 491 页。

学作品。"① 从刊物的实际选材情况来看，此处所指的"五四"时期的文学作品，实际上是指现代三十年间的文学作品，即现代文学。这一方针以文本的创作时间对作品进行分类，背后隐藏的话语逻辑是以社会制度给文学作品定性，只有当代文学是社会主义的新文学，在当代文学和古典文学、"五四"文学之间，隐隐形成了一种新与旧的对立。1959 年 4 月，对外文委在 1953 年编辑方针的基础上进行了调整，考虑到"'五四'新文化运动，对于亚、非、拉丁美洲的民族文化发展，将是有帮助和影响的"，因此"拟可适当增加'五四'的部分"，"拟大体定为 4（当代文学）、4（'五四'时期作品）、2（古典作品）的比例"②，但到了 1960年，这一方针就被外文出版社更改，要求逐渐减少"五四"作品比例，规定只"适当"或"有计划的"选择"部分""优秀"的"五四"作品。从这以后，一直到 1965 年，《中国文学》编辑部虽频繁出台新的编辑方针，但基本上没有太大变化，都是要求以当代文学作品为刊物选译的主体。这一时期，刊物诗歌类作品的实际选材情况，分类统计结果如表 3 - 1 所示。

表 3 - 1 1951~1965 年《中国文学》诗歌作品选材统计

诗歌类别 期刊年份	古典诗歌	现代诗歌	当代诗歌	年度共计
1951	0	1	0	1
1952	0	0	0	0
1953	1	0	0	1
1954	0	5	0	5
1955	26	0	6	32
1956	0	2	16	18
1957	0	0	2	2
1958	21	27	46	94
1959	0	1	21	22
1960	16	12	28	56

---

① 《对外文委〈关于外文出版社出版的四种外文刊物编辑方针的请示报告〉（〔59〕联 46 致字第 606 号 1959 年 4 月 7 日）》。见周东元、亓文公《中国外文局五十年史料选编 1》，新星出版社，1999，第 159 页。

② 《对外文委〈关于外文出版社出版的四种外文刊物编辑方针的请示报告〉（〔59〕联 46 致字第 606 号 1959 年 4 月 7 日）》。见周东元、亓文公《中国外文局五十年史料选编 1》，新星出版社，1999，第 159 页。

续表

诗歌类别 期刊年份	古典诗歌	现代诗歌	当代诗歌	年度共计
1961	10	5	21	36
1962	82	15	11	108
1963	66	30	11	107
1964	10	14	12	36
1965	59	0	25	84
共计	291	112	199	602

由表 3-1 可知，尽管刊物的编辑方针反复强调当代文学的主体地位，但实际上比重最大的是古典诗歌，尤其是在 1962 年和 1963 年，古典诗歌的选译出现了数量上的井喷。《中国文学》甫一出世，就担负着向外传播我国优秀文学作品、塑造新中国形象的重要使命。上级单位要求刊物以当代文学为选译主体，正是希望通过当代文学反映当时新中国建设状况，达到塑造良好国家形象的目的。然而这一时期诗歌翻译者，主要是一些外籍专家，或具有西方学习背景的翻译家，如杨宪益和戴乃迭夫妇，新西兰籍友好人士路易·艾黎（Rewi Alley）等。戴乃迭和艾黎本身就是外籍人士，杨宪益曾在欧洲留学六年，这几位译者虽然都自愿投身火热的新中国建设事业当中，认可新中国的政治理念和文艺政策，但他们在成长或受教育过程中，受西方文化影响所形成的个人品位和艺术欣赏趣味，却与当时的主流审美观存在一定的距离。在中国不同时期的诗歌中，他们最喜爱古典诗歌，从自身的审美眼光出发，认为古典诗歌更能体现中国文学的崇高与优美。且这些译者对于西方文化以及西方读者的阅读心理都有一定的了解，知道对于相当一部分西方读者来说，中国文化中最具吸引力的是传统的、古老的、民族化的那一部分。中国的现代文学，是在西方影响下发生、发展的，无论是主题还是艺术技巧，都不难找到西方文学影响的痕迹。当代文学作为现代文学的延续，不仅存在同样的问题，新中国成立后更受到苏联文学影响。相较中国现代和当代诗歌，西方读者对中国古典诗歌更有阅读兴趣。翻译群体自身的艺术审美倾向，以及他们对刊物读者阅读心理的迎合，促使他们在刊物诗歌类的选材上，更多地偏向古典诗歌。

特别是到了 20 世纪 50 年代后期，中苏关系破裂，文艺界不再一切向苏联看齐，开始向内发掘自己的文化遗产。在当时普遍存在的民族自主情绪的主导下，文学界出现了学习和翻译古典文学的热潮，也正是从这时开始，政治运动越来越频繁，《中国文学》英文组经常被要求突击加班，杨和戴夫妇"往往主动把任务包揽下来，以保证全组同志正常休息"，这对"承担了大部分工作压力"① 的翻译家夫妇，借助着这股翻译、介绍古典文学的热潮，为自己所偏爱的古典诗歌被大量选译找到了合法性，促成了1962 年和 1963 年古典诗歌译介井喷的现象。

从篇目上看，这十五年间选译的诗歌涵括屈原、杜甫、陶渊明、李白、白居易、王维、苏轼、陆游、李贺、范成大、王安石等 11 位诗人的名篇 225首，以及汉代民歌 2 首，《诗经》15 首，汉乐府 15 首，司空图《二十四诗品》，唐乐府 10 首。1954 年以前，刊物选译的古典诗歌只有屈原的《离骚》，选译这首诗主要是因为"那个时候中国是跟着苏联走"②，刚好那几年苏联出版了一系列纪念世界名人的书，这些世界名人包括屈原，1953 年又恰逢屈原逝世 2230 周年，世界和平理事会通过决议确定屈原为当年纪念的世界四位文化名人之一，当年的《中国文学》刊发屈原的作品，是最应时的选择。实际上这版译稿是杨宪益在欧洲留学时的旧作，彼时杨宪益出于兴趣，刚刚开始翻译文学作品，翻译理念尚未成熟，这首译作获得的评价也褒贬不一。杨宪益对《离骚》颇有研究与心得，如认为《离骚》的实际作者并不是屈原，而是汉代淮南王刘安，他曾在多部学术著作及回忆录中宣称《离骚》是一部伪作③。不仅如此，在屈原的所有作品中，《离骚》还是毛泽东最喜爱的作品之一，因此刊物选译《离骚》也就在情理之中了。

总体而言，50 年代中前期，编译人员并没有受到来自政治运动的过大压力，在选材方面享有较高的自主权。50 年代后期，政治氛围越来越紧张，编译人员在选材过程中的随意性和自主性也逐渐变小。1962 年，为了纪念杜甫诞生 1250 周年，编辑部拟再一次选译杜甫诗歌时，就有编

① 赵学龄：《翻译界尽人皆知的一对夫妇——记杨宪益、戴乃迭》，见周东元《中国外文局五十年回忆录》，新星出版社，1999，第 491 页。

② 雷音：《走近杨宪益》，见文明国《杨宪益对话集——从〈离骚〉开始，翻译整个中国》，人民日报出版社，2011，第 209 页。

③ 杨宪益：《杨宪益自传》，薛鸿时译，人民日报出版社，2010，第 86 页。

辑部内部的同志提出反对意见，认为刊物应该注意对部分仍处于民族解放战争中的亚非拉国家的读者的影响，如果过多刊登杜甫的描写战争残酷的诗歌，会引起读者的反战心理。为此，编辑部还特别请示了当时的中宣部副部长林默涵，最后由林默涵亲自批示说"没有那么严重"，这些诗"正说明了过去剥削阶级的罪恶"①，杜甫的《兵车行》等名作才得以刊登。

由于 50 年代后期，刊物部分工作人员越来越左，为了顺利地将某些古典诗作介绍出去，不引起编辑部内部某些"左倾"人员的异议，刊物在选译著名古典诗人的作品时，出现了两个较为明显的倾向：一是选择现实主义诗人的诗作，如杜甫、白居易、范成大的作品；二是选择歌颂劳动阶级、表现劳动人民疾苦、反映战争残酷、表现爱国之情等主题的诗歌，如杜甫的"三吏""三别"，白居易的《缭绫》《卖炭翁》等。另外，所有的古典诗人的诗歌被选译时，都在诗歌前附加了作家的生平说明，或附刊一篇专门的诗歌赏析、评论文章。在这些生平介绍和评论文章中，要么强调诗人的爱国，如叙述辛弃疾、陆游在民族危难时抗敌从戎的经历；要么强调诗人的爱民，如评析白居易的诗歌通俗易懂的特征、范成大诗作中关于民生疾苦的描写，叙述王安石少年时目睹官员和地主对贫苦大众的剥削而由此激发的从政改革的决心等。在当时的大环境下，突出诗人、诗作的人民性或爱国主义色彩，是编译人员采取的选材策略。

从文体上看，汉代民歌、汉唐乐府、《诗经》等的创作主体为不知名的大众，相较而言它们更受到编译人员青睐。特别是到了 60 年代，词的选译量开始增加，对于词这种文体的评价也开始走高。例如，在所有著名古典诗人中，选译诗作数量最高的是杜甫和苏轼，而刊物所附的评论文章《苏轼的诗》中，重点强调的就是苏轼对于词的发展所做的贡献，以及词产生于市井之中，具有大众化、通俗化的特征。新中国成立后，普通群众写作诗歌开始成为时代潮流，《中国文学》编译者对词的肯定和重视，实际上是对中国历史上大众诗歌写作传统的一种追溯，对于从 50 年代末开始的民歌创作及工农兵创作热潮，起到了呼应的作用。

---

① 《中宣部负责同志对〈中国文学〉几个问题宣传的意见（摘录）（1962 年 3 月）》，见周东元、亓文公《中国外文局五十年史料选编1》，新星出版社，1999，第 215 页。

二　现代诗歌受冷遇

与古典诗歌受到编译群体青睐的情况不同，现代诗歌的选译量一直较小。尽管 1959 年的编辑方针强调要将现代诗歌的比重调整到跟当代诗歌一样，但当年现代诗歌只译了 1 首，相较 1958 年的数量反而下降不少。这种现象与现代诗歌本身所具有的特殊质素有关。古典诗歌经历了较长时间的检验，经典名家和名作早已确立，选译谁的作品以及选译哪些作品，可能引起的争议不大；同时因年代久远，与当时的政治运动存在较长时间隔膜，可供选译的范围也较广。而现代时期的诗歌，流派复杂，部分诗家在新中国成立后已经被定性为资产阶级，他们所创作的诗歌是当时文艺界所批判的对象，在确定选译对象的问题上，易引起争议，选译范围也较窄。从具体入选的诗篇来看，刊物对现代诗人进行选择时，较少客观地从诗歌艺术价值的角度出发，而更多的是考察诗人的政治立场，对其诗作进行评估。1954 年以前，刊物只选译了一首现代诗歌，即 1946 年发表的李季的长诗《王贵与李香香》。这首诗表现了革命才能为劳动人民创造幸福生活的红色主题，同时在艺术上也具有创造性和表现力，是一首政治功用与艺术价值并重的诗歌作品。1954 年以后，《中国文学》所选译的现代诗歌，入选频次最高的首先是左翼烈士或同情左翼文学主张的已故作家的作品，如闻一多的《红烛》《死水》，殷夫的《孩儿塔》，维吾尔族烈士鲁特夫拉·木塔里甫的《中国》《给岁月的答复》，以及鲁迅的诗歌《惯于长夜过春时》等，这类诗歌共计 37 首，约占被选译的现代诗歌总量的三分之一；其次是毛泽东和陈毅等写于抗战期间的诗词，共计 25 首。在这两大类别以外，只有萧三、郭沫若、臧克家、冯至、田间、维吾尔族诗人尼米希依提等六位诗人写于现代时期的诗作被选译。这六位诗人共同的特点是在政治上没有历史问题，新中国成立后依然活跃于文艺界，且在文艺或学术机构担任要职。这种从政治立场出发的选材标准，使得大量现代时期的重要诗人的诗作被完全遮蔽。例如，徐志摩和闻一多是新月派最具代表性、影响最大的诗人，在早期白话诗歌格律探索上，两位诗人有着相近的创作理念。建国后二人得到的评价却天壤之别，后者因在 40 年代同情左翼、进行民主活动被刺杀身亡，获得中共领导人的一致称赞，被定位为爱国斗士，其代表作品被选译了4首；而前者因被定位为资产阶级，没有一首诗作被《中国文学》选译。

在现代诗歌选译过程中，编译人员也对符合意识形态规范的诗人的诗作进行了有倾向的遴选。"五四"文学是"人的文学"，以"五四"为发端的现代文学作品中，相当一部分延续了"五四"的启蒙主题，强调个性解放、个人本位，与建国后倡导的集体主义观念存在明显的冲突。在五六十年代东西方冷战形势下，部分带有资产阶级色彩、强调个人本位主义的现代诗歌，与反资产阶级、强调集体主义的社会主义文学之间，很难寻找到契合点，想要将其整合到新中国文学之内，存在较大的难度。因此，《中国文学》所选译的现代诗歌，大部分是反映社会黑暗现实、歌颂共产党人英勇抗战和表现爱国主义主题的作品；表现"五四"时期启蒙主题的诗歌则较少入选。体现这一倾向最典型的案例，是对郭沫若诗歌的选译。郭沫若在新中国成立后，历任全国文联主席等要职。在前文提到过的两大类别之外，被选译了诗作的六位诗人之中，从政治上看，他在文艺界的地位最高，但他的诗作被选译的最少，只有《女神之再生》《凤凰涅槃》《地球，我的母亲》3首。原因就在于他创作于现代时期的诗歌中最具代表性、流传最广的都是一些极度张扬个性，表现自我反抗、精神叛逆等"五四"启蒙主题的诗歌。这些诗歌所具有的个人主义和浪漫主义色彩，并不符合新中国成立后所强调的集体主义和现实主义价值观。因此尽管郭沫若本人在政治上一直走红，他创作于现代时期的诗歌却在《中国文学》的选材过程中遇冷。

编译群体从50年代后期开始工作作风越来越保守、谨慎，也是现代诗歌受到冷遇的原因。虽然从50年代开始，政治性群众运动成了中国生活的一部分，但由于外宣工作的特殊性，有关领导和外文出版社负责人的有意保护，群众运动对《中国文学》的影响较小。直到在1957年"反右"运动，包括外文出版社原社长刘尊棋在内的众多优秀知识分子被打倒，才真正在《中国文学》工作人员心中引起震荡。正如杨宪益回忆的，他虽然从1955年开始就感觉到自己"头上笼罩着政治疑云"，但"对我国社会主义革命仍充满热情"，"坚定地相信中国共产党的领导"，1957年"反右"运动以后，"尽管我仍对共产党的领导有信心，但我的脑子清醒多了"。① 到了 60 年代初，他更是觉得"形势急转直下"②。特别是 1960年，外文出版社新上任了一位极"左"立场的社长，不仅在社内开展了一场"书刊检查运动"，销毁了一大批他认定的在意识形态方面有问题的书，还将社内很多对刊物稿件的正常编辑、改动行为，或一般性的工作失误，上升到政治高度来分析，定性为破坏活动。这一系列激进行为，使得外文出版社内人人自危。在越来越严峻的政治环境面前，尽管副总理陈毅在 1959 年和 1963 年，分两次专门针对《中国文学》发表工作讲话，要求他们放开手脚，但不少工作人员仍"产生了一些消极情绪和对工作不敢负责的现象"，还有人提出了"工作安全性第一"③ 的口号。与有利于弘扬文化遗产的古典诗歌和书写新中国建设的当代诗歌相比，现代诗歌的安全系数最小，成了编辑部不愿多涉足的"雷区"。事实上，这些工作人员的谨慎后来也被证明不是杞人忧天。就在陈毅第二次发表讲话后不久，文艺工作受到了批评："许多共产党人热心提倡封建主义和资本主义的艺术，却不热心提倡社会主义的艺术"，"跌倒在修正主义的边缘"。④《中国文学》编辑部也就迅速调整了选材方针，大幅减少了现代诗歌，1965年现代诗歌的选译量降到了零。

三 当代诗歌的翻译

1954 年以前，《中国文学》没有选译任何当代诗歌。从 1954 年到1965 年，当代诗歌被选译最多的是民歌，共 75 首，约占总量的 38%。其中集中刊发民歌有两次，一次是 1958 年第 6 期，刊发 43 首；另一次是1960 年第 4 期，刊发 13 首，均是 1958 年"新民歌运动"中的作品，全部选自 1959 年出版的、由郭沫若和周扬编选的《红旗歌谣》。新中国成立成名的汉族专业诗人的作品，入选量并不高，单人诗作入选量较高的只有艾青、田间、袁水拍、郭小川四人。新中国成立成名的汉族专业诗人

---

① 杨宪益：《杨宪益自传》，薛鸿时译，人民日报出版社，2010，第 223~224 页。
② 杨宪益：《杨宪益自传》，薛鸿时译，人民日报出版社，2010，第 237 页。
③ 《关于对外宣传的艺术性问题》，见陈日浓、王永耀《中国外文局五十年书刊对外宣传的理论与实践》，新星出版社，1999，第 53 页。
④ 胡尚元：《"迎春晚会"事件与毛泽东的两个批示》，《文史精华》2004 年第 4 期，总 167 期，第 39、41 页。

中，也只有李瑛和闻捷的作品入选略多。1958 年后，刊物选译的诗歌越来越多地出自各行业非专业诗人之手，且相当一部分非专业诗人都非常年轻，开始写作的时间也较短。从 50 年代中期开始，很多早已成名的专业作家陆续受到各种运动的冲击，而从 1958 年开始在全国范围内轰轰烈烈兴起的新民歌运动，又促使很多业余写作者拿起了笔杆，刊物因此决定"多选刊一些反映当前生活，有一定艺术水平的青年作家的作品"，且在发表当代作家的作品时，"只刊载简历，不作估价"。① 这一举措首先是因为群众写作是 50 年代后期开始较突出的文学现象，选译民歌和非专业诗人的诗歌，本身就是在展现当时新中国文学建设的一个主要组成部分；其次，是出于发掘、介绍、提拔年轻作家；再次，与编译人员出于自身安全起见采取的策略有关。从 50 年代中后期开始，选译年轻的且本身是工农兵身份的作家的作品，更能体现文艺服务工农兵、接近工农兵生活的思想。

除了民歌和非专业诗人的诗作，少数民族诗人的诗作入选的频次也较高，十五年间共有九位少数民族诗人的 13 首当代诗作入选，如维吾尔族诗人尼米希依提的《开放吧！我的花》、藏族诗人饶阶巴桑的《马背上卸下来的房间》等。所有少数民族诗人的诗作，都附录了作者介绍，强调他们的民族身份、阶级出身等。高频次选译少数民族诗人的诗歌，能反映出新中国少数民族文艺创作的成就；对少数民族诗人的民族身份、阶级身份的特别说明，体现出各个民族都心向共产党，有利于对外构建和谐团结的国家形象；对少数民族诗人战争经历的说明，能激发当时尚在战火中的拉美、非洲兄弟国家读者的共鸣，起到巩固国际阵营的作用。多方面的政治功用，使少数民族诗人的诗作受到了编译群体的青睐。

编辑对诗作政治功用的考虑，在对汉族专业诗人诗作的选择中也有体现。汉族专业作家的代表作品、成名作品被选译的很少，大多数被选译的是诗人最新的诗作。从表面上看，这是因为从 1954 年开始，《中国文学》稿件大多来源于《人民日报》《解放日报》《诗刊》等国内最具影响力的刊物，而这些刊物刊发的诗歌一般是各位当代诗人的最新、最及时的作

---

① 《国务院外办〈讨论"中国文学"问题会议纪要〉〔65〕文字 004 号 1965 年 1 月 28 日》，见周东元、亓文公《中国外文局五十年史料选编 1》，新星出版社，1999，第 385～386 页。

品。然而更深层次的原因是编辑在选择诗作的时候，更看重其政治宣传效果，倾向于那些能反映当时中国社会发展建设的诗作。以艾青为例，十五年间艾青的诗作只入选了一次，即 1955 年第 4 期选译的《南美洲的旅行》组诗中的 4 首。这组诗作是艾青 1954 年前往智利进行文化交流期间的创作成果，其中有的诗歌讴歌中国和其他兄弟国家的友情，有的描写殖民地国家人民的苦难，有的表达对西方资本主义国家劳动阶级的同情。在我国被欧美等西方国家孤立的 50 年代中期，这组诗歌符合团结兄弟国家的文化外交需要。尽管这组诗作并不是最能代表艾青创作风格或最能体现艾青创作成就的诗歌，流传度也不广，但在诗人最具代表性的诗作和最应时的诗作之间，编辑最终选择了后者。

从诗歌内容、主题上看，50 年代歌颂社会主义制度优越性，表现人民幸福生活，特别是少数民族人民幸福生活的诗歌较多；到了 60 年代，直接讴歌党的领导，反映工业农业成就，表现反美反帝，赞美社会主义阵营内兄弟国家友谊的诗作较多。有意思的是，将《中国文学》刊物所选译的古典诗歌、现代诗歌和当代诗歌，作一个主题内容的比较，能明显看出，前两个时期被选译的诗歌在描写社会现实时，偏向于揭露黑暗社会现实，或控诉残酷统治。在古典诗歌所描述出的中国社会里，封建统治阶级与劳动人民极度对立，勤劳善良的劳动人民饱受阶级剥削和战火之苦；现代诗歌所描述的中国社会，前期军阀混战，后期国民党黑暗统治，左翼人士积极抗战为获取民族独立作出了巨大的贡献；而当代被选译的诗歌则倾向于歌颂国家的发展，赞美党的领导，描绘在党的领导下，各民族、各阶级团结一心致力于新中国建设，工农林业欣欣向荣，人民生活节节提高的社会画面。编译人员在选译诗歌的过程中，通过倾向性选择和明显的取舍，屏蔽了古典诗歌和现代诗歌中表现当时社会光明面的内容，又舍弃了当代诗歌中无助于展现新中国正面形象的内容，成功塑造出了黑暗与光明、落后与发展、旧与新对比的两个中国形象。

《中国文学》作为一本外文刊物，是官方向世界宣讲新中国形象的重要媒介，在对外译介中国文学作品过程中，抱有明确的政治目的性。尽管刊物的编选人员从个人的艺术审美品位和契合读者心理的角度出发，采取了各种策略以淡化刊物的政治色彩，努力提高刊物的艺术价值，但在

1951 年到 1965 年间，社会主义和资本主义严重对立的语境，势必会严重影响《中国文学》对文学作品的选择。受时代氛围和意识形态限制，《中国文学》未能客观地向海外读者展现整个古典时期和现代时期中国诗歌的成就，特别是对现代诗歌的选译，范围过于窄化，只呈现出了一个片面化的中国现代诗坛。强烈的政治目的性，也影响到了刊物在海外被接受的情况。从目前可查阅的资料来看，尽管刊物销量一直有所增加，但截至 1963 年第 7 期，订户仍只有 2200 多户。① 特别到了 60 年代，政治色彩越来越浓，《中国文学》在海外受到的评价也越来越低，一些外国专家反映"你们的东西拿出去，没有人看"，一些外国读者来信批评刊物"文章读起来枯燥无味，不惹人喜爱"。② 为了打消工作人员的顾虑，减轻极"左"路线对刊物编译的影响，提高刊物质量，在 1961 年至 1962 年政治松动期，外文出版社开展了澄清业务思想的学习讨论，强调政治性第一并不是政治性唯一，批评了很多工作人员片面追求作品的政治内容和安全性第一的工作态度。现在回头看，这场学习讨论是及时的、正确的，也是必要的，然而，随着"文革"序幕的拉开，这些积极的反思也就被淹没在时代洪流中了。③

---

① 《陈毅同志主持国务院外办讨论〈中国文学〉工作会议的记录（1963 年 8 月 3 日）》，见周东元、亓文公《中国外文局五十年史料选编 1》，新星出版社，1999，第 313 页。
② 《关于对外宣传的艺术性问题》，见陈日浓、王永耀《中国外文局五十年书刊对外宣传的理论与实践》，新星出版社，1999，第 48 页。
③ 本节与陈谰合作完成。

第四章　选本与新诗经典化

选本是主体阅读选择的结果，一种接受行为的表达与体现里面包含着复杂的文化、文学对话或者和谈。阅读体验、审美共鸣与价值认同包括在选本选取过程中，它是一个历史的完型结构，但目的是敞开与传承，将文化价值理念与文艺美学观念等集中地向当下打开，向未来传递。打开与传递构成新的传播通道。选本构筑的是融入选者个人特性的文学世界，是升级版传播空间，其载体则是那些被选取的作品，它们经由被再次阅读，艺术空间被进一步打开，进而在新的创作实践和理论总结维度实现价值转化与传递，这就是经典化环节。本章研究的是选本与新诗经典化的关系。

第一节　新诗倡导与内在矛盾

新诗的发生、发展是一种自觉倡导的结果，不同时代阶层的倡导者，其诗学观往往不同，对新诗发展路径、未来图景的想象各异。他们的观念中往往充满着他们自己都未能意识到的矛盾，本节以 1922 年出版的《新诗年选》为例，以经典化为内在问题，对这种矛盾进行论析。

上海亚东图书馆 1922 年出版了北社编辑的《新诗年选（1919 年）》，共收 41 位诗人的 89 首诗歌（包括附录胡适的 7 首诗）。它虽标示为 1919 年的选本，但实际上 1919 年以前的新诗也附录在内，就是说它不只是 1919 年新诗年选，而是囊括了此前几年重要新诗的选本。每篇注明出处，并时有评语、按语。按语署名编者，据考证，编者是"康白情以及应修人等一批年轻的新诗人"①；评语署名愚菴、粟如、溟泠、飞鸿等四位，其中愚菴点评最多，特点最突出，最具代表性，据考察愚菴"当是康白情先生"②，其他三位则"大概是参与编选的湖畔社诗人"③，即编评者是同一批人。按编者所言，"所选入的，不过备选的诗全数六分之一"④，就是说编选很严。朱自清认为，此前出版的选本《新诗集》《分类白话诗选》"大约只是杂凑而成，说不上'选'字；难怪当时没人提及"，相比而言，《新诗年选》"就像样得多了"。⑤ 阿英也曾说："中国新诗之有年选，迄今日为止，也可谓始于此，终于此。"⑥ 可见其地位颇高。

新诗自 1917 年算起，到 1922 年历时六载，其成就与问题已相当分明，该年选此时问世，无疑具有继往开来的意义。那么，它是以什么标准选诗的呢？它通过选与评而倡导怎样的新诗理念与发展方向呢？其内在是否存在相互矛盾的地方？

一　彰显现代文明

20 世纪初，进化论成为中国知识分子看待世界最重要的眼光，一时代有一时代的文学，新诗不同于旧诗，那新诗应是一种怎样的诗歌呢？在《新诗年选》编者看来，20 世纪诗人要作 20 世纪的诗歌，创作一种全然不同于传统的新诗，这是他们的总体观念。溟泠在肯定诗人今是的《月夜》时说："可见二十世纪的诗人不可不做二十世纪的新诗。"在他眼中，《月夜》是一首具有 20 世纪品格的新诗，如何理解他的这一判断呢？"月夜"是典型的传统诗歌意象，承载着中国读书人的文化审美趣味，那笔名为"今是"的诗人是如何书写"月夜"呢？作品中抒情主人公"我"深感"山遥路远"时，想到了"明月"，"举首前望"，寻找"明月"，那既是实在的明月，更是心中想象的具有生命喜怒哀乐的明月，一种存在的象征。当它瞬间消失时，"我"迷茫地追问"莫是愁云把他遮了"；当它

① 姜涛：《"选本"之中的读者眼光》，《江汉大学学报》（人文科学版）2005 年第 3 期。
② 《中国新文学大系·诗集·选诗杂记》，上海良友图书刷公司，1935，第 15 页。
③ 姜涛：《"选本"之中的读者眼光》，《江汉大学学报》（人文科学版）2005 年第 3 期。
④ 北社编《新诗年选（1919 年）·弁言》，上海亚东图书馆，1922，第 3 页。
⑤ 朱自清：《中国新文学大系·诗集·选诗杂记》，上海良友图书印刷公司，1936，第 15 页。
⑥ 阿英：《中国新文学大系·史料索引》，上海良友图书印刷公司，1936，第 301 页。

出现时，"我"又不敢以自己的体验确认它的内在感受，"你为什么笑啊？/是痛苦吗是快乐？/是奋斗吗是牺牲？/是博爱吗是自由？""我"望见了它，但又不敢确定它是否看得见自己，这是对明月的尊重而不是武断。"我"喜欢月亮，依赖月亮，"我只依着你的精神啊，前行"。滇泠从这首诗中读出了怎样的20世纪精神呢？该诗对月亮作了一种全新的书写，诗人一会儿以"你"指称月亮，一会儿以"他"代指月亮，与月亮进行平等的潜在对话；将月亮看成真正的生命存在，尊重月亮的感受与体验，不像古代诗人那样将自己的感受强行加到月亮身上；月亮之光，在诗人那里就是博爱与自由之光，一种西方文化精神。同样写月夜，写法不一样，滇泠从该诗中看到的是"20世纪的新诗"应该具有的特质，即对个体生命的尊重，对自由、平等与博爱精神的张扬。

新诗应具有20世纪品格，即书写与彰显人类现代文明，那现代文明的代表者何在？愚菴在评胡适的《上山》时写道："适之的诗，形式上已自成一格，而意境大带美国风。美国风是什么呢？就是看来毫不用心，而自具一种异乎人的美。近代人过于深思，其反动为不假思索。美国文明自是时代的精神。"[1] 在他看来，"美国风"具有独特的美，美国文明就是20世纪现代文明，《上山》意境上大带"美国风"，表现了美国文明，所以在风骨上属于20世纪的诗歌。那该诗是写什么呢？何以认为它属于"美国风"的作品呢？"上山"是再普通不过的行为，作者是如何书写以赋予其意义的呢？诗人起笔："努力！努力！/努力往上跑！""上山"被置换为"往上跑"，"往上"就是一种人生态度，一种方向选择，包含着个体生命价值认同；"我手攀着石上底青藤，/脚尖抵住岩石缝里底小树"，拼命往山上跑，衣服被扯破，双手被刺伤，终于"打开了一条路爬上山去"，山上"果然是平坦的路，/有好看的野花，/有遮阴的老树"，此时"我"疲倦了，躺下了，满足地闻着扑鼻的香草，"便昏昏沉沉的睡了一觉"，胜利中原先那"'努力'的喊声也灭了"；然而，"我"就此停顿下来了吗？回答是否定的，半夜"猛醒"，焦急地坐到天明，决定"明天绝早跑上最高峰，/去看那日出底奇景！"至此，我们不难发现，它近

---

[1]　北社编《新诗年选（1919年）》，上海亚东图书馆，1922，第130～131页。

似于一个西方浮士德式的寓言故事，永不停止地追寻想象中美好的"奇景"。"上山"是作品的核心意象，一个象征性符号，它首先表达的是人与自然的关系，不是妥协，不是中国式的融于其间，不是"天人合一"，而是不断地攀缘，不断地超越，不断地征服；然后由此引申为人与自我的关系，即对既有成绩的不满，对自我惰性的警惕与战胜，始终有一种自我超越意识，在自我超越中瞭望。该诗中寄予着诗人的人生观、价值观，换言之，一种体现西方文明的美国式的现代生存形式认同。

中国是一个诗的国度，吟诗、写诗是读书人重要的生活方式，但中国旧诗表达的主要是男性的喜怒哀乐，是男性的生存体验，对女性的歌吟、欣赏随着历史的演变，自《诗经》以降少之又少，女性空间被挤压到几近于无，女性生命意志被遮蔽，这是背离自然天理的。现代文明是一种尊重女性、欣赏女性的文明，20 世纪新诗因此应该是一种关注女性生存、欣赏女性美的诗歌，这是《新诗年选》编者所倡导的一种观念。粟如在评笔名为"五"所创作的作品《游京都圆山公园》时写道："作者似乎是个女诗人。冰心女士的小说，句句有个我在。这首诗里深含着自然优雅的女性美，即使作者是个男子，也无愧乎诗人的本色。诗世界的司命本是女神呵。"① 这一评价的依据何在？换言之，《游京都圆山公园》何以引起编者如此评说？诗中圆山公园里樱花烂漫，杨柳依依，灯光四射，人声嘈杂，然而诗人却发现园里"孤单单的站着一个女子"，没有人与之搭腔，"冷清清的不言不语"。如果说诗中有一个"我"，那这个"我"既是诗人，也是那个女子，她虽孤单、冷清，但被诗人发现，被自己察觉，这是独立于外在世界的自我，是以站着的姿态不言不语地面对嘈杂世界的独立的人，被注意抑或不被注意，她都保持一种幽雅姿态。经由这个独立站着者，粟如发现了"自然幽雅的女性美"，并推断出作者似乎是一个女诗人，坚信"诗世界的司命本是女神呵"，这种发现其实是内在自我的表达与彰显，或者说是一种审美认同，即 20 世纪新诗应是一种敏锐地发现、歌吟女性美的作品。

愚盦借评傅彦长的《回想》《女神》将这种美学追求表达得淋漓尽

---

① 北社编《新诗年选（1919 年）》，上海亚东图书馆，1922，第 6 页。

致。在他看来，文艺复兴以后的文明，就是希腊文明的近代化，而"希腊文明的菁华在性的道德少拘束，而于物质美上尤注重裸体美"①。光明磊落地鉴赏人体，不遮掩，不猥亵，不以虚伪的伦理道德束缚人的自然美，这是一种绝对不同于中国传统男女授受不亲观念的美学态度。他以此审视当时中国思想文化界，发现"近几年来的新文化运动，尽管以中国文艺复兴相标榜，却孜孜于求文字枝节的西方化而忽略西洋文明的菁华"②，因而对舍本求末的所谓西化不满，对新文化运动中无视西洋文明精华的倾向不满。希腊文明注重裸体美，歌吟女性身体，是他阅读批评中国诗歌时所持的重要的美学立场："中国诗咏叹女性物质美的，'三百篇'以后，只六朝人偶然有几首。唐宋以来，可谓入黑暗时代，实为社会凋敝的主因。"③ 这是一种颇有见地的思想，他肯定了《诗经》对女性的书写，认为其后那种自然的审美风范受到压制，六朝时还有几首赞美女性的作品，进入唐宋情况则大变，步入文学的"黑暗时代"，这是从希腊文明的角度审视唐宋文学所得出的新观点。当然，愚菴所着眼的是新诗："新诗人果有志于文艺复兴运动，不可不着眼此点。傅彦长的诗，只见《回想》和《女神》两首，仿佛都具鼓吹希腊文明的意思，这是很可喜的。"④ 新诗人自胡适始，以中国的文艺复兴为己任，既如此，就"不可不着眼此点"，即着眼于引进近代化的希腊文明精华，注重裸体美，大胆地赞美女性身体，这是 20 世纪新诗应具有的一种新的美学品格。

那傅彦长的《回想》和《女神》是如何表现这种新质的呢？《回想》书写日本生活给诗人留下的印象："街上许多走路的女孩儿/都赤着脚，拖着草鞋。/那种洁白，自然，可爱，/不到日本的人一世也不能享受得！"这与周作人初到日本看到日本少女赤脚行走后的感想几乎一样："我相信日本民间赤脚的风俗总是极好的，出外固然穿上木屐或草履，在室内席上便白足行走，这实在是一种很健全很美的事"，"爱好天然与崇

① 北社编《新诗年选（1919 年）》，上海亚东图书馆，1922，第 182 页。
② 北社编《新诗年选（1919 年）》，上海亚东图书馆，1922，第 182 页。
③ 北社编《新诗年选（1919 年）》，上海亚东图书馆，1922，第 182 页。
④ 北社编《新诗年选（1919 年）》，上海亚东图书馆，1922，第 182～183 页。

尚简朴"。① 当然落脚点有所不同，周称赞的是日本文化的简朴、自然，傅彦长欣赏的则是日本少女的"洁白""自然"与"可爱"。在愚菴看来，对少女身体的欣赏，是一种自然美学，是新诗现代性追求的重要维度。《女神》初刊于《新妇女》第 1 卷第 4 号，写希腊女神之美丽："你们真是美丽呵——/好像一大盆清水！"使恶狠狠来洗浴的西北蛮民，"也就此变得美丽了"，使东南的海盗退却。在诗人心中，希腊女神美丽如清水，感化世界，净化污浊，美就是一种力量，一种使世界和谐进化的核心元素。愚菴正是由此认识到该诗的价值与意义，那就是对女性美丽的直接赞颂，对清纯健康生命的歌吟，不虚伪，不矫饰，不猥亵，直逼女性生命的纯净，而这些正是中国士大夫所缺失的审美观，是封建文学所没有的美学品格，是 20 世纪新诗歌应该具有的一种新质素。

以审美心态赞叹女性身体，歌吟生命的清纯与真实，去虚伪、矫情，言之有物，这是"五四"时期新文化倡导者的基本共识，《新诗年选》编者沐浴着这一时代气息，遵循新文化逻辑，认为新世纪诗歌在内容上，还应尊重与书写历史真实。茅盾曾肯定初期白话诗中"有好多'历史文件'性质的作品"②。溟泠如此评说王志瑞《旁的怎么样?》："记得这首诗发表的时候，正当天津学生联合会大受暴力摧残，不知道是不是他的背景?"③诗歌应反映时代背景，不能因袭古人，应讲述现实故事，这是溟泠那时的观念。所以，他以为沈乃人的《灯塔》必有所指，"虽所指不定，而使二三十年后读之，正足验'五四运动'后所谓新文化运动的时代精神"④。即该诗传达了时代精神，在情感空间与意蕴层面上属于茅盾所说的"历史文件"性的诗歌。

与此同时，他们还借编者按强调新诗与现实生活的关系，倡导新诗内容的时代性。例如，认为孟寿椿的《狱中杂诗》"是五四运动里群众呼声的一种"⑤，肯定诗歌对"五四"历史的承载；认为仲密的《偶成》"当

---

① 周作人：《最初的印象》，《知堂回想录》，群众出版社，1999，第 157～159 页。
② 茅盾：《论初期白话诗》，1937 年 1 月 1 日《文学》第 8 卷第 1 号。
③ 北社编《新诗年选（1919 年）》，上海亚东图书馆，1922，第 24 页。
④ 北社编《新诗年选（1919 年）》，上海亚东图书馆，1922，第 48～49 页。
⑤ 北社编《新诗年选（1919 年）》，上海亚东图书馆，1922，第 94 页。

是'五四运动'里'六三运动'的一段写实。当日北京大学法科做了临时监狱，被拘的学生八百多人。后来文科也拘了二百多人。这是法科门外的样子"①。记录"五四"运动史实，具有特别的史学价值与时代气息。茅盾在《论初期白话诗》中，也因此肯定该诗"在艺术上也许比不上《小河》，然而在中国的自由解放斗争史中，这诗将被记录"②。诗歌因记录中国的自由解放历史片段而获得特别的价值。也正是在这种新的诗学框架内，黄琬的《自觉的女子》被选入该诗选，编者认为"这首诗在艺术上没十分出色，却仅有历史材料的价值"③。话已经说得非常明白了，艺术上虽不十分出色，但"历史材料"价值却相当突出。这种不以诗美为唯一标准的选诗原则，契合的是"五四"时期所张扬的写实主义精神，在诗学上承续着黄遵宪"我手写我口"的观念。当然，与"五四"时期文学观念上内容与形式二分法也有关系，既新诗不仅形体上要新，而且内容上要反映外在现实，体现时代新精神，所以即便形式上不够完美，内容上新也有存在价值。

二 融通中西的诗艺

《新诗年选》在强调作品内容与情感现代性取向的同时，将是否具有诗美作为一个重要的取舍原则，正如其编选"凡例"所言："凡其诗内容为我们赞许的，虽艺术稍次点也收；其不为我们所赞许，而艺术特好的也收。"④溟泠在评倪工的《湖南的路上》时与之相呼应："诗必兼顾内容形式。若完全不顾艺术，还有什么诗可做呢？近年写兵祸的诗很多，只有这首和胡适之的《你莫忘记》给我的印象最深。不是艺术的作用么？"⑤"五四"新诗运动是一场倡导以白话写作自由体诗歌的前所未有的革命，一场打破旧诗规范的披荆斩棘的革命，新诗艺术将如何发展，对于新诗编选者来说是一个必须思考的问题，从其选评看，他们在自觉地倡导或者说

---

① 北社编《新诗年选（1919 年）》，上海亚东图书馆，1922，第 40 页。
② 茅盾：《论初期白话诗》，1937 年 1 月 1 日《文学》第 8 卷第 1 号。
③ 北社编《新诗年选（1919 年）》，上海亚东图书馆，1922，第 214 页。
④ 北社编《新诗年选（1919 年）·弁言》，上海亚东图书馆，1922。
⑤ 北社编《新诗年选（1919 年）》，上海亚东图书馆，1922，第 112 页。

引导一种新的诗美发展方向。

《新诗年选》编者，沐浴"五四"精神，其言说具有开阔的世界文学背景。例如，愚菴就如此评点沈尹默的《赤裸裸》："沈尹默的诗形式质朴而别饶风趣，大有和歌风，在中国似得力于唐人绝句。"[①] 以日本和歌与中国唐人绝句为参照审视和言说沈尹默的诗形；胡适的诗，在他眼中，"形式上已自成一格，而意境大带美国风"[②]；至于周无的《去年八月十五》，则是"描写细腻，颇有泰戈尔风"[③]：他以古今中外文学为背景评说新诗艺术。

那他们究竟是认同、倡导何种诗美风格的作品呢？世界文学背景与视野，决定了他们具有一种兼容并包的文学态度，诗美探寻上倡导多重并存、多元融合。周作人的《小河》作于 1919 年 1 月，刊于《新青年》第6 卷第 2 号，被胡适称为"新诗中的第一首杰作"[④]，《新诗年选》收录该诗。愚菴如此点评之："两年来的新诗，如胡适、傅斯年、康白情他们的东西，翻过日本去的颇不少。这首诗也给翻成日本文，登在《新村》上，颇受鉴赏家的称道。他的诗意，是非传统的；而其笔墨的谨严，却正不亚于杜甫、韩愈。不是说外国人看做好的就是好的，正说他在中国诗里也该是杰作呵。"[⑤] 显然，他是在倡导一种中西融合的诗风。该诗前面有一段诗人小引，曰："有人问我这诗是什么体，连自己也回答不出。法国波特莱尔（Baudelaire）提倡起来的散文诗，略略相像，不过他是用散文格式，现在却一行一行的分写了。内容大致仿欧洲的俗歌；俗歌本来最要叶韵，现在却无韵。或者算不得诗，也未可知；但这是没有什么关系。"体式对于当时诗坛来说很重要，该诗体受波特莱尔影响无疑，但分行了，内容仿欧洲俗歌，但不叶韵。就是说，它受西方诗歌影响，但又不拘泥于西方格式，是一种留有西方印迹的自由体。愚菴认为该诗之诗意是非传统的，就是指它受西方影响所体现出的现代精神。一条小河，自由流淌滋润万物，

① 北社编《新诗年选（1919 年）》，上海亚东图书馆，1922，第 55 页。
② 北社编《新诗年选（1919 年）》，上海亚东图书馆，1922，第 130 页
③ 北社编《新诗年选（1919 年）》，上海亚东图书馆，1922，第 68 页。
④ 胡适：《谈新诗——八年来一件大事》，《星期评论》纪念号，1919 年 10 月 10 日。
⑤ 北社编《新诗年选（1919 年）》，上海亚东图书馆，1922，第 80 页。

经过的地方"生满了红的花，碧绿的叶，黄的实"；被一个农夫筑起一道石堰，水流受阻，原来自由流淌的状态被打破，威胁到堰下面的桑稻等作物，使它们失去了水的滋润，生命受到巨大威胁。诗歌结尾写道："水只在堰前乱转；/坚固的石堰，还是一毫不摇动"，诗人不禁忧心忡忡地追问："筑堰的人，不知到哪里去了？"这是一首象征主义诗歌，以小河受阻威胁沿途生物象征世界因某种外力作用失去固有秩序，平衡被打破，原来的和谐没有了。它的诗意被愚菴理解为非传统的，而"其笔墨的谨严，却正不亚于杜甫、韩愈"。就是说它既是非传统的，具有西方诗歌审美神韵，因此受到国外鉴赏家的喜欢；同时又传承了中国旧诗笔墨"谨严"的特点，是一首以现代汉语创作的中西诗艺融合的现代自由体诗歌。这正是该诗的魅力所在。《新诗年选》选录该诗，评说该诗，认为它的出现"新诗乃正式成立"①，其实是在倡导它所体现出的融通中西的散文化自由体诗歌风格。

　　郭沫若的诗歌收录了《三个泛神论者》《天狗》《死的诱惑》《新月与白云》《雪朝》五首，既有豪放粗犷之歌，也有柔和温婉的低吟，选者无疑注意到了审美风格的多样化。愚菴评道："郭沫若的诗笔力雄劲，不拘于艺术上的雕虫小技，实在是大方之家。"②"笔力雄健"是郭沫若诗歌的主体风格，自然是应提倡的，但愚菴"更喜欢读他的短东西，直当读屈原的警句一样，更当是我自己作的一样。沫若的诗富于日本风，我更比之千家元麿。山宫允曾评元麿的诗，大约说他真挚质朴，恰合他自己的主张；从技巧上看是幼稚，而一面又正是他的长处；他总从欢喜和同情的真挚质朴的感情里表现出来；唯以他是散文的，不讲音节，终未免拖沓之弊云云。我想就将这个评语移评沫若的诗，不知道恰不恰当。不过沫若却多从悲哀和同情里流露出来，是与元麿不同的"③。神游中日文学天际，虽看到了郭诗的拖沓幼稚，不讲音节的散文特点，但肯定其笔力"雄健"，更推崇其屈原式警句和千家元麿类的"真挚质朴"，这里面就有一种审美意识的包容性。在愚菴看来，新诗还处在起步阶段，实验探索是其生命力所在，各种审美风格

---

①　《一九一九年诗坛略纪》，《新诗年选（1919年）》，上海亚东图书馆，1922。

②　北社编《新诗年选（1919年）》，上海亚东图书馆，1922，第165页。

③　北社编《新诗年选（1919年）》，上海亚东图书馆，1922，第165～166页。

的作品可以并存。郭沫若曾说："新诗没有建立出一种形式来，倒正是新诗的一个很大的成就……不定型正是诗歌的一种新型。"①《新诗年选》编者虽有总体性诗美取向，但胸襟开阔，认可诗艺探索的多元走向。

愚盦认为沈尹默的《月夜》"在中国新诗史上，算是第一首散文诗。其妙处可以意会而不可以言传"②。在《一九一九年诗坛略纪》中，编者也以为："第一首散文诗而备具新诗的美德的是沈尹默的《月夜》。"③"第一首散文诗"，这是颇高的评价，因为在当时白话诗又被理解为散文诗。那为何说它备具新诗美德呢？全诗四句："霜风呼呼的吹着，/月光明明的照着。/我和一株顶高的树并排立着，/却没有靠着。""霜风""月光"是传统诗歌意象，使该诗有中国旧诗味道，短小精练，意境优美；然而，它又是相当现代的，"我"的出现，我的独立意志，改变了诗歌意蕴的传统走向，使传统意象只起到营构环境的作用，主体人成为诗歌的核心意象，这就是新诗的重要美德吧。这首诗既有旧诗风味，又具现代风骨，胡适认为"沈尹默君初作的新诗是从古乐府化出来的"④，罗家伦则说它"颇足代表'象征主义'Symbolism"⑤，就是说，《月夜》是一首具有中西融通特点的现代自由体诗歌。俞平伯谈到如何写新诗时就主张"西洋诗和中国古代近于白话的作品，——三百篇乐府古诗词曲我们都要多读"。⑥ 显然，《新诗年选》编者由沈尹默的《月夜》看到了中国新诗如何融通中西诗艺的一种可能性路径。

沈尹默的另一首诗《赤裸裸》，也被收录，胡适认为它是"一篇抽象的议论，故不成为好诗"⑦。但愚盦点评该诗时说"沈尹默的诗形式质朴而别饶风趣，大有和歌风，在中国似得力于唐人绝句"⑧。二人的尺度显然有别，愚盦从中读出了和歌和唐人绝句的风味，肯定其融通中外而形成

---

① 郭沫若：《开拓新诗歌的路》，《郭沫若论创作》，上海文艺出版社，1983，第 280 页。
② 北社编《新诗年选（1919 年）》，上海亚东图书馆，1922，第 52 页。
③ 《一九一九年诗坛略纪》，《新诗年选（1919 年）》，上海亚东图书馆，1922。
④ 胡适：《谈新诗——八年来一件大事》，《星期评论》纪念号，1919 年 10 月 10 日。
⑤ 罗家伦：《驳胡先骕君的中国文学改良论》，《新潮》1919 年 5 月 1 日第 1 卷第 5 号。
⑥ 俞平伯：《社会上对于新诗的各种心理观》，《新潮》1919 年 10 月第 2 卷第 1 号。
⑦ 胡适：《谈新诗——八年来一件大事》，《星期评论》纪念号，1919 年 10 月 10 日。
⑧ 北社编《新诗年选（1919 年）》，上海亚东图书馆，1922，第 55 页。

的"形式质朴"的风格。如果说由《赤裸裸》看到了新诗融通和歌与唐人绝句的写作路径,那么,从周无的《去年八月十五》,愚菴则意识到泰戈尔的价值,"这首诗描写细腻,颇有泰戈尔风"①。胡适是新诗的鼻祖,《新诗年选》的编者应该说都受到其影响,但他们也有自己的观点,在愚菴看来:"胡适的诗以说理胜,宜成一派的鼻祖,却不是诗的本色,因为诗元是尚情的。但中国诗人能说理的也忒少了","适之的诗,形式上已自成一格,而意境大带美国风"②。虽然他"尚情",但也接受"说理"诗,并肯定其美国式诗歌风格。

胡适等倡导新诗的重要背景是西方诗歌,借鉴西方诗歌是一种共识,但《新诗年选》编评者的旧诗功底深,从中国旧诗视角审视新诗文本、思考新诗未来是一个重要特点。胡适曾认为新潮社的傅斯年、俞平伯、康白情等都是"从词曲里变化出来的,故他们初作的新诗都带着词或曲的意味音节"③。溟泠点评傅斯年的《咱们一伙儿》时说:"《九歌》里有两句说,'春兰兮秋菊,长无绝兮终古',可以说异曲而同工。"④ 这是就该诗内容而言的,也反映了论者的旧诗功底与偏爱。愚菴认为玄庐的《忙煞!苦煞!快活煞!》"带乐府调子"⑤,而《想》则有《诗经》的特点,认为"读明白《周南》的《芣苢》,就认得这首诗的好处了"⑥。康白情的诗歌收录了《草儿在前》《女工之歌》《暮登泰山西望》《日观峰看浴日》四首,愚菴认为"康白情的诗温柔敦厚,大概得力于《诗经》。其在艺术上传统的成分最多,所以最容易成风气。大概浅淡不及胡适,而深刻不及周作人(浅淡、深刻四个字都不寓褒贬的意思)"⑦。这里说得非常清楚,认为其艺术上中国传统成分最多,且有《诗经》温柔敦厚风格,喜爱之情溢于言表。选本"弁言"明确指出:"凡选入的诗都认为在水平线

---

① 北社编《新诗年选(1919年)》,上海亚东图书馆,1922,第68页。
② 北社编《新诗年选(1919年)》,上海亚东图书馆,1922,第130页。
③ 胡适:《谈新诗——八年来一件大事》,《星期评论》纪念号,1919年10月10日。
④ 北社编《新诗年选(1919年)》,上海亚东图书馆,1922,第190页。
⑤ 北社编《新诗年选(1919年)》,上海亚东图书馆,1922,第31页。
⑥ 北社编《新诗年选(1919年)》,上海亚东图书馆,1922,第29页。
⑦ 北社编《新诗年选(1919年)》,上海亚东图书馆,1922,第154~155页。

以上。"① 就是说,《想》《草儿在前》这些作品在水平线以上,收录它们,其实是肯定新诗创作的《诗经》路线,肯定温柔敦厚的诗风。

周作人的作品,不仅收录了《小河》,还收入了《两个扫雪的人》《北风》《画家》《东京炮兵工场同盟罢工》《爱与憎》。愚菴认为:"周作人的诗极有过人之处,只怕曲高和寡罢。大抵传统的东西比非传统的容易成风气,也固其然。但我只愿他们各发展其特性,无取趋时。从来李杜并称,而李白早在杜甫之上。直到元稹继起,江西派成立,杜甫才独受尊崇。或者若干年后,非传统的东西得胜也未可知。"② 以旧诗为视野,讨论传统与非传统的关系,只愿他们各发展其特性,认为传统更容易成风气,但非传统的也就是现代的东西也许终将获胜。

胡适曾主张新诗创作向词学习,以词为重要借鉴对象,愚菴在点评俞平伯的《风的话》等诗时说:"俞平伯的诗旖旎缠绵,大概得力于词。"③ 这是对胡适观念的呼应,对词于新诗创作借鉴价值的承认,同时也是对旖旎缠绵诗歌风格的肯定。愚菴也许受胡适影响,还特别认可沈尹默的《三弦》。胡适曾说:"新体诗中也有用旧体诗词的音节方法来做的。最有功效的例是沈尹默君的'三弦'","这首诗从见解意境上和音节上看来,都可算是新诗中一首最完全的诗"。④ 愚菴如此点评《三弦》:"这首诗最艺术的地方,在'旁边有一段低低的土墙,挡住了个弹三弦的人,却不能隔断那三弦鼓荡的声浪'一句里的音节。三十二个字里有两个重唇音的双声,十一个舌头音的双声,八个元韵的叠韵,五个阳韵的叠韵,错综成文,读来直像三弦鼓荡的一样。据说'低低的'三个字是有意用的。"⑤ 这明显受到了胡适的影响,肯定了旧诗双声叠韵方法对于新诗和谐音节的价值与意义,选录并高度评价《三弦》的音节艺术,就是肯定、倡导向旧诗学习,以之为新诗实验探索的重要路径。

如何写新诗,是那时新诗坛的核心问题,《新诗年选》编者无疑通过

---

① 北社编《新诗年选(1919年)·弁言》,上海亚东图书馆,1922。
② 北社编《新诗年选(1919年)》,上海亚东图书馆,1922,第90页。
③ 北社编《新诗年选(1919年)》,上海亚东图书馆,1922,第109页。
④ 胡适:《谈新诗——八年来一件大事》,《星期评论》纪念号,1919年10月10日。
⑤ 北社编《新诗年选(1919年)》,上海亚东图书馆,1922,第54页。

选诗、评诗表达出一种认同，引导了一种写作倾向。胡适曾专门谈到作"新诗的方法"："我说，诗须要用具体的做法，不可用抽象的说法。凡是好诗，都是具体的；越偏向具体的，越有诗意诗味。凡是好诗，都能使我们脑子里发生一种——或许多种——明显逼人的影像。这便是诗的具体性。"[①] 胡适所言具体写法，其实是中国古诗的写法，后来被西方意象主义所张扬。

愚菴特别推崇周作人的《画家》，认为："这首诗可算首标准的好诗，其艺术在具体的描写。无论唐人的好诗，宋人的好词，元人的好曲，日本人的好和歌俳句，西洋人的好自由行子，都尚这种具体的描写。不过这种质朴的体裁，又是非传统的罢了。这首诗给新诗坛的影响很大。但袭其皮毛而忽其灵魂，失败的似乎颇多。"[②] 以世界文学为背景，倡导"具体的描写"方法，认为它既是传统的，又是现代的，既是中国的，又是世界的，是具有经久生命力的诗歌写法，周作人的《画家》因运用了这种"具体的描写"，所以是首"标准的好诗"。溟泠评傅斯年的《老头子和小孩子》："这首诗的好处在给我们一种实感，使我们仿佛身历其境；尤在写出一种动象。艺术上创造力所到的地方，更有前无古人之慨。"[③] 它应该说是标准的以"具体的描写"创作的诗歌，"雨""蛙鸣""绿烟""知了""蛐蛐""溪边""流水""浪花""柳叶""风声""高粱叶""野草""野花""河崖"等意象繁复，构成一幅水接天连的画面，一个老头和一个小孩立在堤上，"仿佛这世界是他俩的一样"，具体的写法，表现出一种生活的动感、实感，溟泠显然是借此倡导这种写法。

《新诗年选》收录胡适诗歌9首，另附录7首，共16首，几乎都是运用具体描写的作品，尤其是《江上》《老鸦》《看花》《你莫忘记》等。关于具体描写方法，胡适认为，"抽象的题目"也可以用"具体的写法"，并以自己的《老鸦》为例，证明其可行[④]，《新诗年选》收录《老鸦》，也昭示着对新诗具体描写方法的倡导。1930年代中期，朱自清在回顾

[①] 胡适：《谈新诗——八年来一件大事》，《星期评论》纪念号，1919年10月10日。
[②] 北社编《新诗年选（1919年）》，上海亚东图书馆，1922，第86~87页。
[③] 北社编《新诗年选（1919年）》，上海亚东图书馆，1922，第187~188页。
[④] 胡适：《谈新诗——八年来一件大事》，《星期评论》纪念号，1919年10月10日。

"五四"新诗时还专门谈到胡适这一方法，他说："方法，他说须要用具体的做法。这些主张大体上似乎为《新青年》诗人所共信，《新潮》、《少年中国》、《星期评论》，以及文学研究会诸作者，大体上也这般作他们的诗。"① 这也表明，《新诗年选》在新诗观念、写作方法与方向引导上既有自己的个性，又代表着新诗坛的一种主流声音。

三 折中原则与内在矛盾

如何选新诗，如何点评新诗，既是外在的现实行为，又反映了主体的诗学立场与思维方式。《新诗年选》选、评1919年及其以前的诗歌，对于几位青年人来说，不是一件容易的事，他们曾明确表示："折中于主观与客观之间，又略取兼收并蓄。凡其诗内容为我们赞许的，虽艺术稍次点也收；其不为我们所赞许，而艺术特好的也收。"② 折中主观与客观，就是他们主要的选录原则。他们是接受了新知识、新思想的青年，认同一时代应有一时代之文学，认为白话新诗符合历史进化的逻辑与世界文学潮流，应是一种体现世界现代精神的文学，应大力倡导，然而其选诗原则却是折中的，这反映了他们观念深处的矛盾。

这种矛盾不是如他们所言只是诗歌内容与审美方面的简单调和的问题，而是一种原则性不明确或者说不强的问题。"对于其著者不大作诗的选得稍宽；对于常作诗的选得严；其有集子行世的选得更严。"③ 对不同人作不同要求，这看起来好像是一种可以接受的取舍原则，但严格上讲，则是没有统一标准的问题。一个选集，如何选诗，艺术上如没有统一标准，因人而异，这选集艺术可靠性就有问题，势必会导致作品水平参差不齐，既对不起拟想读者，也对不起作者，更不利于新诗发展。

那么，在具体取舍文本时，他们是不是做到了如其所言，对经常作诗选得严，对不经常作诗的选得宽呢？全集收录作品最多的是胡适，共16首，周作人次之，有6首，沈尹默、郭沫若、傅斯年、刘复均为5首，康白情和俞平伯各4首，这些是当时常作诗者，或与编者关系密切，或就是

---

① 《中国新文学大系·诗集·导言》，上海良友图书印刷公司，1935，第2页。
② 北社编《新诗年选（1919年）·弁言》，上海亚东图书馆，1922，第2页。
③ 北社编《新诗年选（1919年）·弁言》，上海亚东图书馆，1922，第2页。

编评者本人，所选作品的艺术水平从当时整体水平看，有些颇高，但也有很一般的；而那些所谓不常作诗的，应该就是收入一首或者两首作品者，但从艺术上看，总体而言并不比收入作品多者差，言与行相冲突。

他们对诗歌的取舍与点评，总体而言，是一种开放性的兼容并包态度，力求不同风格的文本都有所收录，但倾向性也非常明确，那就是高看那些以具体的描写方法创作的作品。于是，表现出将方法与艺术效果简单等同起来的倾向，凡是以具体的描写方法创作的作品，都认为是好的，点评上加以拔高，例如周作人的《画家》被愚菴认为是一首"标准的好诗"[①]，因为它在艺术上是运用"具体的描写"方法。这就存在衡量诗之"标准"问题。该诗书写几个具体的生活情境：两个赤脚小孩打架后烂泥筑堰、秋雨中男女插秧、胡同口叫卖的卖菜人、初寒早晨马路边躺着的蓬头人，细节具体，但开头和结尾两段却是写"我"感慨自己不是画家，无法画出这"许多情境"，属于抽象议论，不是所谓的具体描写，所以这首诗艺术上并不统一，不能称之为标准的好诗。换言之，愚菴没有以统一的尺度一以贯之地衡量诗歌。选集中，具体描写的文本选的多，评价高，非具体方法创作的作品则评价不高。这就跌入了以创作方法估衡诗歌艺术高低的陷阱。周作人的《爱与憎》写"我"在"爱与憎"问题上的矛盾，虽也有具体描写，但以抽象议论为主，愚菴却在这首诗后面写道："周作人的诗极有过人之处，只怕曲高和寡罢。"[②] 评价诗歌的标准相互矛盾，不统一。

点评作品也有不到位的地方。选集收录余捷诗一首《羊群》，愚菴如此高度评价它："据作者的原序，是为安武军侵犯安庆蚕桑女学校而作的。这是首难得的史诗。当时批评这件事的，多归咎于倪嗣冲治兵不严或痛恨那些当事的兵。殊不知这还在其次。若从社会病理上探求，便见得只由于社会制度凋敝，当事的不能全负其责。"[③] 这个点评很不到位。《羊群》是一首不错的作品，写月光里一群洁白美丽的羊，没有任何反抗，也没有反抗能力地被一群凶狠的狼所吞吃的情境，羊的可怜，狼的凶残，月的羞、怒与怯，诗人的感慨等，历历在目。愚菴指出它原来是有序的，

---

① 北社编《新诗年选（1919 年）》，上海亚东图书馆，1922，第 86 页。
② 北社编《新诗年选（1919 年）》，上海亚东图书馆，1922，第 90 页。
③ 北社编《新诗年选（1919 年）》，上海亚东图书馆，1922，第 44～45 页。

交代其写作背景，即"为安武军侵犯安庆蚕桑女学校而作的"，就是说它是一首具有现实所指的作品，但作者并没有直接书写历史事件，而是艺术地将其转化为一个富有暗示性的狼与羊的故事。愚菴说它是一首"难得的史诗"就不准确了。史诗是叙事性长诗，最短的也有几百行，叙述英雄或重大历史事件，有环境、核心角色与故事，而《羊群》不具有这些因素，它是一首只有33行的富有人生普遍寓意的象征主义作品。溟泠认为大白的《应酬》的好处"端在不着力。不着力或者倒是真着力"①。愚菴评顾诚吾的《杂诗两首》："这两首诗看来是用最简单最经济的文学手腕写成的；但我曾见许多着意做短篇小说的还没做出。我也很难说出他的好处，却觉得他的好处也就贵在说不出。读者以为神秘么？"② 这些评判也完全是一时感兴，不够准确。《应酬》是写"我"与"你"的对话；顾诚吾的《杂诗两首》也是写人物对话，口语化，日常化，并不精练，甚至有些啰唆，明明白白。前者不存在着力不着力的问题，后者更不是以"最简单最经济的文学手腕写成的"，不存在"贵在说不出"的问题。点评不到位，还与他们阅读批评诗歌的能力不足有关，沈尹默《月夜》是一首融合传统与现代诗歌艺术于一体的作品，表现了对个体独立精神的想象与渴望，但愚菴却说"其妙处可以意会而不可以言传"③，理解、言说诗歌的能力明显不足。

他们对中国旧诗和西方诗歌对于中国新诗发展的作用与意义的认识，也有矛盾之处。理智上，他们认为西方文学是现代的、进步的，是中国新诗效仿的对象，所以常常以西方诗歌作为确证中国新诗发生、发展合法性与成就的参照与尺度。例如，愚菴以日本和歌为尺度肯定沈尹默的《赤裸裸》，以美国诗歌风格肯定胡适的作品，以西方表现自由精神的作品肯定周作人的《画家》等。但由于长期受传统文学熏染，他们往往不知不觉地以中国古典诗歌言说新诗，以旧诗为标杆谈论新诗成就，在情感上有时更倾向于中国旧诗，表露出内在的矛盾性。"自从孔子删诗，为诗选之祖，而我们得从二千年后，读其诗想见二千年前的社会情形。中国新文学

---

① 北社编《新诗年选（1919年）》，上海亚东图书馆，1922，第13页。
② 北社编《新诗年选（1919年）》，上海亚东图书馆，1922，第244~245页。
③ 北社编《新诗年选（1919年）》，上海亚东图书馆，1922，第52页。

自五四运动后而大昌,凡一切制度文物都得要随世界潮流激变;今人要采风,后人要考古,都有赖乎征诗。"① 这是以孔子删诗结集典故谈论他们编选新诗集的必要性与目的。旧诗是他们言说的主要资源,也是他们品评作品成绩的重要尺度。愚盦认为:"康白情的诗温柔敦厚,大概得力于《诗经》。其在艺术上传统的成分最多,所以最容易成风气。"② 这是肯定康白情的作品,并以为艺术上传统的成分最多,容易成风气,认可传统诗歌经验对于新诗创作的价值。这里也可以看出他们对以中国传统艺术与西方文学为代表的现代艺术的态度上的矛盾性,即没有完全认可西方文学的力量。愚盦认为周作人的诗极有过人之处,曲高和寡,因为"大抵传统的东西比非传统的容易成风气",虽然愚盦理智上只愿传统与非传统各发展其特性,但又说"或者若干年后,非传统的东西得胜也未可知"③。他此时并不觉得"非传统"的有足够能量可以取代传统,也就是看重中国诗歌传统对于新诗的借鉴价值。

《新诗年选》对于胡适诗歌的选录态度和愚盦的点评,也明显地表现出这种矛盾性。《新诗年选》共收胡适诗歌 16 首,其中包括附录 7 首,白话诗、白话文言夹杂诗、文言诗均有,这与《新诗年选》定位编选新诗的原则相冲突,在标准上混乱,也许是受胡适《尝试集》收录文言诗词态度,特别是附录《去国集》影响。胡适那时编选印行《尝试集》的目的,一是在许多人对白话诗持怀疑乃至反对态度的情况下,"供赞成和反对的人作一种参考的材料";二是展示自己白话新诗试验的成果,盼望有人平心静气地予以批评,使自己知道试验"有没有成绩","试验方法,究竟有没有错误";三是向大家贡献《尝试集》所代表的"试验的精神"④。在《去国集·自序》中,他说之所以附录那些"死文学"之文言诗词,是"欲稍存文字进退及思想变迁之迹焉尔"⑤,这就是胡适的目的。而《新诗年选》的目的是"把历年的新诗按年刊成杂志,号为《新诗年

---

① 北社编《新诗年选(1919 年)·弁言》,上海亚东图书馆,1922,第 1 页。
② 北社编《新诗年选(1919 年)》,上海亚东图书馆,1922,第 154~155 页。
③ 北社编《新诗年选(1919 年)》,上海亚东图书馆,1922,第 90 页。
④ 胡适:《尝试集·自序》,上海亚东图书馆,1920,第 39~40 页。
⑤ 胡适:《尝试集·去国集自序》,上海亚东图书馆,1920。

选》，以饷同好"，且"凡选入的诗都认为在水平线以上"①，如此而言，他们的目的与胡适不同，就应该以达到水平线以上的新诗"以饷同好"，就不应该受胡适影响编录旧诗或具有旧诗痕迹的作品。再看愚菴对《新诗年选》收录胡适新旧作品的解释："在《去国集》和《尝试集》第一编里，如《临江仙》，《虞美人》，《生查子》等阕，《耶稣诞节歌》，《久雪后大风寒甚作歌》，《十二月五夜月》等首，美国化的色彩尤为明白。"②他认为这些文言诗歌或旧诗特色明显的诗歌中"美国化的色彩尤为明白"，这很不好理解，它们形式上是文言的，内容上也没有显示出特别新的东西，怎么就是美国化的呢？这里既表露了他审美标准的不明确，又可以看出他对于旧体诗歌的迷恋，也说明了《新诗年选》在审美标准上的某种混乱与矛盾。换言之，他们尚未真正建立起一种独立完整的新诗观念。新诗质的规定性何在？应如何评估既有新诗？如何融通中外资源以发展新诗？这些仍未达成基本的共识。这意味着新诗尚处于起步阶段，还未定型，仍处于开放发展的进行时态，这种开放与发展态势也势必会反过来影响对既有新诗的评价，影响诗歌的经典化进程。

第二节　历史重构与经典化功能

新诗发生于1917年前后，自1920年《新诗集（第一编）》《分类白话诗选》问世始，不同时期均有新诗选本面世。它们以特定角度、目的遴选出相应的新诗代表作，构建出不同的新诗历史，呈现或再造新诗知识，具有经典化功能。

1950年代中期，中国进入社会主义革命与建设时期，历史语境发生了重大改变，臧克家受中国青年出版社之托编辑《中国新诗选（1919～1949）》。1956年第1版，印数为20000册；1957年第2版，增加了徐志摩的两首诗《大帅（战歌之一）》《再别康桥》，9月第3次印刷，印数达86000册；1979年第3版，诗作增删较大，印数达142000册。它是1950

---

① 北社编《新诗年选（1919年）·弁言》，上海亚东图书馆，1922，第1～2页。
② 北社编《新诗年选（1919年）》，上海亚东图书馆，1922，第131页。

年代至 1970 年代新中国青年阅读新诗、了解新诗历史最重要的选本。

但是，迄今为止，尚无深入研究该选本历史价值的成果问世。固然，它是政治思维的产物，编选原则相对单一，所选诗人、诗作类型过于集中，淘汰了很多重要的诗人、诗作，未能反映出现代新诗坛全貌①，但我们也不能因此而无视它作为新诗选本史上特别重要的、影响了一代人新诗观念形成的选本可能具有的历史性价值与意义。笔者认为，它通过现代新诗历史的重构，通过诗人、诗作的取舍，生产出全新的新诗历史知识，使自己成为现代新诗经典遴选、建构过程中无法替代的选本，具有独特的经典化功能与价值。

一　编选目的与语境

中国自古就是一个诗歌大国，一部中国文学史在相当程度上就是一部诗史。诗歌参与了中国文化的建设，塑造了中国人独特的审美感知系统和表情达意方式，诗与文化在互动中相互生成、发展。1949 年之后，这一民族文化发展机制获得了新的实践空间。20 世纪上半叶，中国诗歌发生了新旧转型，白话新诗成为中国诗歌新的发展形态，涌现出大量的诗人诗作，新中国如何认识、总结新诗历史成就，如何言说、阐述新诗传统，如何描绘新诗地图，以引导读者阅读新诗，成为无法回避的问题，《中国新诗选（1919～1949）》可谓面对这些问题应运而生的选本②。

编者臧克家是现代诗人，新中国成立几年后，受中国青年出版社之托编辑现代新诗选，那么出版社的目的何在呢？臧克家作了明确说明："中国青年出版社为了帮助青年读者丰富文学知识，了解'五四'以来中国

---

① 陈艾新在《山花》1957 年第 2 期刊文《读了"中国新诗选"以后》，在充分肯定《中国新诗选（1919～1949）》之后，认为该选本所选诗人、诗作数量"似乎嫌少了一些"，"从内容来看，进步影响的范围也似嫌狭小了一些。写景诗选得不多，爱情诗几乎一首都没有选，这不能说不是这本选集的一个缺点"。

② 这里主要研究《中国新诗选（1919～1949）》在新中国成立不久如何重构新诗历史、生产新诗知识的情况，研究它在新诗经典遴选、塑造中的功能与价值，由于第 1、2 版出版时间相隔只有一年，而第 3 版迟至 1979 年才出版，且变动很大，所以这里以 1956 年第 1 版为研究底本，必要时才涉及第 2、3 版。

新诗发展和成就的概况，委托我编了这部诗选。"① 这里有两点值得注意，一是选本的拟想读者是"青年"，二是拟想的阅读目的是丰富青年人的"文学知识"，使他们了解"五四"以来新诗的发展和成就概况，也就是要以选本形式向青年读者呈现现代新诗发展史。臧克家自然明白，这与其说是中国青年出版社的委托，毋宁说是新时代的要求，编选这样一本现代新诗选本，绝不只关涉个人审美问题，而且肩负着时代的使命，承载着培育青年人的新诗历史观和审美意识的重任，这无疑是一件极为艰巨的任务。

那么，完成这一任务的历史语境如何呢？

一是国际冷战与国内社会主义建设语境。1949 年新中国成立，中国进入前所未有的社会主义改造与建设时代。当时的世界不再处于各自独立、分割的状况，而是一个不断全球化的时代，最大的特点是二战以后形成了以苏联为中心的社会主义阵营和以美国为中心的资本主义阵营，两大阵营处于意识形态敌对状态，世界绝大多数国家、地区卷入了这一全球冷战之中，而中国属于社会主义阵营。新中国的文化建设既是民族的，也是世界的，是社会主义阵营文化建设的重要组成部分，所以当时包括新诗活动在内的一切文化行为，无不是在这一国际历史大背景下展开的，意识形态斗争是一个重要特征，于是疏离、排斥、反对以美国为代表的西方文化，亲近、学习以苏联为代表的社会主义文化成为新中国社会主义文化、文学建设的大势。这是臧克家当时重新审视中国现代新诗史、编辑现代新诗选本的时代语境，这一语境势必影响着其审美取舍。

二是新诗选本语境，即 1920 年代以来形成的现代新诗选本状况。新诗发生后不久，各类选本就出现了，别集或合集，林林总总，但截至 1949 年底，代表性选本不外乎两大类。第一类是《尝试集》《女神》《冬夜》《蕙的风》《繁星》《新梦》《预言》《灾难的岁月》《旗》这类不同时期的诗人别集，多为诗人自选集，属于个人性诗歌选本。第二类是出自不同编选者的诗人总集，主要有：新诗社编辑的《新诗集（第一编）》（上海新诗社1920 年）、许德邻编的《分类白话诗选》（上海崇文书局1920 年），它们从

① 臧克家：《关于编选工作的几点说明》，《中国新诗选（1919~1949）》，中国青年出版社，1956，第 312 页。

写实、写景、写意、写情四个维度，按题材编选新诗；北社编的《新诗年选（1919年）》（上海亚东图书馆1922年），它以开放的姿态，突破了既有选本的题材分类模式，以笔画繁简和发表年月先后为序，编录诗人诗作，给予各种题材、特点的诗歌以入选机会；秋雪编的《小诗选》（上海文艺小丛书社1930年），以诗歌形体长短分类，乃新兴的小诗合集；陈梦家编录的《新月诗选》（上海新月书店1931年），典型的同仁诗集；沈仲文选编的《现代诗杰作选》（上海青年书店1932年）、薛时进的《现代中国诗歌选》（上海亚细亚书局1933年）、王梅痕编选的《注释现代诗歌选》（上海中华书局1935年）、笑我编的《现代新诗选》（上海仿古书店1936年）、孙望与常任侠编选的《现代中国诗选》（重庆南方印书馆1943年）等，均以"现代"为核心原则遴选新诗；王皎我编选的《抗日救国诗歌》（上海大东书局1933年）、唐琼编之《抗战颂》（上海五洲书报社1937年）、金重子辑录的《抗战诗选》（汉口战时文化出版社1938年）、张银涛编的《抗战诗歌集》（上海潮声文艺社1938年）等，乃抗日救国题材、主题的诗歌集；赵景深编的《现代诗选》（上海北新书局1934年），虽题为"现代诗选"，但实以"国语"为尺度之诗歌集；朱自清编选的《中国新文学大系·诗集》（上海良友图书印刷公司1935年），按自由诗、格律诗、象征诗三类遴选新诗；闻一多编的《现代诗钞》（开明书店1948年），以新月诗人、西南联大学生诗人为主体的诗歌选集。

　　这些选本的一个重要特点是与新诗的发生、发展几乎同步出现，它们既是选家眼中的新诗代表作，反映了新诗的历史成就，又在一定程度上彰显了编者对于新诗未来走向的想象与引领，就是说它们不只是为读者而编，而且为作者而编，为新诗创作发展而编。它们出现的时间是1920年代至1940年代，就是我们通常所说的现代历史时期，语境决定了编者对于作品的审视与取舍，"五四"启蒙、1930年代的革命、1940年代的战争等赋予了不同时期选本以相应的特点。从上述简单的叙述看，它们的编选要么以时间为原则，要么以题材分类为原则，要么按诗艺形式辑录，要么以"现代"理念为尺度，反映了现代不同历史时期的特点，是不同历史语境作用的结果。

　　无疑，上述时代语境与选本语境二者之间并不协调。现代时期出现的那些新诗选本，与 1949 年后新的历史要求是错位的，彼此无法兼容，即是说 1920 年代以降虽然有众多的现代新诗选本，但都不能直接拿来给新时代的读者阅读，无法给新中国青年读者以所需的"文学知识"，无法为新的历史语境里意识形态话语的生产提供直接的思想资源，无法给新的文学秩序建立、新的诗歌观念培育提供直接的诗学支持。在无范例可参考的情况下，编选一部全新的新诗选本，对于编者而言，是一个难题与挑战："我们曾拜访了一些作家，有的抽不出时间；有的觉得对过去的诗人作品尚无定论，在取舍上非常为难，很难搞出一个完美无缺的选本。"① 抽不出时间也许是一个借口，取舍上非常为难恐怕是真实的原因，何况要编出一个"完美无缺"的理想选本。编辑部最后找到了臧克家，他虽然身体欠佳，但还是答应了，他说："可以可以。害病的确是件苦事。我在家养病，旁的事作不了，读读诗，选一选，为年轻朋友做点事情，倒还可以。"② 作为现代时期小有成就的诗人，臧克家切身感受到新旧时代文学体制、阅读需求的不同，感受到文学理想的变化，对于编辑一本旨在帮助青年人了解新诗发展成就的新诗选本的难度，自然是清楚的。"这样一份意义重大而又繁难的工作，对于我的能力和见识是一个严重的考验。我始终在惴惴的心情下慎重地工作着。"③ 知其难而不推辞，欣然接受，体现了一种文学胆识与自信，或者说一种使命感使然。

二 《代序》与新诗史重构

为编选出全新的选本以丰富新中国青年读者的"文学知识"，帮助他们了解"五四"以来中国新诗发展成就，臧克家深知在编选之前必须重构新诗发展史，为新诗遴选提供历史依据与话语支撑。历史都是当代史，历史的叙述必须符合史实，但叙述又无法超越叙述者所处语境。1950 年代的中国语境，是中西方两大阵营冷战背景下的社会主义革命与建设，新诗发生发展史的梳理、讲述必须与这样的国际、国内语境相契合，或者说

---

① 大尹：《有关"中国新诗选"的几件事》，《读书月报》1956 年第 10 期。
② 大尹：《有关"中国新诗选"的几件事》，《读书月报》1956 年第 10 期。
③ 臧克家：《关于编选工作的几点说明》，《中国新诗选（1919~1949）》，中国青年出版社，1956，第 313 页。

全球冷战和国内社会主义革命与建设制约着对新诗历史的考察和表达。1954 年 11 月，臧克家完成了《"五四"以来新诗发展的一个轮廓》，作为《中国新诗选（1919～1949）》的"代序"，在这篇约 2.5 万字的文章中，他重构出现代新诗发展史。

之所以称为"重构"，是因为自 1920 年代开始，新诗作为一种新的诗歌形态就进入史家视野，一些文学史著作就开始记录、叙述发展中的新诗，新诗就有了自己的"历史"。1923 年商务印书馆出版了凌独见的《新著国语文学史（中等学校用）》，以"国语"为核心构建文学史，白话新诗作为一种"国语"被讲述，新诗史叙述与国语想象联系在一起。稍后，胡毓寰的《中国文学源流》①、谭正璧的《中国文学史大纲》②、赵祖抃的《中国文学沿革一瞥》③、赵景深的《中国文学小史》④、谭正璧的《中国文学进化史》⑤ 等，以进化论为理论基点，将自由体新诗解读成中国古代诗歌在新时代的必然形态，新诗史被表述为中国文学史的有机构成部分。再往后，也就是 1930 年代至 1940 年代，新诗之"新"被史家所突出，周作人的《中国新文学的源流》⑥、王哲甫的《中国新文学运动史》⑦、吴文祺的《新文学概要》⑧ 以及李一鸣的《中国新文学史讲话》⑨ 等，将新诗纳入"新文学"框架和逻辑里进行讲述，新诗历史与新文学历史同步发生发展，这里的"新"是相对于旧文学之"旧"而言的，所以历史起点或为梁启超的"诗界革命"，或为胡适的《尝试集》，新诗史基本上被讲述成旧诗之后的现代白话诗歌史。再往后，1950 年上半年，教育部颁布《高等学校文法两学院各系课程草案》，要求"运用新观点，新方法，讲述自五四时代到现在的中国新文学的发展史，着重在各阶段的文艺思想斗

---

① 胡毓寰：《中国文学源流》，商务印书馆，1924。
② 谭正璧：《中国文学史大纲》，泰东图书局，1925。
③ 赵祖抃：《中国文学沿革一瞥》，光华书局，1928。
④ 赵景深：《中国文学小史》，光华书局，1928。
⑤ 谭正璧：《中国文学进化史》，光明书局，1929。
⑥ 周作人：《中国新文学的源流》，人文书店，1932。
⑦ 王哲甫：《中国新文学运动史》，杰成印书馆，1933。
⑧ 吴文祺：《新文学概要》，上海亚细亚书局，1936。
⑨ 李一鸣：《中国新文学史讲话》，世界书局，1943。

争和其发展状况，以及散文、诗歌、戏剧、小说等著名作家和作品的评述"①。紧接着通过了《〈中国新文学史〉教学大纲（初稿）》，要求以无产阶级、现实主义和大众化为立场，重新梳理、解读新文学史及其作品，强调新文学是新民主主义文学，王瑶的《中国新文学史稿》②就是在这种背景下编纂出来的。该著虽然将新诗史放在新民主主义历史里讲述，强调无产阶级诗歌的地位，高度评价了李大钊的《山中即景》、陈独秀的《除夕歌》、刘半农的《相隔一层纸》、朱自清的《毁灭》、蒋光慈的《新梦》《哀中国》等诗人诗作，并将新月诗歌、现代派诗歌、象征派诗歌看成诗歌史上的逆流，但新诗的起点仍是胡适的《尝试集》，历史主流线索不够清晰，对代表性诗人诗作的指认也不明确。

显然，这些文学史著作所叙述出来的新诗"历史"，与新中国社会主义诗歌发展要求，与社会主义话语生产要求，节拍上并不同振，新诗之"新"是含糊的，甚至是不确定的，新诗史的脉络不清晰，新诗运动的领导者、新诗史起点、新诗主流等都没有得到与新中国要求相一致的明确表述，无法给新时代的话语建设提供明确的诗学资源。这决定了臧克家在遴选新的代表作之前，必须重建新诗史秩序，重构新诗发展史。那么，《代序》重构出一部怎样的新诗史呢？

其一，新诗史起点与性质。现代新诗的历史起点在哪？这是一个与性质相关的重要问题，民国时期的文学史著作，要么以晚清"诗界革命"为新诗起点，要么以胡适1917年前后倡导的白话诗运动为起点。但是《代序》认为，黄遵宪等人那时的诗歌，"虽然在他们的某些诗句里，以轮船代替了风帆，以钟表代替了鼓、漏，但是几个新名词的调弄，并没能给旧诗以新的生命力量"，改良主义决定了"他们的'诗界革命'在某种意义上也只能算作是新诗革命之前的一个短暂的过渡"③，因而不能作为新诗的起点；胡适1917年前后对白话新诗的倡导与实验，也不能作为新诗起点，因为胡

---

① 王瑶：《中国新文学史稿·初版自序》，新文艺出版社，1954，第1页。
② 王瑶：《中国新文学史稿》（上），开明书店，1951；王瑶：《中国新文学史稿》（下），新文艺出版社，1953。
③ 臧克家：《"五四"以来新诗发展的一个轮廓（代序）》，《中国新诗选（1919~1949）》，中国青年出版社，1956，第2页。

适的诗歌观"几乎没有触及内容的问题"，他所谓的"有什么话，说什么话；话怎么说，就怎么说"，对新诗的内容和形式"都是有害的一种论调"，既忽视了诗歌主题的积极性、题材的时代意义，又无视新诗语言与形式特点。① 那新诗起点究竟在哪？《代序》曰：新诗是"'五四'文学革命的一个信号弹"，"五四"运动是新文学、新诗的开端，"从一九一九年'五四'运动开始，到一九四九年新中国成立，算起来也已经有整整三十个年头的历史了"。② 就是说新诗的起点是 1919 年，而不是此前文学史著作所指认的晚清"诗界革命"或 1917 年前后胡适倡导的白话诗运动，这就将 1919 年之前的旧民主主义时期的诗歌剥离出去了，终点则是 1949 年新中国的成立，于是现代新诗一共只有三十年的历史。新诗革命之所以能够取得成功，则"是由于'五四'时期中国人民在共产主义思想影响下以反帝反封建去取得民族的解放与自由这一基本要求所决定的"③。这就将新诗史定位为无产阶级领导的反帝反封建的新民主主义性质的历史。

其二，历史分期、内容与主流。客观历史的呈现形式杂乱无章，时空混杂，形形色色的人与事，你中有我，我中有你，矛盾错综复杂。所以，写史非常困难，必须理出头绪，分辨出历史大势，发展阶段，并进行取舍。这是一个将无序的五味杂陈的原生态的立体生活简化为线索明晰的历史的过程。与民国时期的文学史著作不同，《代序》首次将 1919～1949 年的新诗史简化为四个时期，重新描述其基本内容与主流走向，以呈现不同的历史面貌。第一个时期是"五四"时期。这个时期，胡适出版了《尝试集》，但《代序》认为，从这本诗集里"可以嗅到胡适的亲美的买办资产阶级思想掺和着封建士大夫思想喷发出来的臭味"，其作品"离诗所要求的艺术表现十分遥远"。④ 全盘否定了胡适及其《尝试集》在新诗

① 臧克家：《"五四"以来新诗发展的一个轮廓（代序）》，《中国新诗选（1919～1949）》，中国青年出版社，1956，第 3～4 页。

② 臧克家：《"五四"以来新诗发展的一个轮廓（代序）》，《中国新诗选（1919～1949）》，中国青年出版社，1956，第 1 页。

③ 臧克家：《"五四"以来新诗发展的一个轮廓（代序）》，《中国新诗选（1919～1949）》，中国青年出版社，1956，第 2～3 页。

④ 臧克家：《"五四"以来新诗发展的一个轮廓（代序）》，《中国新诗选（1919～1949）》，中国青年出版社，1956，第 4 页。

史上的源头性地位。冰心是民国时期文学史著作高度肯定的一位诗人，但其小诗"社会意义的主题触及的很少"，给予青年的作用是"消极的"。①《代序》认为，这个时期新诗坛虽然存在多种声音，但发展主流是共产主义思想影响下的反帝反封的现实主义诗歌，重要作品有：李大钊的"拥护共产主义真理的新诗"《欢迎独秀出狱》，刘半农的"带着相当浓厚的反抗意识和阶级对立的思想"的《相隔一层纸》《D——》《敲冰》，朱自清的受"共产主义思想影响"的《送韩伯画往俄国》，郭沫若的"充满了叛逆的反抗精神"和"对于祖国未来的新生的渴望"的《女神》。② 第二个时期是大革命时期。《代序》认为，1923 年共产党的几位负责人邓中夏、恽代英、萧楚女、瞿秋白等"在诗的理论方面作出了革命性的贡献"③，推动了无产阶级文学的发展，而郭沫若的革命文学理论使"新诗的园地里萌长了社会主义现实主义诗歌的鲜芽"④。所以，这个时期新诗的主流是新兴的无产阶级诗歌，其代表性诗人、诗作是：郭沫若的《前茅》《恢复》，蒋光慈的《新梦》《哀中国》《战鼓》《乡情集》，瞿秋白的《赤潮曲》，刘半农的《出狱》，郑振铎的《死者》，等等。但由于"五四"后新文化统一战线的分化，出现了形形色色消极情调的作品，其中形成流派的则是"新月派"和"象征派"⑤。第三个时期是大革命失败至抗战前夜。1930 年"左联"成立之后，无产阶级诗歌进入新的发展阶段，殷夫是"一个优秀的无产阶级的诗人"，其代表作是《一九二九年的五月一日》《我们》《让死的死去吧!》《议决》《血字》；1932 年，中国诗歌会成立，着力歌唱反帝抗日的"民众的高涨情绪"，重要诗人是蒲风，代表作是《茫茫夜》；臧克家的诗集《烙印》《罪恶的黑手》属于密切关注

---

① 臧克家：《"五四"以来新诗发展的一个轮廓（代序）》，《中国新诗选（1919～1949）》，中国青年出版社，1956，第 6～8 页。
② 臧克家：《"五四"以来新诗发展的一个轮廓（代序）》，《中国新诗选（1919～1949）》，中国青年出版社，1956，第 5～7 页。
③ 臧克家：《"五四"以来新诗发展的一个轮廓（代序）》，《中国新诗选（1919～1949）》，中国青年出版社，1956，第 9 页。
④ 臧克家：《"五四"以来新诗发展的一个轮廓（代序）》，《中国新诗选（1919～1949）》，中国青年出版社，1956，第 10 页。
⑤ 臧克家：《"五四"以来新诗发展的一个轮廓（代序）》，《中国新诗选（1919～1949）》，中国青年出版社，1956，第 13 页。

现实的诗作；艾青、田间则是两位体现现实主义诗歌新高度的诗人，尤其是艾青的《大堰河——我的保姆》。这个时期新诗坛同样存在两股逆流，即后期新月派和现代派，但无产阶级现实主义诗歌在反帝反封中进一步壮大，构成新诗发展主潮。第四个时期是抗日战争和解放战争时期。《代序》认为，抗战诗歌表现了"一个要求新生的伟大民族的气魄和在觉醒中的人民的力量"①，代表性诗人是艾青、田间、柯仲平。抗战是进步的知识分子"锻炼和改造自己的最好机会"，何其芳的《夜歌和白天的歌》"就是一个觉醒了的小资产阶级革命知识分子向无产阶级思想意识转变的歌唱"。② 卞之琳进入解放区后诗风也发生变化，创作出歌颂八路军和解放区革命现实的明朗的《慰劳信集》。1942 年，延安文艺座谈会之后，"在诗歌方面，批评了十四行诗、豆腐干式的欧化诗，引起了向民歌和古典优秀诗歌优良传统学习的热忱"③，袁水拍的《马凡陀的山歌》、李季的《王贵与李香香》、阮章竞的《漳河水》等是代表性作品，战争诗歌，大众化、民族化诗歌成为本时期新诗发展主流。

　　《代序》开创性地将新诗史划分为四个相互衔接的时期，化繁为简，历史的线索由模糊到清晰，无产阶级诗歌第一次被描述成新诗发生发展的主流。

　　其三，历史任务、发展特点与贡献。《代序》认为，新诗在每个历史时期，都发出了自己或强或弱的声音，从诞生的那天开始，"它就肩负着反帝反封建的历史任务"；"在前进的途程中，它战胜了各式各样的颓废主义、形式主义，克服着小资产阶级的个人主义情调，一步比一步紧密地结合了历史现实和人民的革命斗争"，"对于人民的革命事业作出了一定的贡献"。④ 以二元对立的逻辑修辞，描述新诗发展特点，对新诗史上各

---

① 臧克家：《"五四"以来新诗发展的一个轮廓（代序）》，《中国新诗选（1919～1949）》，中国青年出版社，1956，第 24 页。

② 臧克家：《"五四"以来新诗发展的一个轮廓（代序）》，《中国新诗选（1919～1949）》，中国青年出版社，1956，第 28 页。

③ 臧克家：《"五四"以来新诗发展的一个轮廓（代序）》，《中国新诗选（1919～1949）》，中国青年出版社，1956，第 29 页。

④ 臧克家：《"五四"以来新诗发展的一个轮廓（代序）》，《中国新诗选（1919～1949）》，中国青年出版社，1956，第 1～2 页。

种现象、诗潮进行价值评判，揭示新诗对于社会发展的贡献。

显然，臧克家所重构的新诗发展史是无产阶级思想影响不断扩大、反帝反封建主题不断彰显的历史；是社会革命、民族解放主题不断清晰，个人主义、现代主义作为逆流不断弱化的历史；是无产阶级领导的大众化、民族化的现实主义诗歌在反帝反封建过程中不断壮大、成为主流的历史。这是臧克家在新兴的社会主义语境里所重构的新诗发展史。于是，他为自己的新诗作品编选、知识讲述找到了历史发展依据，或者说建构出诗人、诗作取舍的修辞逻辑。

三　诗作遴选与新诗知识生产

什么是知识？知识是人与客观世界交互作用后获得的相关信息，包括信息的特点、组织结构等；知识不是纯客观信息本身，而是主体过滤、取舍后的信息，小于客观信息本身，在这个意义上，"知识"具有生产性，是探索、创造的产物，新知识是对旧知识的突破与覆盖。探索性、创造性使知识生产具有不确定性与风险性，所以要有一种管控知识风险的意识。

《中国新诗选（1919～1949）》通过对新诗作品的遴选、辑录，生产出一套全新的新诗史知识，以满足新中国青年读者的需要，这是该选本的一个重要功能与价值。那么，它选录了哪些诗人诗作？拼构出一个怎样的现代新诗版图？生产、建构出怎样的新诗知识呢？

一是诗人队伍重构。1949 年以前白话新诗创作者无以计数，以前的选本或者文学史著作均从自己的目的、原则出发进行遴选或叙述，创构出不同的诗人谱系。臧克家在新的语境里从成千上万的诗人里遴选出 26 位，重构出现代诗人队伍，并按中国人的传统做法以收录作品数量多少为依据给他们排列座次。26 位诗人的排序是：郭沫若收录 9 首，位列第一；艾青 7 首，位列第二；闻一多、殷夫、田间均为 5 首，并列第三；康白情、刘大白、蒋光慈、柯仲平、臧克家、蒲风、何其芳、袁水拍都是 4 首，并列第四；收录 3 首的诗人有朱自清、刘复、萧三、严辰、李季，位列第五；收录 2 首的有冰心、冯至、戴望舒、卞之琳、王希坚、阮章竞，位列第六；收录 1 首的有力扬、张志民，同为末位。这是臧克家从新中国文学秩序重建出发，以自己《代序》所建构的新诗史观为依据，遴选出来的最重要的 26 位诗人及其排序。这是一个全新的诗人梯队，没有胡适、周作人、沈尹默、李金发、汪静之、朱湘、废名、金克木、林庚、穆旦、郑敏、袁可嘉等人的身影；郭沫若位列第一，艾青第二，闻一多等第三……这种排序是选本史上的首创；过去文学史叙述里不同风格、成就的诗人列为同一等级，诸如冰心、冯至、戴望舒、卞之琳、王希坚、阮章竞等排列为一个等级，属于历史性创造。这个诗人谱系是《代序》所重构的以无产阶级现实主义诗歌为主流的历史观的反映，是该选本所生产出的覆盖旧的诗人地图的"文学知识"。

二是最初新诗作品指认与发生源头重建。1917 年《新青年》第 2 卷第 6 号刊发了胡适的《白话诗八首》，即《朋友》、《赠朱经农》、《月》三首、《他》、《江上》、《孔丘》，1918 年《新青年》第 4 卷第 1 号推出胡适的《鸽子》《人力车夫》《一念》《景不徙》、刘半农的《相隔一层纸》《题女儿小蕙周岁日造像》、沈尹默的《鸽子》《人力车夫》《月夜》等，这些诗歌被民国时多数选本收录，多数文学史著作在叙述新诗之发生历史时也多从它们开始。从现有资料看，它们确实是最早公开发表的白话新诗，是新诗源头性作品，这是民国时期关于初期新诗的一种知识共识。然而，《中国新诗选（1919~1949）》没有收录它们，与《代序》所建构的新诗史起点一致，选本所选最早的新诗作品是 1919 年郭沫若的《立在地球边上放号》《地球，我的母亲》、康白情的《草儿在前》等，它们取代了胡适的《白话诗八首》以及沈尹默、刘半农早期那些作品，被定位为最初的新诗作品。这意味着既有的、将胡适等人的诗歌定位为新诗起点的知识被否定，新诗的发生源头也从 1917 年向后移至 1919 年。1917~1918 年的诗作，题材、主题上多写底层社会的艰辛、读书人对平民的同情以及知识者个人的心境，平铺直叙，缺乏想象力，诗体不够解放，与旧诗词有些剪不断的联系；1919 年的《立在地球边上放号》《地球，我的母亲》等，突破了现实生活的束缚，思想解放，诗体解放，以世界为视野，天马行空，表现了一种新的世界观、人生观。简言之，《中国新诗选（1919~1949）》将新诗起点向后移了两年，重构出以郭沫若的《立在地球边上放号》《地球，我的母亲》、康白情的《草儿在前》等为初期新诗代表作的关于新诗源头的知识。

　　三是新诗历史板块重组。总体而言，《中国新诗选（1919～1949）》以《代序》所建构的历史时期为单位，遴选诗人、诗作，突出主流中的诗作，重组出不同历史时期的新诗核心板块，拼构出作为新知的新诗地图。

　　其一是"五四"新诗。"五四"是臧克家所叙述的新诗史的发生期，收录的诗人有郭沫若、冰心、闻一多、朱自清、冯至等。很明显，臧克家删除了李金发为代表的象征派诗人，新月诗人只保留了闻一多。朱自清曾将这个时期新诗划分为自由诗派、格律诗派、象征诗派，而臧克家选本中自由诗派收录了郭沫若、冰心、朱自清、冯至等的诗歌，所占比例最大，这是在向读者表明新诗主流是自由体诗歌；格律诗人里只有闻一多的身影，象征派诗人则全部缺席，何以如此？李金发为代表的象征派属于西方现代主义范畴，是新中国成立后高度警惕的、具有西方资本主义文学属性的文学派别①，其在以生产新的知识为目的的选本中的缺席，是历史理性选择的结果；新月派是一个张扬资产阶级人性论的诗派，一个与西方现代文化密切相关的诗派，只有闻一多不同，他的诗里充满爱国主义精神，后又因反抗国民党特务统治而献身，所以本质上与新月诗人不同。选本对这个时期具体诗作的取舍相比此前的新诗选本，特点相当鲜明，例如郭沫若的9首诗作，《女神》里选了《立在地球边上放号》《地球，我的母亲》《凤凰涅槃》《炉中煤》《黄浦江口》5首，《星空》里选了《天上的市街》，《前茅》里选了《上海的清晨》，《恢复》里选了《诗的宣言》，还有1945年7月所写的《站立在英雄城的彼岸》，舍弃了此前选本特别青睐的《女神之再生》《天狗》《笔立山头展望》《我是个偶像崇拜者》《夜步十里松原》等张扬自我的诗作；值得注意的是，入选的《凤凰涅槃》几乎未被此前选本收录，这些变化，无疑与新中国语境相关。《天狗》《我是个偶像崇拜者》一类无限张扬自我的作品，显然与社会主义话语建构不协调；而《凤凰涅槃》对旧世界的诅咒，对新中国的呼唤与赞美，则是一个现实化了的寓言，与新中国成立初期话语生产原则相契合。冯至的诗歌，选录的是《蚕马》《"晚报"》，而不是此前选本所热衷的《我是

---

　　① 方长安：《"十七年"文坛对欧美现代派文学的介绍与言说》，《文学评论》2008年第2期。

一条小河》；朱自清的 3 首中则包括《小舱中的现代》，这是一个有趣的现象，何为"现代"？臧克家对"现代"的理解与朱自清心中的"现代"是否一致，倒是耐人寻味。

"五四"是中国现代文化史、新诗史上最重要的一个时期，如何言说、叙述，对于新中国文化生产、文学秩序重建意义重大，该选本通过删除新月诗歌、象征派诗歌，通过重新汰选郭沫若、冰心、闻一多、朱自清、冯至等人的代表作，颠覆了民国新诗选本所建构的以个性解放、浪漫主义为突出特点的"五四新诗"形象，重构出一个以爱国反封建为主要内容、以自由诗为主流诗体、以现实主义为主潮的"五四新诗"，重建出新的"五四"诗学传统。

其二是左翼诗歌。1927～1937 年，新诗进入一个相对繁荣时期，后期创造社诗歌、太阳社诗歌、中国诗歌会诗歌、后期新月派诗歌、现代派诗歌等，多元共生，但《中国新诗选（1919～1949）》只收录了蒋光慈、殷夫、臧克家、蒲风、萧三等人的作品，戴望舒、金克木、废名、林庚等的现代派诗歌被淘汰，后期新月派只收录了臧克家本人的作品，其他人的全部删除。总体而言，选本化繁为简，主要收录了本时期那些左翼革命诗歌。臧克家曾是闻一多的学生，可以称为后期新月诗人，选本收录了他1932～1934 年的《老马》《老哥哥》《罪恶的黑手》以及 1942 年的《春鸟》，它们属于向往革命、暴露现实黑暗与帝国主义罪恶的作品，不属于新月派流派性质的作品。蒋光慈曾留学苏联，太阳社骨干，左联诗人，选本收录了他的《乡情》《写给母亲》《我应当归去》《中国劳动歌》等反帝爱国之作。殷夫是太阳社成员，左联五烈士之一，无产阶级革命诗人，鲁迅曾称其诗"属于别一世界"，"是对于前驱者的爱的大纛，也是对于摧残者的憎的丰碑"①，选本收录他的《别了，哥哥》《血字》《一九二九年的五月一日》《让死的死去吧！》《议决》5 首革命诗歌。蒲风是中国诗歌会诗人，收录其《茫茫夜》《咆哮》《我迎着风狂和雨暴》《母亲》等反帝抗日主题的大众化、歌谣形式的作品。萧三曾留学苏联，左联诗人，选本收录其《瓦西庆乐》《礼物》以及 1945 年的《送毛主席飞重庆》。这

---

① 鲁迅：《白莽作〈孩儿塔〉序》，《鲁迅全集》第 6 卷，人民文学出版社，2005，第 512 页。

些诗歌多为揭露现实黑暗、向往革命、揭露帝国主义侵略的现实主义作品。《中国新诗选（1919～1949）》以《代序》重建的现代诗歌观念为依据，淘汰了"颓废主义""形式主义"的现代派诗歌、后期新月派诗歌，只遴选左翼革命诗歌，左翼反帝反封建的大众化的现实主义诗作被遴选、指认为本时期的代表作，作为一种重组的"文学知识"向新中国青年读者推介。

其三是战时革命诗歌。1937～1949 年，中国处于抗日战争和解放战争时期，沦陷区、国统区、解放区各有不同风格的诗歌，七月派诗歌、京派诗歌、中国新诗派诗歌、十四行诗歌、解放区工农兵诗歌等各有代表诗人、诗作，呈多元发展态势。《中国新诗选（1919～1949）》收录了柯仲平、戴望舒、卞之琳、田间、何其芳、艾青、力扬、袁水拍、严辰、李季、王希坚、阮章竞、张志民等 13 位本时期诗人，占 26 位诗人总量的一半，收录诗歌 40 首，占选本总数的 43%。显然，在臧克家眼中，这个时期是现代新诗的繁荣期。

那么，选本所收录的这些诗作是否反映出这一时期新诗的基本面貌呢？13 位诗人的构成较为复杂，戴望舒是 1930 年代现代派代表诗人，何其芳、卞之琳是 1930 年代中期的"汉园诗人"，也属于现代派；艾青、田间是七月派代表诗人，艾青还与西方印象主义、象征主义有着诗缘关系；袁水拍是国统区讽刺诗人；李季、阮章竞等是解放区民歌路线的代表诗人。显然，冯至的十四行诗缺席了，穆旦等中国新诗派的诗歌缺席了，1930 年代现代派诗人本时期创作的现代主义诗歌缺席了。不仅如此，影响极大的七月诗派也只选取了艾青、田间的作品，舍弃了七月派其他诗人的诗作。艾青的诗歌选了 7 首，仅次于郭沫若，其中《雪落在中国的土地上》《手推车》《乞丐》《吹号者》《树》《黎明的通知》6 首是抗战时期作品，属于艾青的代表作，而《大堰河——我的保姆》是 1933 年的作品，无疑，在臧克家心中，艾青是第三个十年的代表诗人，所以删除了其早期那些现代主义特征的诗歌①，换言之，凸显了他那些书写战争年代中国苦难与抗争的诗作，将它们作为一种知识重点加以呈现。戴望舒的诗歌

---

① 孙作云：《论"现代派"诗》，《清华周刊》1935 年第 43 卷第 1 期。

只选了抗战主题的《狱中题壁》《我用残损的手掌》，舍弃了《雨巷》《我的记忆》等标签性诗歌。何其芳的作品只选取其进入延安后的《我为少男少女们歌唱》《生活是多么广阔》等 4 首明朗风格的诗歌。卞之琳的作品没有收录《断章》《鱼化石》《距离的组织》《圆宝盒》等，选取的是 1939 年的《给一位刺车的姑娘》《给西北的青年开荒者》。这些取与舍是一种知识置换。

　　解放区诗歌是臧克家重点选取的对象，李季的《报信姑娘》《三边人》《只因为我是一个青年团员》、阮章竞的《漳河水》、张志民的《死不着》等是代表性作品。选本旨在告诉新中国青年读者，战时诗歌的主体是解放区诗歌。13 位诗人大都在 1930 年代崭露头角，有的属于现代派、新月派，有的是七月诗派诗人，有的是国统区的讽刺诗人，但除艾青的《大堰河——我的保姆》外，只选取他们 1937～1949 年那些反帝反封的革命诗作，这在客观上表明，现代主义诗人、新月派诗人在战争中蜕变为革命诗人，新诗"支流"乃至"逆流"在不断汇入无产阶级领导的反帝反封的"主流"，无产阶级诗歌才是有生命力的诗歌，这是《中国新诗选（1919～1949）》所重建的抗日战争和解放战争时期的新诗知识。

　　《中国新诗选（1919～1949）》的编选目的是为新中国青年读者提供新的"文学知识"，而新诗已有半个世纪的发展"历史"，既有的批评、选本和文学史著作已经对它作了不同的叙述、阐释与定位，形成了一套关于新诗的既有知识体系；臧克家是从新的时代要求出发，解构了既有的新诗知识谱系，通过诗人、诗作的重新取舍而构建出新的知识板块，取和舍都是从社会主义话语建设出发的，是一种国家意识形态行为，具有内在的逻辑性、合理性，在一定程度上满足了那个时代对新的"文学知识"的想象与需要，为新的诗歌风尚的形成作出了贡献。当然，新诗知识生产不同于物质知识的生产，国家意志、选家个人趣味以及选家与国家意志之间存在的既统一又不完全协调的特点，使取舍本身变得相对复杂，它既是一种敞开，又是一种遮蔽，在发现、敞开某些诗人诗作的同时，可能遮蔽某些诗人、诗作，所以，如同所有观念性知识生产一样，其中存在与史实不一致的某种风险。质言之，知识生产的目的指向性，将许多不利于知识重建的诗人诗作排除在选本之外，使读者无法获得多元化的新诗读本，无法获得相对完整的新诗史知识，这是我们面对这样一个生产性很强的选本时必须意识到的问题。

四　新诗经典化功能与价值

文学经典化是一代又一代的读者阅读遴选、传播阐释、审美淘汰、重新发现的往复过程，经典就是在这个过程中被发现、塑造或者说建构出来的。所以，经典化并非纯粹的理论命题，而是一个历史现象。《中国新诗选（1919~1949）》是历史转型时期的标签性文本，一个国家文化建设层面的选本，发行量大，对一代人诗歌观念、审美趣味的形成起了重要的引导、规范作用。在百年新诗传播接受史上，它虽然只是特定时代生产新的"文学知识"的"中间物"，存在视角单一导致许多作品被淘汰、入选作品类型过于集中的问题，但如果将之放在新诗选本史上考察，放在1920年代至今仍在延续的经典化历史过程中审视，则不难发现它的取与舍对中国现代新诗经典遴选、塑造起了重要的历史性作用，具有不可替代的功能与价值。

取与舍是相对于此前选本而言的，与既有选本相比较是我们进入论题的基本思路与方法。

表4-1中所列是民国时期新诗传播、经典化过程中最重要的26个选本，通过与它们比较，可以更深入地洞悉《中国新诗选（1919~1949）》对于新诗经典遴选、塑造的价值。

表4-1　1949年以前重要新诗选本收录《中国新诗选（1919~1949）》诗作情况

序号	选本	编者	出版机构、出版时间	收录《中国新诗选(1919~1949)》诗作
1	《新诗集(第一编)》	新诗社编辑部	上海新诗社出版部 1920年	未收
2	《分类白话诗选》	许德邻	上海崇文书局 1920年	康白情《朝气》,刘大白《卖布谣》
3	《新诗三百首》	新诗编辑社	上海新华书局 1922年	未收
4	《新诗年选(1919年)》	北社编	上海亚东图书馆 1922年	康白情《草儿在前》

续表

序号	选本	编者	出版机构、出版时间	收录《中国新诗选（1919~1949）》诗作
5	《中国近代恋歌集》	丁丁等编	上海泰东图书局1926年	未收
6	《时代新声》	卢翼野编	泰东图书局1928年	郭沫若《炉中煤》
7	《小诗选》	秋雪编选	上海文艺小丛书社1930年	未收
8	《新月诗选》	陈梦家编	上海新月书店1931年	未收
9	《文艺园地》	柳亚子编	上海开华书局1932年	未收
10	《现代诗杰作选》	沈仲文编	上海青年书店1932年	康白情《草儿在前》,闻一多《洗衣歌》
11	《抒情诗（汇编）》	朱剑芒等编	上海世界书局1933年	未收
12	《写景诗（汇编）》	朱剑芒等编	上海世界书局1933年	未收
13	《现代中国诗歌选》	薛时进编	上海亚细亚书局1933年	康白情《草儿在前》,冰心《繁星（一）》
14	《初期白话诗稿》	刘半农编	北平星云堂书店影印1933年	未收
15	《现代诗选》	赵景深编	上海北新书局1934年	郭沫若《立在地球边上放号》《天上的市街》,闻一多《洗衣歌》,刘复《一个小农家的暮》
16	《中华现代文学选（第二册·诗歌）》	王梅痕编	中华书局1935年	冰心《繁星（一）》
17	《注释现代诗歌选》	王梅痕编	上海中华书局1935年	冰心《繁星（一）》
18	《中国新文学大系·诗集》	朱自清编	上海良友图书印刷公司1935年版	郭沫若《炉中煤》《地球,我的母亲》《天上的市街》,康白情《朝气》《和平的春里》《别少年中国》,冰心《繁星（一）》《繁星（四）》《春水（一）》,闻一多《发现》《荒村》,刘复《饿》《一个小农家的暮》《面包与盐》,朱自清《小舱中的现代》《赠A. S.》,冯至《蚕马》

序号	选本	编者	出版机构、出版时间	收录《中国新诗选（1919～1949）》诗作
19	《诗》	钱公侠等编	上海启明书局 1936 年	郭沫若《炉中煤》《地球，我的母亲》《天上的市街》，冰心《繁星（一）》《繁星（四）》《春水（一）》，刘复《一个小农家的暮》
20	《现代新诗选》	笑我编	上海仿古书店 1936 年	郭沫若《天上的市街》，康白情《草儿在前》，闻一多《洗衣歌》，刘复《一个小农家的暮》
21	《现代创作新诗选》	林琅编辑	上海中央书店 1936 年	郭沫若《炉中煤》
22	《新诗》	沈毅勋	新潮社 1938 年	未收
23	《诗歌选》	王者编	沈阳文艺书局 1939 年	冰心《繁星（一）》《繁星（四）》《春水（一）》
24	《现代中国诗选》	孙望等	重庆南方印书馆 1943 年	艾青《树》
25	《战前中国新诗选》	孙望选	成都绿洲出版社 1944 年	艾青《大堰河——我的保姆》
26	《现代诗钞》	闻一多	开明书店 1948 年版	郭沫若《立在地球边上放号》，冰心《繁星（四）》

首先，《中国新诗选（1919～1949）》以一种全新的眼光审视现代新诗，发现了 1920 年代以来的重要选本所无视的某些新诗作品，将它们遴选出来，收入选本，供读者阅读传播，开启了它们经典化的历史。这里有两种情况，一是从未被此前重要选本收录过的作品，二是入选过此前选本的作品。表 4-1 显示，92 首诗歌中，只有《朝气》《卖布谣》《草儿在前》《炉中煤》《洗衣歌》《繁星》《春水》《立在地球边上放号》《地球，我的母亲》《天上的市街》《一个小农家的暮》《和平的春里》《别少年中国》《发现》《荒村》《饿》《面包与盐》《小舱中的现代》《赠 A. S.》《蚕马》《树》《大堰河——我的保姆》等 25 首诗歌，曾被民国时期重要的新诗选本收录过，入选次数最多的是《繁星（一）》，为 6 次；接下来依次是《草儿在前》《炉中煤》《天上的市街》《一个小农家的暮》《繁星（四）》，入选 4 次；《洗衣歌》《春水（一）》3 次；《立在地球边上放号》《朝气》2 次；其他均为 1 次。入选频次最高的 6 次，入选率也只有 23%，还有 15 首只被收录 1 次，入选率不到 4%，即它们也不是民国选本高频

率收录的作品。92 首诗歌中，还有 67 首诗歌被选家忽视，未曾进入上述 26 个重要选本，它们完全属于臧克家选本的"发现"。换言之，是臧克家从浩如烟海的现代新诗文本大海里发现了它们，收录进自己的选本，推荐给新中国读者，给予它们接受读者阅读检验的历史机会，使它们获得了敞开自我可能性价值的机遇，开启了它们走向经典的航程，这是该选本在新诗经典化历程中所起的重要作用，所具有的历史价值。

该选本 1956 年出版至今已经有 60 年历史了，从现在的情况看，不少作品仍然受到读者欢迎，成为今天人们谈论新诗绕不开的代表作，诸如《立在地球边上放号》《地球，我的母亲》《炉中煤》《天上的市街》《草儿在前》《繁星（二）》《繁星（三）》《春水（一）》《发现》《洗衣歌》《卖布谣》《田主来》《小舱中的现代》《狱中题壁》《别了，哥哥》《老马》《我为少男少女们歌唱》《生活是多么广阔》《大堰河——我的保姆》《雪落在中国的土地上》，以及 1957 年第二版新收录的《再别康桥》等，20 余首；其中，《地球，我的母亲》《凤凰涅槃》《炉中煤》《天上的市街》《发现》《别了，哥哥》《我为少男少女们歌唱》《大堰河——我的保姆》《再别康桥》等甚至被认为是百年新诗史上的"经典"①，而这些作品中，如《凤凰涅槃》等从未曾进入民国时期那些重要选本，是臧克家使它们获得了进入读者阅读传播的空间。换言之，《中国新诗选（1919～1949）》以有别于民国选本的立场、视角与原则检视现代新诗，发现了它们对于 1950 年代文化建设的价值，而这个"发现"，在今天看来，不仅仅是政治性的，还是诗性的，是政治与诗学的融合，具有相当程度的历史穿透性，它遴选出这些百年新诗"经典"，证明了自己的价值，也因此使自己成为经典性选本。

当然，我们还必须注意到在《中国新诗选（1919～1949）》所选取的 26 位诗人的 92 首诗歌中，有一些作品，如郭沫若的《上海的清晨》、康白情的《朝气》、刘大白的《成虎不死》、刘复的《饿》、冯至的《"晚报"》、卞之琳

---

① 参见谢冕等主编的《百年中国文学经典》（北京大学出版社 1996 年版）、王一川等主编的《二十世纪中国文学大师文库·诗歌卷》（海南出版社 1994 年版）、张默等主编的《新诗三百首（1917～1995）》（台湾九歌出版社 1995 年版）、谢冕等主编的《中国百年文学经典文库·诗歌卷》（海天出版社 1996 年版）等。

的《给一位刺车的姑娘》、何其芳的《黎明》、力扬的《射虎者及其家族》、袁水拍的《大胆老面皮》、王希坚的《佃户林》等，随着时间的推移，审视、阅读它们的视角变了，新的读者无法由它们获得审美满足，它们未能经受住考验，被后来的多数选本删除，证明这些作品时空穿透性不强。但是，从经典化维度看，曾经将它们收录进历史转型时期的重要选本，给予了它们接受社会主义建设时代读者阅读检验的机会，也就是换一个视角阅读、透视它们，满足了它们接受不同背景的读者阅读检验的权利，给予了它们彰显自己、走向"经典"的机会，虽然它们被后来选本淘汰，但《中国新诗选（1919～1949)》选录它们这一行为本身，放在经典化历史长河看，仍是有价值的。

其次，《中国新诗选（1919～1949)》以《代序》所建构的现代新诗史观编织新诗历史版图，淘汰了无以计数的不符合新的知识构造原则的诗人、诗作，这种"淘汰"行为，站在新诗经典化立场看，同样具有积极的功能与价值。被淘汰的诗人、作品浩如烟海，既有此前多数选本特别青睐的作品，诸如胡适的《人力车夫》《权威》、沈尹默的《月夜》、周作人的《小河》《两个扫雪的人》、刘半农的《教我如何不想她》、郭沫若的《我是个偶像崇拜者》《天狗》、李金发的《弃妇》、闻一多的《死水》、徐志摩的《雪花的快乐》《康桥再会罢》、戴望舒的《我的记忆》等，也有无以计数的很少进入甚至完全没有进入此前选本的作品。这些诗作在臧克家重构的新诗史上失去了自己的地位，有些甚至被认为是资产阶级形式主义作品，是颓废的反动作品，未能入选就是失去了向新中国成立后前三十年的读者推介、传播的机会，也就是有可能永远消失于读者阅读视野，这不能不说是一种严峻的传播考验。从后来的情况看，随着文学阅读语境的变化，其中不少作品诸如《死水》《雪花的快乐》《雨巷》《断章》《我爱这土地》等，被新一代读者重新发现，编选进许多新的诗歌选本①，重新接受读者

---

① 诸如谢冕等主编的《百年中国文学经典》（北京大学出版社 1996 年版）、张新颖的《中国新诗（1916～2000)》（复旦大学出版社 2011 年版）、洪子诚等主编的《中国新诗百年大典》（长江文艺出版社 2013 年版）。臧克家自己在《中国新诗选（1919～1949)》1979 年新版本里，对入选诗人诗作进行了较大调整，删了一些作品，增加了郭沫若的《晨安》、闻一多的《死水》、戴望舒的《雨巷》，且继续保留了 1957 年第二版加入的徐志摩的《再别康桥》，就是说这些第一版未收录的作品经过 20 余年的考验，重新受到读者欢迎，遴选为"经典"。

的阅读检验，有的甚至被指认为现代新诗"经典"，它们以自己的诗性力量证明了自己存在的价值；有些诗作，例如康白情的《和平的春里》、郭沫若的《夜步十里松原》、徐志摩的《康桥再会罢》等，至今尚未被选本重新发现，这或者表明它们确实诗性不足，满足不同时代读者阅读需求的审美空间小，或者说缺乏阅读召唤力，成为"经典"的可能性不大，或者意味着今天的语境尚未提供它们面世的空间，意味着它们还在等待走向读者的机会。这种情况，放在经典化长河中观察，也属于正常现象。

真正的文学经典都经历过淘汰、发现、再淘汰、再发现的考验，"淘汰"是正常现象，也是经典化过程中的必然环节，未接受过这个必然环节考验的作品不可能成为真正的经典，从这个意义上讲，"舍"也是一种有价值的行为，是另一种意义的"取"，就是说"舍"与"取"在经典化过程中具有同等重要的功能与意义。《中国新诗选（1919～1949）》是在新的历史时代完成的选本，《代序》建构了一种无产阶级诗歌由弱变强不断壮大成为主流的新诗史观，选本突出了主流，删除了"逆流""支流"中的作品，这里有一个由"史"到选本的变化，"史"为选家遴选提供了历史依据与话语支撑，划定了选择的历史范围，选本放大了"史"的价值理念，使这种理念转化为一种可以传播的知识，二者之间形成一种合力。这种合力是时代理性力量的体现，是自己时代修辞逻辑的反映，对于自己时代那些希望读到更多风格作品的读者而言，它是一种负面力量，未能为他们提供一个风格多元化的选本；但这种力量遮蔽与敞开功能同在，在认识到其遮蔽性问题时，也应看到其对主流作品固有属性的发掘与敞开，认识到这种敞开在"经典"发现、塑造中的价值。换言之，在经典化之肯定、否定、再肯定、再否定的历史逻辑里，《中国新诗选（1919～1949）》的"取"与"舍"，是遮蔽也是敞开，取舍行为本身具有无可替代的经典化功能与价值。

第五章 世纪焦虑与"新诗经典选本"现象

新诗诞生于 20 世纪初，作为迥异于古典诗歌的现代性诗歌，其成败得失、历史评价是 20 世纪中国最重要的诗歌问题。20 世纪末、21 世纪初，诗坛涌现出大批以"经典""精品""精粹""三百首""名作""大师"等命名的新诗选本，诸如《中国百年文学经典文库·诗歌卷（1895～1995）》《百年百首经典诗歌》《二十世纪中国文学大师文库·诗歌卷》《二十世纪中国诗歌经典》《新诗三百首》《现代诗经》以及《中国新诗经典丛书》等①，"精粹"

---

① 本章从数十个以"经典""精粹"等命名的新诗选本中，精选出 19 个具有代表性的选本，进行统计分析，这 19 个选本是：张永健、张芳彦：《中国现代新诗三百首》，长江文艺出版社，1992；张同道、戴定南：《二十世纪中国文学大师文库·诗歌卷》，海南出版社，1994；缪俊杰：《共和国文学作品经典丛书·诗歌卷》，花山文艺出版社，1995；谢冕、孟繁华：《中国百年文学经典文库·诗歌卷（1895～1995）》，海天出版社，1996；谢冕、钱理群：《百年中国文学经典》，北京大学出版社，1996；谢冕：《中国百年诗歌选》，山东文艺出版社，1997；牛汉、谢冕：《新诗三百首》，中国青年出版社，1999；谭五昌：《中国新诗三百首》，北京出版社，1999；陈思和、李平：《二十世纪中国文学精品：现代文学 100 篇》，学林出版社，1999；雷达、韩作荣：《中国当代名家诗歌经典》，云南人民出版社，2000；张新颖：《中国新诗 1916～2000》，复旦大学出版社，2001；《诗刊》编辑部：《中华诗歌百年精华》，人民文学出版社，2002；谢冕：《百年百篇文学精选读本·诗歌卷》，天津教育出版社，2002；龙泉明等：《中国新诗名作导读》，长江文艺出版社，2003；杨晓民：《百年百首经典诗歌》，长江文艺出版社，2003；王富仁：《二十世纪中国诗歌经典》，北京师范大学出版社，2004；伊沙：《现代诗经》，漓江出版社，2004；谢积才：《现代文学名家作品选·经典诗歌》，吉林大学出版社，2004；朱栋霖等：《中国现代文学经典（1917～2000）》，北京大学出版社，2007。

"名作""三百首"在编者那里基本上可以与"经典"置换①。它们是百年新诗史上首次以遴选"经典"为目的的选本，笔者称之为"新诗经典选本"，其面世可谓对百年新诗问题的世纪性回应，是新旧世纪之交一个重要的诗歌现象，但迄今为止尚无人对它们进行学理性研究。本章将系统论析这些选本的发生原因、编选目的、内容与特征，揭示其内在机制与功能，并作历史性反思。

第一节　世纪情结与新诗定位

世纪之交，为何集中出现大批自称"经典""精粹""精品""诗经"的新诗选本？是什么驱动编者去挑选、辑录百年新诗"经典"？②他们依据什么编选？这些问题看似平常，实则相当重要，与一代人的时间意识、诗史观念、诗歌美学以及对新诗未来发展的预想等相关，反映了世纪交替期中国人复杂的新诗文化心理。

近代以来，"百年""世纪"成为中国历史观念谱系里的核心概念，成为现代历史叙事的关键语码。人们开始以"百年""世纪"为单元叙述人类历史进程，以世纪长度为视野观察、思考问题，认为一个世纪结束意味着某种历史大叙事的完结，新世纪标志着新历史的开端。换言之，世纪交替意味着历史转型与文化质变。这是现代人的一种历史区间观念与文化情结，即一种"世纪情结"。对于中国人来说，20世纪刻骨铭心，它是动荡、裂变与文化质变的一百年，是传统向现代转型、现代性建构的一个世纪；对于诗歌而言，则是古代诗歌向现代诗歌转型、现代新诗生成与发展的一百年。

百年来，新诗命运多蹇，一面要承担开创新文化之重任，一面要创造

---

① 龙泉明的《中国新诗名作导读·后记》称该选本"旨在强化经典原著教学"（长江文艺出版社2003年版，第529页），将"名作"等同于"经典"；谢冕在《百年中国文学经典·序》中说："'经典'一词在以往是慎用的，如今被应用得有点普泛化了。其实，任何关于'经典'或'精华'的厘定都是相对的。"（《百年中国文学经典》，北京大学出版社1996年版，第2页）在他那里，"经典""精华"可以互换使用。

② 此处"经典"之所以加引号，是因为笔者认为那些经典是建构出来的经典，其经典性不一定可靠。

现代诗意，一面还受到旧诗之挤压，受到新旧文人的审美质疑，新诗人遭遇了中国诗歌史上从未有过的艰难时代。整整一个世纪，虽然白话诗人、诗作无数，但是直到20世纪末，新诗的合法性身份和历史位置却并不稳定。新诗这一历史处境，使世纪交替时期一大批新诗专家在"世纪情结"作用下，强烈地意识到百年新诗到了需要认真总结的时候。钱理群说："那么现在，已经到了世纪末，是可以进行科学的总结的时候了。"① 在他看来，"世纪末"是一个历史叙事转折点，必须重新盘算、总结。张同道等人同样强烈地意识到："现在，我们站在世纪的尽头，蓦然回首，在中西文化的辉煌景幕上，穿越历史的误区与人工的偏见，悚然惊醒：20世纪中国文学已经是总结的时候了"，"我们没有权利把旧世纪的紊乱与偏见带进新世纪"。② 就是说，"世纪的尽头"就是一个世纪历史的终结点，需要"总结"，一个世纪的新诗历史需要"总结"，不能把"旧世纪的紊乱与偏见带进新世纪"，新世纪将重启新的航程。《诗刊》编辑部的表述也十分明确："由于世纪更替和新中国五十庆典，近几年出版了多种百年选本和五十年选本，在参照与比较下，我们编辑了这本《中华诗歌百年精华》。"③ 这道出了世纪更替与选本编选的直接关系。

"世纪情结"使一代读书人产生了一种无法排遣的历史焦虑，这是一种典型的现代性焦虑。他们急切地要总结新诗的百年历史，于是集中涌现出一批以"二十世纪""百年"等为单位的诗歌选本，这不能不说是一种世纪性诗歌传播接受事件，一种世纪性诗歌文化现象。

那么，这批选本是如何总结20世纪新诗的历史？给予了新诗一个怎样的说法？这是一个相当重要的问题。事实上，对20世纪新诗历史的总结，就是对整个新文学的总结，并直接关涉对整个新文化运动的总结，那么多人之所以不约而同地编选新诗选本，与这种历史关联分不开。那些选本的名称，如《二十世纪中国文学大师文库·诗歌卷》《中国百年文学经

① 钱理群：《百年中国文学经典·序》，谢冕、钱理群主编《百年中国文学经典》，北京大学出版社，1996，第4页。
② 《世纪的跨越——重新审视20世纪中国文学》，张同道、戴定南主编《二十世纪中国文学大师文库·诗歌卷》，海南出版社，1994，第1页。
③ 《诗刊》编辑部选编《中华诗歌百年精华·出版说明》，人民文学出版社，2002。

典文库·诗歌卷》《中国新诗经典丛书》《新诗三百首》《中华诗歌百年精华》《百年百首经典诗歌》《二十世纪中国诗歌经典》《现代诗经》等，彰显了他们对百年新诗的态度和历史评价。谢冕认为："这一百年文学不乏大师和巨匠"，"白话新诗尝试的成功，巩固了整个新文学的战绩"。① 新诗的成功巩固了整个新文学战绩，新文学不乏大师，新诗不乏大师，这就是一种概括与总结。钱理群认为 20 世纪"有了一批成熟的文学作品进入'文学经典'"②，他这里所谓的"进入'文学经典'"就是一种历史判断与成就总结。所以他们的任务就是"精选 1895～1995 年一百年间中国诗歌创作的经典之作"③；伊沙的目的也是遴选"诗经"④。在他们看来，百年新诗是一种现代性诗歌，"它不仅已经作为不可替代的强大的存在，事实上成为现代中国人的主要精神养料"，"成为中国文学宝库中不可或缺的部分，并以此参与了世界现代文明的创造"。⑤ 他们在中国文学史和世界现代文明建构史上总结、肯定百年新诗，认为新诗史上有"大师"和"经典"，这是最简洁的总结与定位。

他们对百年新诗成就的认可，也就为 21 世纪新诗的继续发展提供了历史依据。于是，他们的总结性话语中大都关联着未来，关联着对新世纪新诗发展的思考。牛汉在《新诗三百首·序一》中说：他们辑录的选本"不但看到近百年来先行者的足迹，还感到当前新诗形成的发展势头"⑥。杨晓民在《百年百首经典诗歌·写在前面的话》中说："为了回顾 20 世纪中国文学的历程，展示一个世纪中国文学的卓越成就，总结其中的经验和教训，推动 21 世纪中国文学的繁荣与发展，长江文艺出版社策划出版了百年百篇（首）经典文学系列丛书，《百年百首经典诗歌》即是其中的一卷。"⑦ 钱理群在《百年中国文学经典·序》中亦言："《百年中国文学

---

① 谢冕：《百年百篇文学精选读本·诗歌卷·相信未来》，天津教育出版社，2002，第 6～7 页。

② 钱理群：《百年中国文学经典·序》，北京大学出版社，1996，第 5 页。

③ 谢冕、孟繁华主编《中国百年文学经典文库·诗歌卷（1895～1995）·编辑说明》，海天出版社，1996。

④ 伊沙：《现代诗经》，漓江出版社，2004。

⑤ 钱理群：《百年中国文学经典·序》，北京大学出版社，1996，第 5 页。

⑥ 牛汉、谢冕主编《新诗三百首》，中国青年出版社，1999，第 9 页。

⑦ 杨晓民主编《百年百首经典诗歌》，长江文艺出版社，2003，第 1 页。

经典》显示的是中国文学在 20 世纪已经达到的高度。我们把它选辑成册，是为了以此作为进一步普及的基础，也是为新的文学变革提供一个起点式的参照。"① 放眼未来，为新世纪新诗继续发展提供历史合法性基础，提供以白话创作新诗的经验与现代诗美资源，是编者们的世纪性意图，是他们遴选百年新诗"经典"的重要目的。

20 世纪与 21 世纪更替期间涌现出的"新诗经典选本"，体现了一种时间的联系性、历史的关联性观念。它将一个世纪作为历史演进的基本单位，在他们看来，一个世纪的结束与开始，就是一个大历史进程的结束与新的历史叙事的重启。"世纪情结"推动着对百年新诗发展历史的评估，"新诗经典选本"可谓世纪之交发生在中国的一道诗歌传播接受风景，一种意味深长的诗歌文化现象。

第二节　选本特征与百年"经典"遴选

20 世纪至 21 世纪之交那批"新诗经典选本"的一个共同特征，就是以一个世纪为时间长度，遴选诗歌作品，世纪是其时间标识，世纪性是根本特征；世纪性是"世纪情结"的反映与体现，然而，面对一个世纪浩如烟海而繁杂的诗歌作品如何取舍呢？这是他们首先需要处理的最重要问题。取与舍取决于编者的诗学理念、诗史观、经典意识及其对新诗未来走向的预想，不同编者取舍标准不同，于是形成了不同类型、"本性"的"新诗经典选本"，遴选出各自的"新诗经典"。

（1）百年"诗歌"选本。《中国百年文学经典文库·诗歌卷（1895～1995）》《百年中国文学经典》《中国百年诗歌选》等选本，以 20 世纪 100 年为遴选时段，在世纪范畴考量诗歌，百年时间意识遮蔽了诗歌新旧本质问题，致使新诗之"新"被突破，百年旧诗和新诗均成为遴选对象，它们是新诗、旧诗并存类选本。这是"世纪情结"所带来的一种选本现象，引发出新旧诗不可割裂的观念。《中国百年文学经典文库·诗歌卷

---

① 钱理群：《百年中国文学经典·序》，谢冕、钱理群主编《百年中国文学经典》，北京大学出版社，1996，第 5 页。

（1895～1995）》的《内容简介》曰："这是迄今为止国内第一部将 20 世纪中国文学作为一个整体把握的集百年中国文学经典之作于一体的大型丛书，堪称填补空白的佳构！"① 它收录了 13 位近代诗人的 26 首诗作，54位现代诗人的 107 首诗歌，55 位当代诗人的 126 首诗，新旧诗相晤一室，握手言和。谢冕在《中国百年诗歌选》的《序》中说："采取了与以往不同的新旧诗混编的体例。其用意也在于强调二者不可割离的历史联系。这样做的结果，将使读者从新旧交相辉映中得到中国百余年诗歌发展的较为完整的印象。"② 该选本收录近代 45 位诗人的 158 首诗，现代 65 位诗人的 172 首诗作，当代 84 位诗人的 185 首诗歌，他希望通过新旧对话来重新审视新诗，估量新诗，不再割裂地评估新诗，这是世纪意识带来的一种视野拓展与观念突破。《百年中国文学经典》收录近代 19 位诗人的 35 首诗歌，现代 21 位诗人的 43 首诗，当代 80 位诗人的 158 首诗歌，同样以一百年为单位遴选"经典"，该选集《序》曰："由于考虑到这一百年文学和社会的密切关联，编者尤为关注那些保留和传达了产生它的特定时代风情的精神劳作。"③ 它们都是以 19 世纪末期以降一个世纪的诗歌为考察对象，百年时间单位意识使诗歌的新旧本质属性问题被搁置，新诗发生之前的旧诗被纳入遴选范围，在突出世纪时间单位的同时，考察、思考的视野被拓展，破除新旧诗壁垒后重新理解诗歌，遴选诗歌经典，新旧诗在并存中相互照亮，各自敞开。

（2）百年"新诗"选本。《二十世纪中国诗歌经典》（王富仁主编）、《百年百首经典诗歌》（杨晓民主编）、《新诗三百首》（牛汉、谢冕主编）、《中国现代文学经典（1917～2000）·诗歌散文戏剧卷》（朱栋霖、龙泉明、汪文顶主编）、《中国新诗：1916～2000》（张新颖编）、《中国新诗三百首》（谭五昌编）等选本，则不受百年整数时段限制，以新诗之"新"质为遴选标准，将 1917 年前后确定为新诗经典选本起点，旧诗不在遴选范围。这类选本中，旧诗的身影消失了，它们要总结的是"新诗"

---

① 谢冕、孟繁华主编《中国百年文学经典文库·诗歌卷（1895～1995）》，海天出版社，1996。

② 谢冕：《中国百年诗歌选·序》，《中国百年诗歌选》，山东文艺出版社，1997，第 4 页。

③ 谢冕、钱理群主编《百年中国文学经典·谢冕序》，北京大学出版社，1996，第 3 页。

之历史，不是总结时间意义上的"百年诗歌"之历史，遴选的是"新诗史"上的经典，而不是"一百年"的"诗歌"经典。换言之，在时间范畴和现代"新"质之间，他们看取的是"新"。不过，这类选本虽然都是遴选"新诗史"上的新诗经典，均重视"史"的维度，但具体取舍眼光、标准、逻辑也多有不同，形成了不同的倾向。例如，王富仁认为"中国现代新诗必须在现代白话文的基础上重新生长"，"我们民族的诗歌是为了发展中国现代的白话语言的"，所以《二十世纪中国诗歌经典》是一个以新诗对现代白话建设贡献大小为取舍标准的选本。① 张新颖认为所选的诗作应该"反映基本的文学史情形"，并突出"多元的诗观和诗作面貌"②，他编选的是一个以作品呈现"新诗"多元化历史面貌的选本。杨晓民坚持"所选新诗必须在专家、诗人、普通读者中，有一定的认知度与影响力"，突出诗人诗作对新诗发展的不同贡献，但他"不担负重写新诗史的使命"③，所以他主编的《百年百首经典诗歌》是以 20 世纪"新诗"为视野，又特别重视读者阅读反应的选本。牛汉、谢冕主编的《新诗三百首》显然是仿效《唐诗三百首》以遴选新诗经典，"它是一个世纪的选择"，但不包括一个世纪的旧诗，"较为重视诗的现实感与历史深度的结合，较为重视现代精神的引入与传扬，以及较为重视个性化的艺术追求、个人创造性的才情与文采的显示"。④ 现实与历史结合，现代精神与个人创造性相融合，是重要依据。"入选的诗篇半数是近二十年成长起来的具有才华与个人风格的年轻诗人的作品。"⑤ 突出新时期诗人的历史位置。缪俊杰称《共和国文学作品经典丛书·诗歌卷》所选作品"思想内容和艺术水平皆属上乘，堪称经典"⑥，旨在使当代新诗经典化。统一历史视域里不同的取舍倾向，丰富了那批"新诗经典选本"的精神内涵，

---

① 王富仁主编《二十世纪中国诗歌经典·序言》，北京师范大学出版社，2004，第 16 ~ 42 页。

② 张新颖：《把住一些把不住的事体（编者小序）》，《中国新诗：1916 ~ 2000》，复旦大学出版社，2001，第 2 ~ 3 页。

③ 杨晓民主编《百年百首经典诗歌·写在前面的话》，长江文艺出版社，2003，第 1 ~ 2 页。

④ 牛汉、谢冕主编《新诗三百首·序二》，中国青年出版社，1999，第 17 ~ 18 页。

⑤ 牛汉、谢冕主编《新诗三百首·序一》，中国青年出版社，1999，第 9 页。

⑥ 缪俊杰：《共和国文学作品经典丛书·诗歌卷·内容提要》，花山文艺出版社，1997。

使选本个性多元化。

（3）重构百年新诗史的选本。新诗发生不久，史家就将其纳入文学史叙述，使其历史化[①]；但在20世纪、21世纪交替时期，学界对既有的新诗叙述史不满，一些选家期望通过新的诗歌"经典"，重构百年新诗发生发展历史。《中国百年文学经典文库·诗歌卷（1895～1995）》志在"从作品的角度勾画出百年中国文学成就的轮廓"[②]，孟繁华将这一目的表达得相当明确，即"编选百年'经典'文学作品的选本"就是重新"结构"[③]，重建百年新诗历史。前面统计数据显示，该选本首次通过近代、现代和当代三个时期的诗歌"经典"，"结构"出20世纪中国诗歌史。张新颖选本同样强调"有意识地瓦解一段时期内所谓的诗史'主流'的观念和此一观念统摄下的作品'定位'、'排序'"[④]。它收录作品最多的诗人依次是：穆旦、冯至各10首，卞之琳9首，闻一多、戴望舒、郑敏、北岛、昌耀、海子、多多各5首，鲁迅、艾青、牛汉、食指、芒克、欧阳江河、翟永明、陈东东、西川、张枣、臧棣各4首，李金发、徐志摩、何其芳、绿原、陈敬容、纪弦、顾城、黄翔、王小妮、于坚、陆忆敏、王家新、戈麦、江河、韩东各3首，而胡适、郭沫若、冰心、周作人、朱湘、刘半农、余光中、舒婷、痖弦、洛夫、曾卓等著名诗人只有2首，沈尹默、梁宗岱、孙大雨、闻捷、郭小川等只有1首，还有一些较为重要的诗人根本就没有入选。这确实是一个颠覆了原有"主流""边缘"之说的重新"定位"新诗"经典"、重新"排序"新诗历史的选本。朱栋霖的编选目的也十分明确："本书选目，旨在以新的文学史观、新的文学观重新遴选20世纪中国文学经典。"[⑤] 它将现代和当代分开遴选，收录作品最多的依次是艾青7首，郭沫若、闻一多、徐志摩、戴望舒、臧克家各4首，

---

① 参看拙文《中国现代诗歌传播接受与经典化的三重向度》，《天津社会科学》2017年第3期。

② 《中国百年文学经典文库·诗歌卷（1895～1995）·内容简介》，海天出版社，1996。

③ 孟繁华：《激进的理想与世纪之梦——百年中国文学的文化背景》，《中国百年文学经典文库·诗歌卷（1895～1995）》，海天出版社，1996，第16页。

④ 张新颖：《把住一些把不住的事体（编者小序）》，《中国新诗：1916～2000》，复旦大学出版社，2001，第3页。

⑤ 朱栋霖、龙泉明、汪文顶主编《中国现代文学经典（1917～2000）·诗歌散文戏剧卷·前言》，北京大学出版社，2007，第1页。

冰心、冯至、李金发、卞之琳、郭小川、舒婷各 3 首，殷夫、李季、袁水拍、贺敬之等均有诗作收录；新时期以来的海子、骆一禾、于坚、杨炼、韩东、西川、王家新等当代诗人大都只有 1 首诗歌入选。相比而言，该选本较为保守，基本遵循了世纪末学界关于百年新诗的共识，没有张同道选本那种惊世骇俗之"大师"说。

（4）"审美价值"选本。20 世纪中国是一个文学的世纪，也是一个非文学的世纪，在新诗发展及其历史叙述过程中，非诗性因素确实起了很大作用。一些选家期望剥离非文学话语尘埃，回归诗本身，突破"史"的限制，以诗美为评判原则，遴选"经典"。《二十世纪中国文学大师文库·诗歌卷》就是"一套从审美标准评析文学的"选本，"选择的标准是作品的审美价值及文学影响"。[①] 这里所谓的审美标准，就是"诗"的标准，艺术的标准，具体言之，就是"一部作品是否拥有美学价值，它为现代诗的发展提供了什么，它为现代诗发展带来了什么样的影响"；用这种尺度，遴选二十世纪中国新诗"大师"，用他们的作品"构成了现代诗史的主脉"。[②] 这是一个以审美为品性遴选新诗"经典"的选本。伊沙是一位诗人，选诗的标准是诗美，"我选的是'诗'而不是'史'，至于这样的'诗'意味着一个怎样的'史'或者说'诗'与'史'的关系究竟如何，这并非我这个编选者所考虑的，我愿意全部交给读者"[③]。他以"诗"的标准取舍诗作，而不是从"史"的角度先入为主地遴选作品，"诗"与"史"的关系不是遴选时考虑的维度，这样遴选出的"经典"就不是"史"之意义上的"经典"，而是较为纯粹的美学维度上的"经典"。谭五昌的《中国新诗三百首》是一本类似于《唐诗三百首》式的选本，它"以严谨的艺术尺度从大量的新诗佳作中遴选出 300 首左右的精品"[④]。"艺术尺度"就是诗美标准，"新诗三百首"与"唐诗三百首"在历史叙述的空间构成一种互文性经典生成关系。

---

① 《世纪的跨越——重新审视 20 世纪中国文学》，张同道、戴定南主编《二十世纪中国文学大师文库·诗歌卷》，海南出版社，1994，第 3 页。

② 《纯洁诗歌》，张同道、戴定南主编《二十世纪中国文学大师文库·诗歌卷》，海南出版社，1994，第 3 页。

③ 伊沙：《我们的来历》，《现代诗经》，漓江出版社，2004，第 5 页。

④ 谭五昌：《百年新诗的光荣与梦想》，《中国新诗三百首》，北京出版社，1999，第 19 页。

　　（5）完整的中国新诗选本。这批选本还有一个突出特征，就是在空间上以包括大陆、台湾、香港、澳门在内的整个中国为考察范围，遴选20世纪中国新诗"经典"，使选本更为完整地体现"中国"新诗发生发展的史实。在相当长一个时期，中国现当代文学史多不包括台港澳文学，选本与文学史著述一样，基本上无视台港澳的存在。20世纪后期，学界开始意识到这一问题，文学史著和选本开始涉及台港澳，但台港澳文学未能被叙述进新文学主流，而是作为独立板块附录其后，所呈现的新诗历史并不完整，或者不流畅。20世纪、21世纪交替时期的这批选本，改变了这一状况，全视野地观察中国新诗历史，给予了台港澳诗人、诗作以同等待遇，也就是将它们纳入历史主流中进行考察、叙述，还原它们应有的中国文学正宗身份与历史主流中的地位。

　　这类选本在框架结构安排上，有两种基本模式，一是以时间先后为序，辑录作品，这是一种与新诗发展历史相对应的体例。例如王富仁主编的《二十世纪中国诗歌经典》，按发表年代顺序辑录作品，30年代收录了纪弦的诗；50年代选录了洛夫、覃子豪、罗门、痖弦、余光中、林亨泰的诗；60年代辑录了白荻、郑愁予、商禽的诗；70年代，收入罗青的诗；80年代收入黄灿然的诗，突破了台港澳新诗附录于大陆新诗之后的体例，赋予台港澳诗歌以应有的诗史地位。再如谢冕主编的《百年百篇文学精选读本·诗歌卷》，同样以年代为序辑录作品，何其芳之后是覃子豪，辛笛之后是纪弦，公刘后面是罗门、洛夫、余光中，梁上泉后面是痖弦，傅天琳前面是杨牧，这是一个以年代为序，将大陆与台港地区作品融为一体的新诗选本。二是以诗人姓氏的汉语拼音字母顺序辑录作品。例如谢冕、孟繁华主编的《中国百年文学经典文库·诗歌卷（1895～1995）》，"入选的作品按姓氏的汉语拼音排序"[①]，于是在秋瑾诗后面选了丘逢甲的作品，林庚诗歌后面选了洛夫的诗，严阵诗歌后面选了痖弦的诗，袁水拍后面选了余光中，臧克家后面选了郑愁予等。牛汉、谢冕主编的《新诗三百首》也是按英语字母顺序排列作品，且"台湾、大陆不再分编，而是混成一

---

①　谢冕、孟繁华主编《中国百年文学经典文库·诗歌卷（1895～1995）·编辑说明》，海天出版社，1996。

体"①，于是白桦后面选了白荻，胡适后面选了黄灿然，吉狄马加后面选了纪弦，骆耕野前面选了洛夫，彭燕郊后面选了覃子豪，桑克后面选了商禽，西渡后面选了席慕蓉，杨小滨的前面选了杨牧，等等。时空一体化，空间范畴的拓展与世纪性整体思维观念分不开，台港澳诗人的加入，突破了新诗原有的排序结构，在大陆与台港澳诗人的相互参照、对话中，真正打开了 20 世纪中国诗歌的价值体系，使优秀的诗人诗作在同一空间中构成互文性存在，相互阐释与敞开。

第三节　价值与反思

20 世纪、21 世纪之交的"新诗经典选本"热，已经过去一二十年了，那批选本推出了一些新诗"经典"诗人（有的曰"大师"），遴选出了一批百年诗歌"经典"作品，如何评说这一诗歌现象的得失呢？关于其价值，笔者认为可以从三个维度进行估衡。

首先，选本史价值。自 1920 年《新诗集（第一编）》问世，近一个世纪里，每个时代都有大量的新诗选本，构建出绵延的新诗选本史。新中国成立以前的选本，诸如《尝试集》（上海亚东图书馆 1920 年）、《女神》（上海泰东图书局 1921 年）、《分类白话诗选》（上海崇文书局 1920 年）、《新诗年选（1919 年）》（上海亚东图书馆 1922 年）、《新月诗选》（上海新月书店 1931 年）、《抗日救国诗歌》（上海大东书局 1933 年）、《现代诗钞》（开明书店 1948 年）等，要么是单个诗人别集，要么是某一时期诗歌总集，它们最突出的特征是与新诗创作发展史同步，辑录的是诞生不久的诗人诗作，直接参与了现代新诗发展建构②。新中国成立后的选本，如《中国新诗选（1919～1949）》（中国青年出版社 1956 年）、《新诗选》（上海教育出版社 1979 年）、《中国新诗萃：50 年代～80 年代》（人民文学出版社 1985 年）、《抒情短诗》（花城出版社 1985 年）等，它们或立足

---

① 牛汉、谢冕主编《新诗三百首·序二》，中国青年出版社，1999，第 17 页。
② 参看方长安《对新诗建构与发展问题的思考——〈新诗年选（一九一九年）〉的现代诗学立场与诗歌史价值》，《文学评论》2015 年第 2 期。

于社会主义话语以重新生产新诗知识①，或将现当代新诗并置，或专辑当代诗人诗作，新诗史钩沉与当下创作实绩展示相结合，以作品展示新诗的历史演进。它们均属于阶段性特征突出的选本，承载了所属时代的诗歌使命。

与之相比，世纪交替时的"新诗经典选本"，其突出特征为：一是时间上以一个世纪为单位，以一个世纪的诗歌为遴选对象，或只选新诗，以"新"体现"现代性"诗史；或新旧诗并置，在新旧对照中重新打量新诗史，新诗不再独立于中国诗歌大历史，而是作为中国诗史的赓续。二是空间范围上，将台湾等地区的诗歌包括进来，改变了此前大陆新诗与台港澳新诗各自独立结集"表达"的现状，使它们成为名副其实的中国新诗选本。三是直接将遴选诗歌"经典"作为选本目的，经典意识突出，通过经典遴选，完成对百年新诗成就的历史呈现与总结。

总之，从选本史维度看，它们实现了阶段性选本向世纪性选本、创作成绩展览性选本向经典遴选选本、新诗史呈现选本向审美性选本的转型，空间范畴上成为真正的中国性选本，丰富并提升了整个新诗选本水平，"堪称填补空白的佳构"②，具有重要的选本史价值。

其次，新诗史价值。那批"新诗经典选本"大都希望以"经典"重建百年新诗历史。张同道本明确表示要"以经典文本总结20世纪中国文学的业绩，澄清被非文学迷雾掩饰的文学历史"，"还文学以文本，还历史以公正"。如何还原历史真实并公正地评定历史？他们的原则是"用审美标准重新阐释文学史"。③ 于是，构建出一个由创生期（1900～1921）、发展期（1922～1937）、成熟期（1938～1948）、挣扎期（1949～1978）、再生期（1979～1994）组成的新诗发展史，穆旦、北岛、冯至、徐志摩、戴望舒、艾青、闻一多、郭沫若、舒婷、纪弦、海子、何其芳是这一诗史主脉上的"大师"。穆旦被排在首位，取代了郭沫若的位置，北岛紧随其

---

① 参见方长安《新诗知识生产与经典化功能——历史视野中的〈中国新诗选（1919—1949）〉》，《文艺理论研究》2018年第6期。

② 谢冕、孟繁华主编《中国百年文学经典文库·诗歌卷（1895～1995）·内容简介》，海天出版社，1996。

③ 《世纪的跨越——重新审视20世纪中国文学》，张同道、戴定南主编《二十世纪中国文学大师文库·诗歌卷》，海南出版社，1994，第1～6页。

后，冯至空前地获得第三的位置，台湾诗人纪弦，新时期诗人舒婷、海子在列。这一"大师"名单，对于既有的新诗史叙述，不亚于一场地震与革命。谢冕、孟繁华主编的《中国百年文学经典文库·诗歌卷（1895～1995）》是第一部将 20 世纪中国文学作为一个整体把握、以 1895～1995 年的中国诗歌"经典"为内容的新诗史，新旧诗混编，突破了新旧诗相分割的诗歌史观，是一部"填补空白的佳构"①。张新颖的史学意识突出，他说："所选的诗作，无疑应该还原到它们所从中产生的时代和文学史背景里去理解；以近一个世纪为时间跨度的选本，无疑也应该通过作品反映基本的文学史情形。"在历史中理解诗作，以诗作还原诗歌现场，这是他对选本与诗史关系的认识。当然，他所呈现的新诗史也属重构，"这个选本有意识地瓦解一段时期内所谓的诗史'主流'的观念和此一观念统摄下的作品'定位'、'排序'"，对既有的新诗史叙述不满意，希望"尽可能地呈现出多元的诗观和诗作面貌"②。以多元化的观念审视历史，取舍作品，构建出风格多元化的新诗史。它们对于重写文学史、新诗史具有重要的史料价值与启示意义。

这些选本的文学史价值，不仅体现为以诗人、诗作多侧面呈现新诗发生发展史，重构出多种风格的新诗史③，丰富新诗史叙述体系；而且还表现为以诗人、诗作引领当代新诗发展史的走向。本章统计的 19 个选本一共收录了 589 位诗人的 2442 首诗，其中近代诗人 44 位，收录诗歌 141 首；现代诗人 296 位，收录诗歌 1031 首；当代诗人 249 位，收录诗作 1270 首。一方面，这些诗人、诗作以"经典"身份被传播与接受，势必影响广大读者的新诗观，影响新诗作者的创作，进而影响新诗创作的发展走向；另一方面，给予一批健在的当代诗人，如北岛、舒婷、欧阳江河、西川、王家新、于坚等人与现代"经典"诗人胡适、郭沫若、闻一多、徐志摩、戴望舒、艾青、穆旦等同等重要的诗史地位。这是对他们创作的

① 谢冕、孟繁华主编《中国百年文学经典文库·诗歌卷（1895～1995）·内容简介》，海天出版社，1996。
② 张新颖：《把住一些把不住的事体（编者小序）》，《中国新诗：1916～2000》，复旦大学出版社，2001，第 2～3 页。
③ 例如，张同道本属于审美主义新诗史，谢冕、孟繁华本属于打通新旧诗壁垒的新诗史，王富仁本属于诗与语言相互生成型新诗史。

历史性肯定，势必影响他们的新诗史观念，使他们重新确认自我身份，重新评估自我成就，重新思考自己的历史责任，以中国新诗发展为视野，重新规划自己的创作，进而作用于当代新诗创作的历史走向。

再次，经典化价值。选本的经典化功能由其内容、特点所决定。"新诗经典选本"编选语境虽相同，但编选者身份、审美趣味、经典意识以及取舍视野不同，所以遴选"经典"的原则多不同。例如，张同道本是以"纯洁诗歌"[①]为内在尺度精选百年新诗"大师"；谢冕、钱理群本偏重遴选"传达了产生它的特定时代风情的精神劳作"[②]；王富仁本则以"对中国现代民族语言的贡献"[③]为遴选依据。遴选原则多元化使不同选本具有特别的结构原则和内容，多元化是那批"新诗经典选本"的特征，它既有利于读者从不同维度认识新诗，又较大面积地存留了百年新诗作品，丰富了具有悠久诗歌传统的中国诗歌的经典文库。

选本交集，是新旧世纪交替时期经典意识的集中体现，交集大的作品就是时代公认的"经典"作品。本章统计的 19 个选本，交集最大的诗人是艾青，19 个选本全都选录了他的作品；18 个选本收录了郭沫若、何其芳的诗，排名第 2；17 个选本收录了徐志摩、戴望舒、冯至的诗，排名第 3；16 个选本收录了闻一多、臧克家、穆旦、牛汉、郑敏的诗作，排名第 4；15 个选本收录了陈敬容、海子、食指、舒婷、田间的诗作，排名第 5；14 个选本收录了卞之琳、郭小川、曾卓、杜运燮、昌耀、纪弦的诗作，排名第 6；13 个选本收录了胡适、李金发、阿垅、北岛、冰心、顾城、梁小斌、洛夫、于坚、余光中、痖弦的诗歌，排名第 7；12 个选本收录了辛笛、朱湘、蔡其矫、韩东、林庚、罗门、绿原、闻捷、西川的作品，排名第 8；11 个选本收录了汪静之、公刘、刘半农、欧阳江河、邵燕祥、沈尹默、杨炼、翟永明、郑愁予的诗歌，排名第 9；10 个选本收录了陈梦家、多多、江河、李季、李瑛、穆木天、唐祈、王独清的诗歌，排名第 10；9 个选本收录了康白情、废名、贺敬之、李亚伟、林徽因、流沙河、鲁藜、

<hr>

① 张同道、戴定南主编《二十世纪中国文学大师文库·诗歌卷·纯洁诗歌》，海南出版社，1994，第 1～5 页。

② 谢冕、钱理群主编《百年中国文学经典·谢冕序》，北京大学出版社，1996，第 3 页。

③ 王富仁主编《二十世纪中国诗歌经典·序言》，北京师范大学出版社，2004，第 8 页。

骆一禾、芒克、苏金伞、王家新、伊蕾、伊沙、张志民的作品，排名第11。交集最多的诗作依次是：《雨巷》被17个选本收录，《死水》（闻一多）、《预言》（何其芳）、《再别康桥》（徐志摩）被15个选本收录，《大堰河——我的保姆》（艾青）被14个选本收录，《蛇》（冯至）、《我爱这土地》（艾青）、《致橡树》（舒婷）被13个选本收录，《华南虎》（牛汉）、《金黄的稻束》（郑敏）、《老马》（臧克家）、《相信未来》（食指）、《亚洲铜》（海子）、《赞美》（穆旦）、《这是四点零八分的北京》（食指）被12个选本收录，《凤凰涅槃》（郭沫若）、《断章》（卞之琳）、《弃妇》（李金发）、《有的人》（臧克家）、《红玉米》（痖弦）、《苹果树下》（闻捷）被11个选本收录，《错误》（郑愁予）、《悼念一棵枫树》（牛汉）、《风景》（辛笛）、《麦坚利堡》（罗门）、《神女峰》（舒婷）、《太阳》（艾青）、《天狗》（郭沫若）、《乡愁》（余光中）、《雪落在中国的土地上》（艾青）被10个选本收录，《发现》（闻一多）、《假使我们不去打仗》（田间）、《距离的组织》（卞之琳）、《泥土》（鲁藜）、《沙扬娜拉》（徐志摩）、《王贵与李香香》（李季）、《宣告》（北岛）、《月夜》（沈尹默）被9个选本收录。那么，这些选本所置重的诗人诗作在此前最重要的选本《新诗选》① 中的收录情况如何呢？以收录诗作数量多少为依据，《新诗选》的诗人排序是：郭沫若（41首），闻一多（27首），冰心（26首），臧克家（24首），艾青（20首），田间（18首），冯至（16首），卞之琳（15首），何其芳（12首），戴望舒、徐志摩、朱湘（10首），刘半农（9首），汪静之（8首），胡适（6首），郭小川（5首），穆旦、杜运燮（4首），辛笛、郑敏、牛汉、阿垅、陈敬容、余光中等未被收录。

两相比较不难发现，其变化有四：一是现代重要诗人位置变化大，艾青的位置由第5上升为第1，郭沫若由第1下降为第2，何其芳由第9上升到与郭沫若并列第2的位置，徐志摩、戴望舒、冯至的位置大幅提升，冰心位置则由第3大幅下降；二是穆旦、牛汉、郑敏、陈敬容、曾卓、杜运燮、辛笛、阿垅、林庚、绿原、公刘、蔡其矫、昌耀等由选本边缘者或

---

① 北京大学、北京师范大学、北京师范学院主编《新诗选》（三册），上海教育出版社，1979。

缺席者变为重要诗人；三是台港诗人纪弦、洛夫、余光中、痖弦、罗门、郑愁予、覃子豪等进入重要诗人之列；四是海子、食指、舒婷、北岛、顾城、梁小斌、于坚、韩东、西川、欧阳江河、杨炼、翟永明、多多、江河、李亚伟、骆一禾、芒克、王家新、伊蕾、伊沙等新时期以来的诗人获得了与现代著名诗人平起平坐的位置。值得一提的是闻一多、臧克家、田间、卞之琳基本上守住了原有的第一方阵位置。

从经典化价值角度看，这批选本一方面巩固了艾青、郭沫若、闻一多、臧克家、田间、卞之琳等诗人的固有位置；另一方面将《新诗选》之后开始在文学史获得重要位置的诗作，例如《雨巷》《再别康桥》《凤凰涅槃》《断章》等，以“经典”的名义固定下来①。不仅如此，它又以世纪眼光重组了中国 20 世纪“经典”诗人、诗作的时空地图，赋予台港等地诗人、新时期大陆诗人以世纪“经典”的身份，重构了 20 世纪中国新诗“经典”系列。总之，这批选本以“经典”命名 20 世纪诗人诗作，向读者推介诗歌“经典”，灌输“经典”观念，推动着读者发掘诗人诗作的“经典”价值，培养了他们多元化的“经典”意识，强化并引领着时代经典意识的走向，丰富了中国诗歌经典文库，这些无疑是这批选本的经典化价值所在。

然而，价值从来与问题并存，20 世纪、21 世纪之交的“新诗经典选本”作为一种热潮现象，它的发生是必然的，其价值与意义还会随着时间的绵延而增值；但问题也是客观存在不容回避的。这批选本出现于世纪转换时期，选家无不存在一种世纪性焦虑，认为 20 世纪结束意味着新诗既有历史的完结，21 世纪将重启新诗创作历史，这种先在的文化心理在某种程度上改变了他们对新诗的理性认知与评价。编选者大都是新诗专家，对新诗有种专业性偏爱，他们判定而不是论证 20 世纪中国有诗歌“大师”或“经典”作品。但是，新诗史上是否存在“大师”或“经典”，这本身就是一个复杂的问题。钱理群说他自己的选本“意义大概仅在提出了‘百

---

① 这些作品在民国时期少有选家问津，但它们是 80 年代以来选本交集最多的诗作，参见《中国新诗（1917～1949）接受史研究》，中国社会科学出版社，2017，第 468 页。

年中国文学经典'这样一个课题"①。这是一种清醒的历史认识。

如何判定"新诗经典",这是一个诗学理论问题,那些编者大多并未对这一问题进行学理性追问,并未建构起判断"新诗经典"的理论。钱理群编辑新诗选本是"想为正在进行的对本世纪文学的反思,包括文学史的写作与教材编写,提供一些基础性的事实材料"②。这是一种为文学反思和教材编写提供材料的选本,他谈论的是辑录选本的标准,而不是评定"经典"的标准。谢冕说"经典都始终意味着一种高度",所选作品"大体只是编者认为的最值得保留和记忆的作品"③,这是真切的文学之声。但是,如何判断高度、怎样的作品值得保留和记忆,这些问题并没有得到解决,所以它们也不属于分辨、判断经典的理论尺度。"从作品的角度勾画出百年中国文学成就的轮廓。它将重估主流、发现边缘、着眼艺术、筛选权威"④,属于文学史编撰尺度,也不是界定经典的标准。《百年百首经典诗歌》书名昭示了遴选经典诗歌的目的,但又说"新诗的文体与语言尚未定型,至今也未产生出与百年中国历史相匹配的伟大诗人";它强调"所选新诗必须在专家、诗人、普通读者中,有一定的认知度和影响力",但又说"对一些某个时期影响较大而现在看来诗艺平平的诗,我也有选择地予以保留"⑤,这段话存在内在逻辑的不统一,未对"新诗经典"问题本身进行思辨。值得庆幸的是,王富仁有一个数万字的《二十世纪中国诗歌经典·序言》,建构出评判新诗的理论依据,他认为诗是一种独立的文体,"它所能够表达的不是其他的文体也能表达的","中国的新诗,严格说来,就是中国现代白话诗歌"⑥,是否以现代白话真切地

① 钱理群:《百年中国文学经典·序》,谢冕、钱理群主编《百年中国文学经典》,北京大学出版社,1996,第6页。

② 钱理群:《百年中国文学经典·序》,谢冕、钱理群主编《百年中国文学经典》,北京大学出版社,1996,第5页。

③ 谢冕:《百年中国文学经典·序》,谢冕、钱理群主编《百年中国文学经典》,北京大学出版社,1996,第2页。

④ 谢冕、孟繁华主编《中国百年文学经典文库·诗歌卷(1895~1995)·内容简介》,海天出版社,1996。

⑤ 杨晓民主编《百年百首经典诗歌·写在前面的话》,长江文艺出版社,2003,第1~2页。

⑥ 王富仁主编《二十世纪中国诗歌经典·序言》,北京师范大学出版社,2004,第1~10页。

表现出诗人的"世界感受、社会感受或人生感受",才是新诗评判的依据,也是他遴选"经典"的依据。这种自觉建构衡量经典的理论努力,十分可贵。

未建立起关于"新诗经典"的理性认识,在世纪情结驱使下匆匆遴选"新诗经典",是这批选本的问题所在。它们的遴选标准并不是关于经典本身的标准,而是较为宽泛的作品辑录原则,这使得那些选本所遴选的诗作的经典性往往不足。《雨巷》《死水》《预言》《再别康桥》《大堰河——我的保姆》是世纪交替期70%以上的选本认可的经典,它们可以说属于20世纪新诗经典;但上述19个选本共收录了589位诗人的2442首诗,这就是只有具体的辑录选本的原则而无"新诗经典"界定理论作支撑而导致的结果。如此多的诗人诗作被遴选进以"经典"命名的选本,无须证明就可以判断其中绝大多数不属于经典作品。

笔者认为,时间节点的意义是人赋予的,旧世纪的消逝,新世纪的到来,其意义是现代人赋予的,对新诗史而言,对诗人诗作而言,这个被赋予意义的时间节点虽然并不是完全没有意义的,但是一个诗人、一部作品是不是经典,并不会因为这个时间节点的到来而改变,在缺乏深入的理论思考的情况下,因这个时间节点而急匆匆地指认某些诗人是"大师",某些诗作是"经典",主观性太强。诗歌作品是不是经典,是由时间与更广大的读者汰选、判断的,不是由专家和某个时间节点所决定的。

第六章　文学史著作与新诗经典化

　　叙史，是严肃的工作，史著所记录的人事应该具有承前启后的属性，在历史进程中具有节点性意义，所以对历史事实的取舍、记录与评述，必须审慎。进入现代社会后，历史感成为一种自觉的文化心理现象，著史成为传播思想的重要途径，于是著史成为一种较为平常的现象。新诗发生不久，述史者就开始叙述其人与事，但由于新诗是一种新兴诗歌形态，所有事实记录与价值判断成为述史者必须同时处理的问题。他们对新诗的态度，决定了事实的取与舍，这在当时直接影响了新诗的发展走向；历史地看，他们当时的述史影响了"新诗"知识的形成与形象建构，他们对新诗历史的叙述就成为新诗经典化的重要环节。

第一节　现代"无韵诗"入史考论

　　现代时期出版的文学史著作，对新诗历史的叙述正如新诗本身，也经历了一场概念及创作的厘清和指认。白话诗、新诗、无韵诗、散文诗、新体诗、小诗、西洋体诗、西洋律体诗、象征诗、新格律诗等概念频频出现在史家笔下，成为指认"五四"前后兴起的不同于旧诗的新型诗歌的重要概念。从新诗史角度看，新诗有不同的名称指认，不同的名称对应着不同的发展思路。对文学史写作而言，文学史家们对于新诗的不同概括与名称指认，反映了史家对于什么是新诗以及新诗发展思路的认识。这些用来表述新诗的语词符号本身，也制约着文学史对于新诗作品的遴选和叙述。

本节讨论的"无韵诗"是新诗提倡者针对用韵问题引入的一个术语，尝试的一种诗体。作为新诗诞生之初的一个重要概念，"无韵诗"的出场是新诗是否用韵问题的反映，怀疑和反对新诗的人坚持以"韵"为标准，认为新诗不用韵就不是诗，把新诗与旧诗的对立简化成"无韵""有韵"的对立，以质疑新诗的合法性。部分文学史著作的存而不论，也让"无韵诗"身份变得晦暗不明。"无韵诗"是不是新诗？"无韵诗"指的是完全抛弃韵律的诗吗？新诗未来发展中诗与韵关系如何？这些都是文学史家在叙述新诗时所面临的问题，也构成了文学史家参与建构新诗历史的最初思维路径。笔者通过爬梳现代时期出版的文学史著中对"无韵诗"的论述，厘清"无韵诗"概念的入史轨迹，呈现出文学史著中"无韵诗"这一话语的建构过程，并以一斑窥全豹，敞开新诗入史的艰难而复杂的历程。

一　"无韵诗"概念出场

1917 年，刘半农在《新青年》第 3 卷第 3 号上发表的《我之文学改良观》中，提出"破坏旧韵，重造新韵""增多诗体"的主张，并设想"倘将来更能自造或输入他种诗体，并于有韵之诗外，别增无韵之诗，则在形式一方面既可添出无数门径，不复如前此之不自由"，在新诗体的建设层面首次引入"无韵诗"观念。1918 年，《新青年》第 4 卷第 5 号上刊登了第一首以"无韵诗"命名的作品《卖萝卜人》，作者正是刘半农，诗题一侧的小注特别注明"这是半农做'无韵诗'的初次试验"，表明其创作旨趣。1926 年，刘半农的诗集《扬鞭集》出版，序言中这样写道："我在诗的体裁上是最会翻新鲜花样的。当初的无韵诗，散文诗，后来的用方言拟民歌，拟'拟曲'，都是我首先尝试。"① 这些话语印证了刘半农在"无韵诗"这一概念创制过程中的重要性。

与创作实绩相比，同时期的文学史著作关于"无韵诗"概念及其创作的论述却很少。在笔者所考察的四百余部写于现代时期的史著中，有六十余部写到了新诗，明确提到"无韵诗"的有二十余部。其中写于 20 年

---

① 刘半农：《扬鞭集·自序》，北新书局，1926，第 4 页。

代的 6 部、30 年代的 12 部、40 年代的 3 部，分别占笔者所考察的与新诗有关的文学史著作总数的 10%、20%、5%，占论及"无韵诗"的文学史著作数量的 30%、60%、10%。具体到同时期与"新诗"有关的文学史著作，占比分别为 40%、34.3%、30%。前两组数据显示：20 世纪 20 年代至 40 年代，"无韵诗"在文学著作中的地位大体上经历了一个由上升至下降的过程。它从 20 年代进入文学史著的叙述，到 30 年代逐渐受到文学史家的关注，至 40 年代淡出文学史著。后一组数据则表明，"无韵诗"在同时期与"新诗"有关的文学史著作中受到一定关注，文学史著是"无韵诗"概念传播不可忽视的通道。本节将以数据分析的方式呈现不同时期文学史著对"无韵诗"的收录情况，并选择有代表性的文学史著作内容进行具体分析。表 6 - 1 是 20 年代文学史著作对"无韵诗"收录情况的统计。

表 6 - 1　20 世纪 20 年代出版的文学史（包括新诗史类）著作中

"无韵诗"概念使用及相应作品收录情况

文学史著	作者	版本	使用无韵诗概念	收录无韵诗作品	将无韵诗作品指认为新诗
《白话诗文谈》	胡怀琛	广益书局 1921 年版	有	有	否
《中国文学变迁史》	刘贞晦 沈雁冰	新文化书社 1923 年版（该书初版发行于 1921 年）	有	无	否
《五十年来中国之文学》	胡适	申报馆 1923 年版	有	无	否
《新著国语文学史》	凌独见	商务印书馆 1923 年版	无	无	否
《新诗概说》	胡怀琛	商务印书馆 1925 年版（该书初版发行于 1923 年）	无	无	否
《中国文学源流》	胡毓寰	商务印书馆 1925 年版（该书初版发行于 1924 年）	无	无	否
《中国文学史大纲》	谭正璧	泰东图书局 1925 年版	无	无	否
《中国文学小史》	赵景深	光华书局 1928 年版	有	有	是
《中国文学沿革一瞥》	赵祖抃	光华书局 1928 年版	无	无	否
《白话文学史大纲》	周群玉	群学社 1928 年版	无	无	否
《中国文学进化史》	谭正璧	光明书局 1929 年版	有	有	是

续表

文学史著	作者	版本	使用无韵诗概念	收录无韵诗作品	将无韵诗作品指认为新诗
《中国近代文学之变迁》	陈子展	中华书局 1929 年版	无	无	否
《中国新文学研究纲要》	朱自清	1929 年新文学课程授课讲义	无	无	否
《中国新诗坛的昨日今日和明日》	草川未雨	海音书局 1929 年版	有	无	否
《新诗和新诗人》	冯瘦菊	大东书局 1929 年版	无	无	否

表 6-1 显示，在笔者统计的出版于 20 年代的 15 部文学史著中，使用"无韵诗"概念的有 6 部，占总数的 40%，收录"无韵诗"作品的有 3 部，占比为 20%，将"无韵诗"作品指认为新诗的有 2 部，只占 13.3%。部分文学史著虽然使用了"无韵诗"概念，但并未收录代表作品，也未将其指认为新诗，显现出文学史家在"无韵诗"的认证、举例和定位过程中审慎和复杂的态度。

1920 年 8 月 21 日《时事新报·学灯》刊出胡怀琛的文章《无韵诗的研究》，后收录于《白话诗文谈》，1921 年出版。文章开篇即指出"无韵的诗，近来很有许多人主张，到底还少些彻底的研究"。他从三方面展开具体论述：何谓韵；无韵诗的先例；无韵诗的作法。胡适的《他》与沈玄庐的《想》被归入末字相同的无韵诗。尽管胡怀琛较早谈到了无韵诗，但他认为"无韵诗可以偶然做，并不须专门做这一种的诗"[1]，对无韵诗的诗体和创作仍有诸多顾虑。胡适在《五十年来中国之文学》中总结白话文学的成绩时，谈到新诗曾有过"有韵诗""无韵诗""短诗"的简单分类，并肯定其有许多成熟的作品；但出于"时间过近，不便一一评论"的审慎，没有展开叙述，未给无韵诗特别的位置。此后，直到 1928 年赵景深的《中国文学小史》才出现了正式将"无韵诗"指认为"新诗"的叙述，并详细介绍了"无韵诗"的代表诗人、作品，"无韵诗"得以作为一种新诗体在文学史叙述上正式出场。在"无韵诗"诞生之初，即

---

[1]　胡怀琛：《白话诗文谈·白话诗谈》，广益书局，1921，第 11 页。

伴随着关于诗有韵、无韵问题的争论，"无韵诗"是否为新诗，在文学史家那里或许还存有怀疑和争论，这也使"无韵诗"的入史之路更加曲折。

20 年代出版的文学史著作如何对待刚刚发生的新诗是一种挑战，叙与不叙是一个问题，如何叙也是一个问题。从实际情况看，一些史家将刚诞生的新诗纳入文学史的叙述框架，并试图确立它们在文学史上的合法地位，这些文学史著作多被用作教材，发行量颇为可观，其阅读传播过程影响着读者关于新诗及新诗发展的认识，因而在某种程度上也参与了新诗的历史建构。在笔者统计的 20 年代出版的 15 部涉及新诗的文学史著作中，谈到"无韵诗"的有 6 部，其中刘贞晦、沈雁冰的《中国文学变迁史》为"无韵诗"出场创造了条件，胡适的《五十年来中国之文学》将无韵诗的诗体试验视为新诗发生期的重要现象，赵景深的《中国文学小史》、谭正璧的《中国文学进化史》出现了有关"无韵诗"的详细论述，另有冯瘦菊的《新诗和新诗人》、草川未雨的《中国新诗坛的昨日今日和明日》也提到了"无韵诗"。我们在考察过程中发现文学史著作与带有文学史性质的诗论著作的界限不分明，某些论著的文学史性质较为明显，故也将其纳入考察范围。

（1）刘贞晦、沈雁冰的《中国文学变迁史》，为"无韵诗"登场创造条件。此书初版发行于 1921 年，收录了刘著《中国文学变迁史略》和沈著《近代文学体系的研究》，前半部叙述中国文学的变迁，后半部有关外国文学的内容则作为参考材料，看起来似乎有些不伦不类。沈雁冰本人也不满合订出版的方式，在写给周作人的信中提到闻也鹤编辑此书"实在是注重本国，不过要以外国眼光来看本国材料"，"外国材料只是做参考"。[①] 这部"新文化"书系里的《中国文学变迁史》，体现了新文化人以"中国文学史"为背景叙述新文学的观念，一方面要将新文学纳入中国文学的框架，强调新文学与古典文学的不同；另一方面试图在外国文学里寻找资源，为新文学发展寻求参考。刘、沈二人分别从中国古典诗

---

① 沈雁冰：《致周作人》，孙中田，周明编《茅盾书信集》，文化艺术出版社，1988，第73 页。

学和西方近代诗学的角度为"无韵诗"这一概念进入文学史叙述提供依据，客观上为"无韵诗"在中国文学史中的出场创造了条件。刘半农在《我之文学改良观》中初次引入"无韵诗"同样采用的是这种叙述方式，他从诗律与诗体关系角度介绍欧洲诗体样式，并举《诗经》中不叶韵的诗以证明"无韵之诗，我国亦有先例"，赋予"无韵诗"的出场以合法性。

具体而言，刘贞晦的《中国文学变迁史略》叙述新诗时用的是"新体诗"这一概念，他从诗的起源讲起，指出诗源于风谣，因而古诗的词句多为"脱口而出，一无装饰，无非拿自然真切的情感，发出个自然圆到的音吐"，他并不否认那些"著韵谱，谈诗律"的人在诗学研究上的成就，但也明确指出了这其实是"不善学诗""只晓得在形迹上求个类似，不晓得在精神上讨个实际"。他又举"诗三百"的例子，认为后人被声调格律束缚住了，因而不能作出好诗来。虽未明确提出"无韵诗"的概念，却论证了"著韵谱，谈诗律"对诗的限制，在客观上起到了为"无韵诗"的出场营造环境的作用。沈雁冰的《近代文学体系的研究》在世界近代文学体系的框架内讨论散文诗、无韵诗，认为英国诗人司各德等人的诗"对于押韵，到底还是谨慎拘守，不敢自由一分"，到了近代的散文诗、无韵诗，才真正打破了这些"形式主义的遗形"，从而"诗界起了一个大革命，顿时把领域扩充许多！把诗的内涵也弄丰富许多！"他写道："从前人只知作诗的谐音在末一个字，实在所见太浅；从前人只认整齐是美的形式，实在思想太幼稚！"并最终推论出"无韵诗"在审美观念和描写的自由上都非从前的诗所能及，将"无韵诗"放到了正宗的位置，表达了对这一诗体的某种期待。如果说此前的"无韵诗"还只存在于诗人和文学史家的构想中，那么经过刘半农的创作和阐发，以及《中国文学变迁史》的引入，作为新诗体尝试之一的"无韵诗"已经呼之欲出了。

（2）胡适《五十年来中国之文学》在新诗发生史上叙说"无韵诗"。在新诗诞生初期，"无韵诗"作为一种试验诗体进入诗人和论者视野。胡适曾说："我们这三年来，只是想把这个假设用来做种种实地试验——做五言诗，做七言诗，做严格的词，做极不整齐的长短句；做有韵诗，做无韵诗，做种种音节上的试验——要看白话是不是可以做好诗，要看白话诗是不是比文言诗要更好一点。"① 这时的"无韵诗",在胡适看来,是验证白话可以作诗这一假设的方案之一,尚不能确立其价值,将其列入是为了肯定诗人"实验的精神"。到了《谈新诗》,胡适提倡"诗体大解放",主张新诗用韵应该有三种自由,即"第一,用现代的韵,不拘古韵,更不拘平仄韵。第二,平仄可以互相押韵,这是词曲通用的例,不单是新诗如此。第三,有韵固然好,没有韵也不妨。新诗的声调既在骨子里,——在自然的轻重高下,在语气的自然区分——故有无韵脚都不成问题"②。凡此种种,为新诗的自由押韵作了话语理论上的准备。在举证作品时,胡适称无韵的《小河》是新诗中的第一首杰作,在某种程度上也是在鼓励创造"无韵诗"。如果说刘半农在"无韵诗"概念的引入过程中打开了一扇门,那么,胡适则通过他的论说文章,为"无韵诗"的创作打开了可能性空间。

最早将"无韵诗"的诗体试验拉入新诗发生史叙述的是胡适的《五十年来中国之文学》,它是胡适应《申报》之邀为其创刊五十周年(1872~1922)之纪念刊所作,单行本出版于1924年。文章分十节,只在第十节记述了文学革命运动。在描述其成绩时,胡适对新诗的发生史作了简单勾勒:"最近两年的新诗,无论是有韵诗,是无韵诗,或是新兴的'短诗',都很有许多成熟的作品",并由此预料"十年之内的中国诗界定有大放光明的一个时期"。胡适以新诗提倡者、尝试者的身份对新诗发生史的概述和对诗界未来的预测,无形中给出了某种历史定位与预期。至少说明在新诗的发生期,"无韵诗"这一诗体占据着重要位置,且有着进一步探索和发展的空间。胡适对新诗发生史的描述,借助《申报》这一传播媒介,不仅有助于读者了解新诗探索的成绩和意义,也势必对稍后的文学史论述产生影响。

(3)赵景深的《中国文学小史》正式将"无韵诗"指认为新诗之一种。刘、胡二人的文学史著之后,"无韵诗"概念及其所对应的作品并没有马上被纳入新诗的历史叙述,在新诗实绩与文学史著的叙述逻辑之间,

---

① 胡适:《我什么要做白话诗——〈尝试集〉自序》,《新青年》1919年第6卷第5期。
② 胡适:《谈新诗——八年来一件大事》,《星期评论》1919年10月10日纪念号。

文学史家们还未能将"无韵诗"的合法性建立在其自身的历史上。一方面，关于诗的有韵、无韵的论争仍在继续，无韵诗作为新诗体的合法性有待确认；另一方面，如何表述"无韵诗"在新诗发展进化史上的位置，发掘"无韵诗"的历史进步性，文学史家们还十分谨慎。谭正璧在《中国文学史大纲》（1925）中批评俞平伯的诗"染旧诗习气太深，不很动人"，康白情的"游记式的《草儿》，实不足称数"，并把《将来之花园》一派作者"不讲一些声调，而无诗的形式，即诗的精神也没有"的诗描述为"新诗之厄运"，充满了对新诗文体的疑虑和新诗未来的担忧。因此，尽管刘半农早在 1917 年即提出"于有韵诗之外，别增无韵之诗"的主张，并进行了"无韵诗"的试验，后又经过胡适的《谈新诗》（1919）、俞平伯的《白话诗的三大条件》（1920）、康白情的《新诗底我见》（1920）等文章关于新诗押韵问题的讨论，有关"无韵诗"的文体特征看似已经十分明晰，但彼时"无韵诗"的创作实绩对其文学史地位的确证显得乏力，"无韵诗"的入史之路并不明朗。

直到赵景深的《中国文学小史》（1928）问世，文学史著对"无韵诗"暧昧不明的态度才得以改变，"无韵诗"被正式确立为新诗体的一种。在《中国文学小史》中，赵景深在"近十年来的中国文学"一章指出，最近的诗歌有四个变迁，把"无韵诗"作为继《尝试集》等最早的未脱旧诗词气息的创作之后的第二个阶段，与稍后的小诗、西洋体诗并置，建构起关于近十年新诗历史的叙述框架，这样"无韵诗"首次被正式指认为新诗。赵景深是"无韵诗"的积极提倡者，此前他已经发表了文章《给怀疑无韵诗的人们》，力证"无韵诗也是新诗之一种"，并且是"诗的进化一种自然的产物"[1]。文章中，他介绍了新出版的很多诗集大都是无韵诗集，但反对无韵诗的人，大都坚持将韵作为区分诗与文的界限，由此，他首先承认新诗有韵，但强调这韵必须出于自然，不必勉强去凑。针对反对者诗与文界限的质疑，他指出，"诗有精神和形式两方面的特色"，"无韵诗所缺的只是形式中的韵罢了"，并通过对比无韵抒情诗与小品文、无韵叙事诗与小说，指出"无韵的抒情诗"特点是"句子匀称，

---

[1]　赵景深：《给怀疑无韵诗的人们》，《时事新报·文学》1924 年 1 月 21 日第 106 期。

音节和谐，有虚字振起全篇，有旋律振起全篇"，"无韵的叙事诗"与小说相比"描写更经济，句子更美"，积极为"无韵诗"正名。

随着《中国文学小史》的出版，赵景深终于将"无韵诗"引入更多读者的视野，以史著的权力赋予"无韵诗"以合法性，确认了"无韵诗"在新诗发展过程中的阶段性价值。而从发行量来看，到1936年该书已至第十九版，赵景深在第十九版自序中回忆，这部书共收获了两万以上的读者。显然，其出版传播影响了众多读者对新诗的接受。就编撰过程而言，这部文学史著最初是赵景深担任国文教员时一边讲一边编的教材。用作教材的文学史著，除了要求脉络清晰，便于学生理解外，所举代表作往往是为了"使读者清晰地辨别各个作家的特点或作风"，由此编撰出来的文学史对于"无韵诗"的叙述就有可能不以作品优劣为标准，而是考量其在新诗发展史上是否具有支点功能。因此，尽管在赵景深看来，"无韵诗"的代表作诸如康白情的《草儿》"每多松散，有如散文"，俞平伯的《冬夜》"时谈哲理，玄妙莫测"，徐玉诺的《将来之花园》"十天成书，其草率可知"，但他还是将这些作品纳入了文学史的叙述当中。需要注意的是，最先进行"无韵诗"试验的刘半农为什么没有进入文学史。从出版时间上看，康白情的《草儿》和俞平伯的《冬夜》出版于1922年，刘半农的《瓦釜集》《扬鞭集》出版于1926年，进入读者和文学史家视野的时间较晚，赵景深写作《中国文学小史》也是在1926年；从出版产生的影响来看，赵景深明确提到了闻一多、梁实秋二人所作的《〈草儿〉〈冬夜〉评论》，从侧面印证了序言当中所举的"只列举些重要的文人而有集子可读者"的遴选标准，即选择有诗集出版并产生影响的作者进入文学史。而对于汪静之的《蕙的风》、焦菊隐的《夜哭》和《他乡》，湖畔诗社的《湖畔》和刘延陵的诗，则评价其"以清纤的文笔写婉妙的心情，颇为一般少男少女所喜爱"，对作品的言说方式更接近于文学批评，忽略了对它们作为"无韵诗"文体特征的概括，未在"史"的维度突出"无韵诗"的诗体特征。换句话说，尽管"无韵诗"正式以新诗身份走进文学史，但从文体意义上被验证为真正的新诗，还需要更进一步的阐释和作品支撑。

（4）谭正璧的《中国文学进化史》及关于"无韵诗"的余论。通过赵景深在《中国文学小史》中的阐发，"无韵诗"概念与作品作为一种知识向普通读者普及，且不断走向文学史家的视野，谭正璧的《中国文学进化史》（1929）就是一例。和前述《中国文学史大纲》（1925）不同的是，谭正璧这次借用了赵景深在《中国文学小史》中的论述，并在序言中对这种做法做了如下说明："在别人著的文学史上或其他的书本上有使我读了满意而适为本书需要的，往往不很更改，照样录入。"① 这固然可理解为谭正璧在新诗发展分期上非常认同赵景深的观点，但在承认"无韵诗"为新诗这一点上，谭正璧有自己的思考，或者说仍有所保留。试看两部文学史中关于"无韵诗"的叙述：

> 此后便是无韵诗，以康白情《草儿》及俞平伯《冬夜》为代表，此二书前者每多松散，有如散文，后者时谈哲理，玄妙莫测，梁实秋、闻一多曾作《〈草儿〉〈冬夜〉评论》，指摘甚当。徐玉诺《将来之花园》是以几十天工夫作成的，其草率可知。汪静之《蕙的风》，焦菊隐《夜哭》，湖畔诗社《湖畔》，及刘延陵的诗以清纤的文笔写婉妙的心情，颇为一般少年少女所喜爱。（赵景深《中国文学小史》，1928）

> 稍后便是无韵诗的试作，康白情的《草儿》（现已分为《草儿在前集》、《河上集》二部），陆志韦的《渡河》，俞平伯的《冬夜》、《西还》及《忆》足为代表。其他如汪静之的《蕙的风》与《寂寞的国》，焦菊隐的《夜哭》与《他乡》，湖畔诗社的《湖畔》、《春的歌》……以清纤的文笔，写婉妙的心情，颇为一般少年少女所喜爱。（谭正璧《中国文学进化史》，1929）

谭正璧称"无韵诗"为"继初期未脱旧诗词气息的诗歌之后的试作"，表明其认识到了"无韵诗"在新诗诞生之初的"尝试"意义，虽然仍缺乏理论阐释和文体分析，但具体到作家作品的举例时，加入了自己的思考和总结。如，新增了陆志韦的《渡河》和俞平伯的《西还》及

---

① 谭正璧：《中国文学进化史·序》，光明书局，1929，第2～3页。

《忆》，对于十天而成的《将来之花园》则不再列入。很多文学史家在写作中并未言及陆志韦的创作，实际上他对押韵确有自己的看法，并总结了自己诗歌押韵特点即"破四声""无固定的地位""押活韵，不押死韵"。他在自己的诗集《渡河》序言中写道："节奏千万不可少，押韵不是可怕的罪恶"，并将自己创作的"无韵诗"分为两类：第一类的无韵诗是有节奏的自由诗，第二类的无韵诗"所用的格调是西洋已经不通用的 Blank Verse，每行五节，每节一抑一扬"①，即英文诗中常见的五步抑扬格，不过他自己也承认《渡河》这本诗集十之八九是有韵的诗，并且说自己的诗"不敢说是新诗，只是白话诗"，可见作者自己也并没有将自己写作的"无韵诗"指认为新诗。无韵诗的提法尽管已经为文学史家们所接受，但由于缺乏文体的阐释和优秀作品的支撑，文体没有确立起来，"无韵诗"的传播接受也就陷入了困境。

除了这几部文学史著外，另有草川未雨的《中国新诗坛的昨日今日和明日》提到了"无韵诗"，冯瘦菊的《新诗和新诗人》则出现了"无韵的自由句"。前一部的主体由诗集评论构成，在"将来的趋势"一节中提到了韵与诗并不是不可脱离的关系，继而又申明，退一步来讲，新诗就是要韵，这韵也必须出自天然，不可勉强去凑；后一部冯瘦菊的《新诗和新诗人》，在以往的研究文章中，被引用的多是其新诗观，它作为文学史著的意义却被忽视了。尽管冯瘦菊已声明这只是一个"纲目"或者"例解"，否认了它是一部"精密丰美的含有文学史性质的诗歌论"，但这部成书较早的新诗论著，通过援引欧洲诗的分类和介绍欧洲诗歌的革新运动，将新诗产生的小史、原因和要素，以及新诗人的特质，都作了详细的说明，指出新诗的要素之一是"自然的节调，和谐的音韵"，对新诗用韵问题作了阐述。两部论著都强调了韵的天然和谐，这一点似乎已经构成无韵诗的诗体标识。

由无韵非诗到无韵亦能成诗，再到无韵之诗的正式成立，20 世纪 20 年代的文学史叙述尽管完成了观念的置换，但对于"无韵诗"的诗学阐释却远远不够。

---

① 陆志韦：《渡河·自序》，亚东图书馆，1923，第 19 页。

二　"无韵诗"概念的建构与"经典"指认

20 世纪 30 年代，文学史著大量涌现，仅含有新诗内容的就有三十余部，占到笔者所统计的 20 到 40 年代出版的涉及新诗的文学史著的一半以上，其中使用"无韵诗"这一概念的有 12 部，比前一时期多出了近一倍。内容上，除了延续前一期将新文学、新诗纳入"中国文学史"叙述框架的著述外，还出现了专叙新文学的文学史著，以彰显新文学独立于古代文学的品格。具体到新诗的形式问题，撰史者已经不满足于简单的知识传播，而将目光投向了新诗体的建设和新诗理论的提升。除此之外，这些文学史著本身，也作为阅读文本被其他文学史著的编撰者所阅读，前人对新诗的态度和观点在他们这里获得了某种程度的理解和认同，实现了文学史著对新诗知识的再次生产和传播。文学史著关于"无韵诗"的讨论，正是在这样的背景下继续进行，并且延伸到了有关新诗音乐性和新诗文体建设的问题上。表 6 - 2 是 30 年代的文学史著作对"无韵诗"收录情况的统计数据。

表 6 - 2　20 世纪 30 年代出版的文学史著中"无韵诗"概念使用及相应作品收录情况

文学史著	作者	版本	使用无韵诗概念	收录无韵诗作品	将无韵诗作品指认为新诗
《中国近代诗学之过渡时代论略》	朱星元	无锡锡成印刷公司 1930 年版	无	无	否
《近代中国文学讲话》	卢冀野	会文堂新记书局 1930 年版	无	无	否
《最近三十年中国文学史》	陈子展	太平洋书店 1930 年版	有	有	是
《中国文学史大纲》	陈冠同	民智书局 1931 年版	无	无	否
《中国文学概论》	儿岛献吉郎著,胡行之译	北新书局 1931 年版	无	无	否
《中国诗史》	陆侃如、冯沅君	大江书铺 1931 年版	无	无	否
《中国文学史大纲》	徐扬	神州国光社 1932 年版	无	无	否
《中国文学史讲话》	胡行之	光华书局 1932 年版	无	无	否

续表

文学史著	作者	版本	使用无韵诗概念	收录无韵诗作品	将无韵诗作品指认为新诗
《中国文学史简编》	陆侃如、冯沅君	大江书铺 1932 年版	无	无	否
《新著中国文学史》	胡云翼	北新书局 1933 年版（本书初版发行于 1932 年）	无	无	否
《中国新文学概论》	陆永恒	克文印书局 1932 年版	无	无	否
《中国文学史解题》	许啸天	群学社 1932 年版	无	无	否
《中国新文学的源流》	周作人	人文书店 1932 年版	无	无	否
《中国文学史纲要》	贺凯	新兴文学研究会 1933 年版	无	无	否
《中国诗词概论》	刘麟生	世界书局 1933 年版	有	有	是
《中国新文学运动史》	王哲甫	杰成印书局 1933 年版	无	无	否
《现代中国文学史》	钱基博	世界书局 1934 年版	无	无	否
《中国文学史纲》	谭丕谟	北新书局 1933 年版	无	无	否
《新文学研究》	苏雪林	国立武汉大学 1934 年版	有	有	是
《中国文学史分论》	张振镛	商务印书馆 1934 年版	有	无	否
《中国文学史纲要》	郑作民	合众书店 1934 年版	无	无	否
《中国文学史大纲》	容肇祖	朴社 1935 年版	无	无	否
《中国诗的新途径》	朱右白	商务印书馆 1936 年版	无	无	否
《新文学概要》	吴文祺	亚细亚书局 1936 年版	无	无	否
《中国文学八论》	刘麟生	世界书局 1936 年版	有	有	是
《新编中国文学史》	谭正璧	光明书局 1936 年版	有	有	是
《中国文学史新编》	赵景深	北新书局 1936 年版	有	有	是
《中国文学史纲要》	赵景深	中华书局 1936 年版	有	有	是
《最近二十年中国文学史纲》	霍衣仙	北新书局 1936 年版	有	有	是
《中国文学史读本》	龚启昌	乐华图书公司 1936 年版	有	有	是
《最新中国文学流变史》	陆敏车	汉光印书馆 1937 年版	有	无	是
《中国文学史提要》	羊达之	正中书局 1937 年版	无	无	否
《中国文学史讲话》	陈子展	北新书局 1937 年版	无	无	否
《中国文学史大纲》	杨荫深	商务印书馆 1938 年版	无	无	否
《中国文学史略》	苏雪林	国立武汉大学图书馆 1938 年版	有	有	否

在笔者统计的出版于 30 年代的 35 部文学史著中，使用"无韵诗"概念的有 12 部，收录"无韵诗"作品的有 10 部，将"无韵诗"作品指认为新诗的有 10 部，三者兼而有之的为 9 部，约占总数的 1/4。通过与表 6-1 的统计数据进行比照，即与 20 世纪 20 年代相比，30 年代的文学史著不仅在数量和内容上增多，且进一步将"无韵诗"指认为新诗，"无韵诗"在文学史家心目中的地位呈上升趋势，并以逐渐清晰和丰富的形象进入读者的视野。

和 20 年代相比，30 年代对"无韵诗"的言说也更加具体。1932 年《文艺杂志》刊登罗念生翻译的《无韵体（诗学之二）》系统介绍了英国无韵体的发展，并有相应的无韵诗诗作的摘录，以供读者了解和参考。同年陆侃如的《中国古代的无韵诗》发表在《文学年报》第一期，文中详细列举《周颂》等七个时期"无韵诗"的代表作品，以证明"无韵诗"古已有之，并强调"直至近十年把旧诗词的格律打破后，无韵诗方才中兴"[①]。在传统中寻找"无韵诗"痕迹，为其提供了更多的历史依据。这些有关"无韵诗"的言说和文学史著一起，为新诗体的培育继续提供着"无韵诗"的诗学理念和依据。

30 年代出版的文学史著作，关于新文学和新诗的"历史想象"不断发展，在笔者统计的本时期 35 部文学史著中，论及"无韵诗"的有 12 部，其中苏雪林的《中国文学史略》、赵景深的《中国文学史新编》《中国文学史纲要》、张振镛的《中国文学史分论》、谭正璧的《新编中国文学史》、龚启昌的《中国文学史读本》、刘麟生的《中国文学八论》等在"中国文学史"的叙述框架下讨论"无韵诗"及其代表作，并对其有所抑扬；陈子展的《最近三十年中国文学史》、陆敏车的《最新中国文学流变史》、霍衣仙的《最近二十年中国文学史纲》和苏雪林的《新文学研究》等将"无韵诗"置于"新文学"的视野，重新审视"无韵诗"的概念和创作；刘麟生的《中国诗词概论》则在诗歌的专门史中，讨论"无韵诗"创作。文学史家对前一时期文学史著中"无韵诗"叙述的承接和修正进一步完善了"无韵诗"的形象，而将这期刚刚诞生的新诗作品纳入"无

---

① 陆侃如：《中国古代的无韵诗》，《文学年报》1932 年第 1 期。

韵诗"框架内评述，既体现出文学史家整合新诗历史、为无韵诗体提供作品支撑的迫切愿望，又表现出文学史家对发展变动中的新诗文体认识的反复。

对本期出版的文学史著作叙述"无韵诗"情况的研究发现，有三部文学史著作最具代表性，笔者将以之为中心进行阐述。

（1）陈子展的《最近三十年中国文学史》："无韵诗"的争论溯源及"经典"指认。在新诗刚刚诞生不久出版的文学史著作中，"无韵诗"似乎还是一种"不辨自明"的诗体类型，缺乏具体阐释和理论溯源；到了30年代，随着陈子展的《最近三十年中国文学史》对其倡导者和反对者言论的罗列，关于"无韵诗"是不是新诗的各种论争也进入了文学史著的叙述。陈子展在评述诗体时不厌其烦地列举各家的主张，并大量摘引原文，通过这些"主观的自白"为"客观的批评"提供"不可少的根据"，将新诗形式建设的有关论述保留在文学史著的叙述里。在记述新诗的反对之声时，先后征引胡先骕、吴宓的"以新材料入旧格律为诗"，李思纯的反对模仿西洋诗和章炳麟的"诗必有韵"的观点，并逐一评述，指出这些是"诗体的大解放必得引起的一些反响"；所引用田汉的文章，也强调只有"打破一定的韵律与诗行"，才可表现"现代事象之繁复"和"现代诗人内部生命之丰富"，把人们对诗歌形式的探索与现代生活的表达结合起来。通过对文学革命运动中新诗讨论的回顾，认识到"中国新诗的问题，似已不在内容，而在形式"，而诗人们正是在"寻求一种合于新时代与新生活的新诗形"[①]，以"史"的权力赋予新诗形式探索以历史合理性。

关于创作，陈子展沿用了赵景深《中国文学小史》的观点，分四类论之：第一，形式上开始打破旧诗规律，但仍未脱尽旧诗词音节和意境的；第二，无韵诗，或自由诗；第三，小诗；第四，西洋体诗。在"无韵诗"与"自由诗"之间，陈子展采用了一种灵活变通的态度，尽管二者具有某种共通性，但就诗体特点来看，自由诗不仅包括用韵的自由，还包括音节、句法和综合择体的自由。[②] 将"无韵诗"和"自由诗"归为

---

① 陈子展：《最近三十年中国文学史》，太平洋书店，1930，第 265 页。
② 於可训：《新诗体艺术论》，武汉大学出版社，1995，第 25 页。

一类，这种"误解"实则扩大了"无韵诗"的内涵，将更多追求诗体自由的新诗纳入了文学史著叙述。因此，在列举代表作时，除了康白情的《草儿》、徐玉诺的《将来之花园》、汪静之的《蕙的风》、焦菊隐的《夜哭》、赵景深的《荷花》，李金发的《微雨》《为幸福而歌》也被列入，无韵诗的作品长廊显得更加丰富。除此之外，陈子展还尝试为初期的"无韵诗"指认"经典"，特别指出周作人的《小河》是其中"最初最有名的一首"，通过树立这首诗的"经典"形象，来为"无韵诗"的诗体提供一个样本。此前，《小河》曾被胡适称赞为"新诗中的第一首杰作"，胡适认为它"虽然无韵，但是读起来自然有很好的声调，不觉得是一首无韵诗"①，其实已经将其指认为"无韵诗"，并试图赋予其"经典"地位。尽管周作人自己对这首诗的诗体不那么自信，在小序中直言自己也回答不出是什么体，既不是散文诗的格式，也无韵②，然而经过胡适和陈子展对其"无韵诗"体的先后确认，《小河》的"经典"形象渐渐树立起来，并且回击着有关"诗必有韵"的言论，为无韵诗的诗体建构提供了新的依据。不仅仅是"无韵诗"，陈子展在讨论"西洋体诗"时也注意到新诗的格律问题，并引用陈勺水提倡"有律现代诗"的文章，为新诗体的发展提供了另一个"有韵律的诗"的探索方案，肯定了新诗人们热衷于讨论新诗格律、试验新诗体的尝试。

（2）王哲甫的《中国新文学运动史》等：新诗音乐性的讨论及"无韵诗"的反对之声。20 世纪 30 年代出版的以"新文学"命名的文学史著，关于"无韵诗"的讨论"湮没"在对新诗创作成果即诗作的展示中，新文学独立"写史"给文学史著的编纂者带来了更大的阐释空间，使史家之笔得以从诗美角度重新审视"无韵诗"。对"无韵诗"的质疑不再是出于"无韵非诗"的立场，而是出于新诗音乐性诉求对"无韵诗"的重新审视。1933 年出版的王哲甫的《中国新文学运动史》在讨论新诗时重视具体文本分析，将韵律作为一个重要的评价标准运用于诗人诗作的评价。在讨论前一时期诗歌时，它指出其"因在试验时期，……有许多生

---

① 胡适：《谈新诗——八年来一件大事》，《星期评论》1919 年 10 月 10 日纪念号。
② 周作人：《小河》，《新青年》1919 年第 6 卷第 2 期。

硬的字句，不和谐的声调，组织紊乱，简直不称其为诗的作品"，把声调
和谐作为新诗属性之一；这一时期的诗歌中新起的作家"对于音韵节奏
方面很是重视"。他认为诗本就应该含着音乐的成分，"有韵的诗念着朗
朗上口，比较无韵味的散文诗，自然要强到数倍，只要不牵强拘束罢
了"①。在分析诗歌作品时，反复用到"音节、声调的和谐""声韵的自
然"及"读起来声韵铿锵悦耳可听"等话语，把新诗的韵律问题上升为
新诗的音乐性问题和格律建设问题。

在王哲甫看来，"诗——不论韵文的散文的——是要用含蓄的文字抑
扬顿挫的声调，吟咏出来，使人起一种共鸣的作用"。他不反对取法传统
声调，肯定了胡适《一颗星儿》用叠韵词制造出的音节的和谐，认为这
是"采旧诗的精彩容纳在新诗里的"好处。对于新声调的建设也予以支
持，评价周作人的《小河》时指出，"从这首诗可以看出诗的有无足韵没
有多大关系，只在有自然的声韵节奏罢了"。在讨论有关韵律和新诗音乐
性的问题时，王哲甫列举了闻一多、饶孟侃、穆木天、戴望舒等人的观点
并举诗作论证：闻一多主张诗有格律，对于格律音韵遵守得严格，通过对
他的《死水》进行分析，指出这些押韵的字"很费匠心，但不免有勉强
之感"；饶孟侃也很注重诗的格律，对音韵节奏十分讲求，在《新诗的音
节》中，对于音韵节奏有详细的讨论；穆木天主张新诗在形式上要有统
一性与持续性，诗须有音乐的美；戴望舒则认为诗不能借重音乐，它应该
去了音乐的成分，诗的韵律不在字的抑扬顿挫上，而在诗的情绪的抑扬顿
挫上，即在诗情的程度上，韵和整齐的字句会妨碍诗情，或使诗情成为畸
形的，王哲甫称之为"特殊的作风"②。诗人们对于韵律的矛盾态度，反
映出他们面对新诗音韵问题时的犹疑，不够自信。王哲甫在评价诗歌时，
对声韵和谐的重视，实际上是对新诗音韵探索的一种肯定，意在提振韵律
在新诗评价体系中的位置，肯定诗人们讨论、试验新诗声韵格律的努力，
在某种程度上为"无韵诗"概念自提出起一直围绕在其周围的有关用韵
与否、如何用韵的问题，作了一种解答。但有关新诗用韵的问题并没有就

① 王哲甫：《中国新文学运动史》，杰成印书局，1933，第183页。
② 王哲甫：《中国新文学运动史》，杰成印书局，1933，第184、197、202、213页。

此解决，在其后出版的文学史著中，仍然有文学史家指出新诗"句调不整，音节不韵"的弊病。① 张振镛的《中国文学史分论》虽未具体论及"无韵诗"，但在其征引胡适、胡先骕等人观点的过程中，亦有关于胡先骕引用英国诗人"无韵诗使人过于自由"的看法，主张"句法之整齐与叶韵，为诗体之不可废者"的表述。可见音韵问题一直萦绕在人们对新诗体建设的思考中，挥之不去。

（3）赵景深的《中国文学史新编》等：确认了"无韵诗"的"黄金时代"。除了以上讨论的几部文学史著外，在20世纪30年代出版的文学史著作中，为"无韵诗"正名和辩护的声音依然存在。以苏雪林的《中国文学史略》和《新文学研究》为例，两著均为在武大上课时所编撰的教材。在她看来，"康白情《草儿》之豪放不羁、俞平伯的《冬夜》《西还》之冗长晦涩、汪静之《蕙的风》之幼稚放肆，本来都不能算诗"；但由于这些青年诗人"完全打破旧格律，表示自由解放的精神"，从而"替新诗王国斩除许多荆棘，开辟了第一步道路"②，肯定了打破旧格律的作品在新诗初期的开创意义。在《新文学研究》中，她更加看重这些青年人所作的无韵的自由诗中"把旧诗的格律一举摔得粉碎，自由地，豪放地唱他们所要唱的"③，这种完全解放的精神在青年当中所引发的"共唱"，从社会影响的角度赋予了"无韵诗"以合法身份。另外，刘麟生的《中国诗词概论》《中国文学八论》与霍衣仙的《最近二十年中国文学史纲》均肯定了"无韵诗"相较于"脱不了旧诗的窠臼""由旧诗脱胎的"初期新诗所显示出的进步性，并简要列举了代表诗人和作品。龚启昌在论述新诗史时借鉴了赵景深对"无韵诗"的叙述，进一步为"无韵诗"正名。谭正璧在《新编中国文学史》中继续尝试为"无韵诗"指认代表作，或者曰"经典"，把沈尹默的《月夜》推举为"具备新体诗的美的无韵诗的第一首"，并指出"稍后有周作人的《小河》"④，将无韵诗"经典"的诞生时间提前了一年，扩容了"无韵诗""经典"作品系列，为无韵诗

---

① 张振镛：《中国文学史分论》，商务印书馆，1934，第261页。
② 苏雪林：《中国文学史略》，国立武汉大学，1938，第45页。
③ 苏雪林：《新文学研究》，国立武汉大学，1934，第26页。
④ 谭正璧在《新编中国文学史》，光明书局，1936，第436页。

"经典"地位的确立添了一块砖石。

将"无韵诗"确认为"新诗的黄金时代"的是赵景深的《中国文学史新编》和《中国文学史纲要》。这两本文学史著均出版于1936年，后者被列入"初中学生文库"。它们的出版发行对于"无韵诗"诗史地位的确立，提供了有力支撑。赵景深首先指出这一时期新诗作者和关注新诗的人很多，他列举了八个代表者以及三位湖畔诗人。例如，他认为俞平伯的诗以其中的第一首《春水船》最好；在讨论康白情、汪静之、焦菊隐的作品时，依旧采用的是批评感悟式点评，没有从"无韵诗"体的角度展开论述。经过赵景深的阐释，"无韵诗"的价值估定和"经典"塑造看似已经完成，他努力将那些诗人诗作纳入"无韵诗"叙述逻辑，为"无韵诗"提供创作史实支撑，期待在初期白话诗坛为"无韵诗"夺得一席之地。赵景深的积极阐述不仅扩大了"无韵诗"的社会影响，使那些"无韵诗"有了留存历史的可能，而有关"无韵诗"的文学史叙述也通过课堂得到广泛传播，并通过出版社的公开发行进入更多读者的阅读视野，影响了人们对"无韵诗"这一诗体的认识，"无韵诗"的合法性也得到了某种确认。陆敏车、龚启昌二人编撰的文学史著作沿用了赵景深在《中国文学小史》中的叙述判断，在接受赵景深对"无韵诗"的评价的同时，延续和扩大了赵景深的"无韵诗"观在文学史著中的影响。然而，文学史著间的这种影响是两方面的，一方面，"无韵诗"的地位获得了巩固；另一方面，急于为"无韵诗"树碑立传，却没有从文体上为其寻找支撑，一些根本性的问题并未在理论上得到解决，在创作实践上也没有找到足够多的"经典"作品做支撑，有关"无韵诗"的质疑之声仍不绝于耳，且一直延续到20世纪40年代的文学史叙述中。

三 文学史著作对"无韵诗"概念的反思与重述

20世纪40年代，文学史著的编撰尽管数量上较30年代有所减少，但在内容上已经告别了以评点和鉴赏为特征的阶段，开始独立生产有关新诗的话语。在有关诗歌文学的著作中，诗歌的起源、特质和流变成为论述的对象，新诗也从中国诗歌史的系统中独立出来，有了自身兴起和发展的历史，关于诗的音律和体制的讨论也被拉入文学史叙述框架。30年代出版的文学史著对"诗是什么"这一命题少有讨论，而到了 40 年代出版的文学史著，史家已经热衷于定义诗，例如《中国新文学教程》认为，"诗是把美的感想用了整齐美丽的语言表现出来的一种艺术"①，并设专节讨论诗歌的形式和诗歌的创作问题。文学史家不仅撰述新诗史，也在思考新诗未来向何处去，甚至在行文过程中流露出"新诗真的到了穷途了吗"的疑惑，试图通过对新诗史的反思来为新诗的前途开辟一条道路。

　　和此前的文学史著作不同的是，文学史家不再热衷于为"无韵诗"溯源和寻找根据，而是带着一种历史意识去看待二十多年的新诗历史，对新诗运动作出历史评价。从新诗本体的角度来看，朱自清在《抗战与诗》中提到"抗战以来的新诗的一个趋势，似乎是散文化。抗战以前新诗的发展可以说是从散文化逐渐走向纯诗化的路"②。为了配合抗战的需要，诗走向民间化和散文化，更走向一种民族化。40 年代战争对诗的影响，使这一时期的文学史家在述史过程中有意建构起民族的文学史、诗歌史，而"无韵诗"这一概念因为有着西方诗歌的背景，在进入民族化的文学史叙述时，就没有那么顺畅了。在不同的时代语境下，文学史著对新诗概念和作品的阐释，隐含了文学史家的述史逻辑和有关新诗的历史想象。这一时期出版的文学史著，在数量上尽管不算可观，但从内容上看有对前期文学史著中新诗分期观念的反思，有对新诗史的重新叙述和对新诗未来发展的设想，深化了对新诗本身的认识。

　　有研究者指出，40 年代现代文学研究已经作为"潜学科"存在，这意味着这一阶段的研究者已经注意通过文学史的叙写来塑造新文学的"传统"，并影响到后来现代文学作为一门学科的建立③。尽管这一时期论及新诗的文学史著作比前一个十年少了许多，但还是出现了一些有意识对新诗历史进行反思并思考新诗未来朝何处去的文学史著作，文学史家对新诗的见解也更加冷静成熟了，不再热衷于阐发那些承载着某些观念的

---

① 胡绍轩：《中国新文学教程》，文通书局，1942，第 83 页。
② 朱自清：《抗战与诗》，《朱自清全集》第二卷，江苏教育出版社，1988，第 345 页。
③ 参见温儒敏《40 年代文学史家如何塑造"新文学传统"·"中国现当代文学研究史论"札记之一》，《中国现代文学研究丛刊》2003 年第 4 期。

"新诗"文本,而是从如何建设新诗的角度来对前两个十年的新诗史进行反思,显现出一种深沉的历史意识。

表6-3 20世纪40年代出版的文学史著作中"无韵诗"概念使用及相应作品收录情况

文学史著	作者	版本	使用无韵诗概念	收录无韵诗作品	将无韵诗作品指认为新诗
《民族诗歌论集》	卢冀野	国民图书出版社 1940 年版	无	无	否
《近二十年中国文艺思潮论》	李何林	生活书店 1939 年出版,实际出版时间为 1940 年春	无	无	否
《中国文学史讲话》	施慎之	世界书局 1941 年版	无	无	否
《中国新文学教程》	胡绍轩	文通书局 1942 年版	有	有	是
《中国新文学史讲话》	李一鸣	世界书局 1943 年版	有	有	否
《民族诗歌续论》	卢冀野	国民图书出版社 1944 年版	无	无	否
《中国现代文学史》	任访秋	前锋报社 1944 年版	无	无	否
《中国文学史简编》	宋云彬	文化供应社 1945 年版	无	无	否
《诗歌文学纂要》	蒋祖怡	正中书局 1946 年版	有	有	是
《中国抗战文艺史》	蓝海	现代出版社 1947 年版	无	无	否

由表6-3可见,在发行于40年代的10部有关新诗的文学史著作中,涉及无韵诗的有3部。它们是胡绍轩的《中国新文学教程》、李一鸣的《中国新文学史讲话》、蒋祖怡的《诗歌文学纂要》,且都谈到了"无韵诗"的体式问题及其在新诗发展过程中的过渡意义。总的来看,40年代的文学史著对"无韵诗"概念的使用,数量上减少了,使用"无韵诗"概念的占30%,收录"无韵诗"作品并将其指认为新诗的只占20%。文学史家对"无韵诗"不像前一期那么重视。

(1)胡绍轩《中国新文学教程》:不用韵的无韵体。在20世纪二三十年代出版的文学史著中,"无韵诗"的概念虽然常用以指称新诗,但对"无韵诗"是否应该用韵,用什么样的韵,却少有文学史家对其进行叙述。这固然是由于"无韵诗"在新诗的发生之初只是作为一种创体为其提供一种尝试，其命名在某种程度上也是为了将其与严格押韵的旧诗区别开来，并非不准新诗押韵。胡适所持的"有韵固然好，没有韵也不妨""有无韵脚都不成问题"①的观点，代表了当时新诗人对韵律的一种灵活态度。仅从字面上理解，"无韵诗"是不用韵的，然而文学史著尝试为"无韵诗"指认的代表作如周作人的《小河》、沈尹默的《月夜》都被认为是读起来有很好声调的作品。这些有韵的诗被指认为"无韵诗"也可以看作史家的一种新诗立场，或者说是文学史著的一种叙述策略，将更多优秀作品指认为"无韵诗"，为其提供创作支撑。随着新诗体的尝试不断增多和对新诗认识的进一步深化，人们逐渐认识到韵与新诗音乐性的关系，也开始重新在文学史上为"无韵诗"找寻合适的位置。

胡绍轩在《中国新文学教程》中对新诗进行定义时，首先强调新诗是对近体诗的一种反动，主张音韵的自由，长短的自由。②从旧诗和新诗的发展过程中得出诗"无所谓新和旧"的结论，认为新诗由讲求音韵到追求自由用韵也是一种循环，赋予了新诗以追求自由用韵的合法性。他从形式的角度将新诗分为律体诗、散体诗和自由诗三大类，试图将他所列举的新月派、颓废派、恶魔派、现代派、自由诗、无韵诗、口号诗、朗诵诗、哲理诗，以及西洋体诗全部归入这三类。在今天看来，这一杂糅了流派与诗体的分类是缺乏统一标准的，客观上反映出新诗坛现象的驳杂和史家认识的不成熟。在这一分类方法之下，"无韵诗"则被归入散体诗，并强调是自由诗中之无韵体，以将其和作为三大分类之一的讲求音韵但不过于严格的自由诗区分开来。此时的"无韵诗"已经被并入自由诗中之无韵体的叙述中，且被描述为不重形式和音节，完全注重"诗的感情"，文字明朗易懂和极其散文化的一种诗，对所举的康白情等人的诗在分析时指出其常用文言字眼，在新诗中形成一个特色，完全改变了赵景深所苦心塑造的"无韵诗"的形象，无韵诗的文体特征变得更加不

①　胡适：《谈新诗——八年来一件大事》，《星期评论》1919年10月10日纪念号。
②　胡绍轩：《中国新文学教程》，文通书局，1942，第83页。

明显。

在新诗诞生之初，"无韵诗"是自由押韵的，然而当它开始走向绝端自由时，它的所指就进一步滑向了散体诗。无韵诗从"新诗的黄金时代"到被并入"自由诗中之无韵体"，不仅动摇了其作为一种诗体概念本身的自足性，也意味着作为一种新诗发展思路的逐渐衰微。其衰退的原因有三：一是无韵诗艺术本体上的不完备；二是时人对韵律问题的探讨和新诗音乐性的重视；三是随着新诗合法性的确立，"无韵诗"概念已经不能承载新诗文体建设的需要。此时的文学史著也热衷于讨论诗的创作问题，胡绍轩在本书中设三节分别讨论诗歌的形式、叙事和抒情问题，在谈创作时十分细致地讲解了如何用韵、分行和表现的问题，他并不反对用韵，在论述怎样用韵时，分别从旧诗和新诗的角度展开叙述，体现了文学史家在探索诗体建设过程中参与讨论的意识。

（2）李一鸣《中国新文学史讲话》："简直像散文诗"的无韵诗。到40年代，新诗已经有二十多年的历史，此时著史的目的不再是为新诗的合法性辩护，因为新诗已经成为一种公认的主流诗歌形态。[①] 文学史家尝试对新诗的历史进行分期叙述，以展现新诗的发展轨迹，尽管在他们看来这种分期十分勉强，但为叙述的便利，仍采用分期的方式进行。李一鸣的《中国新文学史讲话》分期叙述二十年的新诗历史。第一期被认为是新诗运动发祥的时期，也是新诗最出风头的时期，"无韵诗"就被列入了这一期的叙述。在李一鸣的描述中，这一时期确是新诗人云集、诗歌颇受欢迎、新诗集出版较多的时期。在具体论述时举了康白情、俞平伯、朱自清、王统照、周作人、汪静之、刘延陵、冰心、宗白华等人为代表，并且指出俞平伯和朱自清的诗是中国旧式文人的诗。将这一期的诗歌特点概括为"用语有似说话，而且大多无韵，简直像散文诗"[②]。在李一鸣的表述中，"无韵诗"更接近于散文诗，他评价周作人的诗"简直就是他流利的散文"。并列举了朱自清的散文诗《匆匆》、俞平伯的《忆》和冯雪峰的《落花》等为例。后又讨论刘延陵之擅长写自由诗，同时将冰心、宗白华

---

① 方长安：《中国现代诗歌传播接受与经典化的三重向度》，《天津社会科学》2017年第3期。

② 李一鸣：《中国新文学史讲话》，世界书局，1943，第54页。

的小诗创作也纳入第一期的叙述，丰富了这一期的创作。在论述第一期到第二期的过渡时指出，"诗人们渐渐厌倦于这种散文的白描的毫无格律的诗，于是转换了方向"①，将"无韵诗"描述为"散文的白描的毫无格律的诗"，不论其是否符合"无韵诗"的形象，都将"无韵诗"置于一个新诗发生初期尝试者的位置，体现了"无韵诗"在新诗发展中的过渡意义。意识到无韵诗这一提法所带来的新诗散文化的趋向，将新诗的形式探索叙述从散体式回归到诗体式，体现了文学史家在叙述新诗发展时的诗体自觉意识。李一鸣认识到这二十多年的新诗历史仍处于尝试的过程中，并从用韵的角度对新诗进行了反思，认为新诗不论是无韵还是必须押韵，是绝对解放还是必须有格律，这些先决问题一直没有得到解决，以至于有些新诗人转而写作旧诗，新诗的发展似乎进入了穷途，这体现出了文学史家对新诗一直无法从文体上确证自身和新诗的音韵问题长期困扰着新诗发展的忧虑。

（3）蒋祖怡的《诗歌文学纂要》：炫于欧洲理论的"无韵诗"。除了以上讨论的两本文学史著外，专论诗歌的著作，如蒋祖怡的《诗歌文学纂要》也设章节讨论新诗，述说新诗的兴起与动向。在讨论"无韵诗"时列举了刘延陵、沈玄庐、闻一多、梁实秋等人的"无韵诗"创作，指出其炫于欧洲诗的理论，也不能开辟出一条新的道路来，几乎否定了"无韵诗"的探索意义。在某种程度上批评了无韵诗在借鉴欧洲诗歌理论的过程中过于依赖外国诗歌经验的问题，忽略了自身音韵的建设，反映出文学史家面对新诗时试图参与中国新诗建设的自觉意识。"无韵诗"初被引入时是为了适应"增多诗体"的需要，彰显新诗自由押韵的追求。而40年代的诗坛呈现出民族化、民间化趋势，暗示着音乐性和格律的需要，"无韵诗"所包含的诗学观念并不符合这种需要。40年代朱自清对抗战初期诗歌发展趋向曾作如此概括："为了诉诸大众，为了诗的普及。抗战以来，一切文艺形式为了配合抗战的需要，都朝普及的方向走，诗作者也就从象牙塔里走上十字街头。"② 诗歌被定位为"民族的大众的文艺的最佳

---

① 李一鸣：《中国新文学史讲话》，世界书局，1943，第58页。
② 朱自清：《抗战与诗》，《朱自清全集》第二卷，江苏教育出版社，1988，第346页。

形式",因而必须谐声顺口以利于传播。文学史家将这一时期定义为"旧体诗已破坏了,而新诗正在建设的时候"①,对新诗未来建设提出了自己的方案,在分析新诗将来往哪里走时,提出的构想为:大众化;引口头语入诗;音律化。主张自然的韵律和在新诗的声调上加以注意,并具体列出了两种途径,即采用活的语言的平仄和以日常语言中的自然音节来代替那些音乐上的音律,为新诗的音律化提供了一种思路,客观上也否定了"无韵诗"作为新诗未来发展的有效路径。在40年代追求诗歌民族化、大众化的要求下,诗歌的形式探索服膺于抗战的需求,"无韵诗"过于自由的体式并不符合政治和宣传的需要,而民族化的提倡也让这一从西方舶来的诗体在文学史中的地位更加尴尬,于是渐渐隐没于历史的深处。

四 余论

历史地看,不同的"新诗"称谓,蕴含着关于新诗的不同发展思路、不同的想象和期待。"无韵诗"是新诗诞生之初的一个重要概念,是新诗提倡者在新诗体的草创期所进行的一种诗体尝试或曰创制的新诗"雏形"。相对于严格押韵的旧诗而言,"无韵诗"本质上指的是自由押韵的诗。时人称"无韵诗"为新诗,将其纳入新诗的话语场中,在确证其合法性的同时,指向的是新诗的合法性。在新诗诞生之初,最渴望打破的就是旧诗的形式束缚,作为新诗的"创体"之一的"无韵诗"暗含了新诗自由体的发展方向,将其纳入文学史的叙述中,有助于这一诗学观念在更大范围内的传播、接受。纵观以上文学史著对"无韵诗"的叙述,"无韵诗"从进入文学史到在文学史叙述中的隐退,一直关涉着对新诗用韵问题的思考,也反映了对新诗的某种叙述策略。在20世纪20年代出版的文学史著中,有关"无韵诗"的论述,为了彰显初期新诗打破旧诗严格押韵的进步意义和扩大无韵诗的影响,在叙述时将"无韵诗"指认为新诗,并将当时的几位重要诗人的诗歌作品纳入"无韵诗"的叙述当中,试图通过文学史的权力将"无韵诗"确立为新诗体的一种,在文学史上为其谋求合法性。20世纪30年代出版的文学史著,在叙述"无韵诗"时,纳

---

① 蒋祖怡:《诗歌文学纂要》,正中书局,1946,第152页。

入了有关"无韵诗"的讨论，并尝试为其指认"经典"作品，以彰显其进步意义，为"无韵诗"的创作提供参考；更有文学史著进一步将"无韵诗"时期指认为新诗发展的"黄金时代"，以突出其在新诗发展历程中的重要意义。随着文学史著述种类的增多，"无韵诗"的形象分别出现在"中国文学史""新文学史"以及专门的诗歌史对新诗的叙述中，通过文学史著的不同叙述逻辑呈现出"无韵诗"的多元面相。40年代编撰的文学史著则在论述"无韵诗"时，从诗体建构和新诗发展的角度对其进行反思，对"无韵诗"的质疑表明，这一时期的文学史家已经不认可"无韵诗"是新诗，有关新诗发展的新的想象也正在生成。

从对文学史著中有关"无韵诗"的叙述梳理可以看出，"无韵诗"的文体合法性建立在"于有韵诗之外，别增无韵之诗"① 上，文学史家在叙述"无韵诗"时一方面将刚诞生的新的诗学观念带到对新诗的理解中；另一方面也希望在传统诗学资源中找到新诗体的支撑。在谭正璧、赵景深、陈子展等人遵循的进化论的述史逻辑下，新诗由未脱离旧诗词气息而走向"无韵诗"是必然路向；但早期的文学史著所指认的"无韵诗"作品，也并没有完全放弃用韵，文学史家将其指认为新诗，使它可以从当时的诗体尝试中脱颖而出，进入文学史著的叙述，却无法在文体上对其进行限定和身份确认。虽然当时新诗的提倡者们提出了有关新诗用韵的思路，但由于诗与韵的关系和有关新诗音乐性的讨论所带来的紧张和焦虑，文学史家们不得不反复为"无韵诗"指认代表作，希望可以由此确立其文体标准，为"无韵诗"的创作提供参照。当文学史著开始讨论如何用韵和如何建设诗歌形式，以建设民族化的诗歌形式时，"无韵诗"这一概念已经不能承载文学史家们对新诗体的想象，它转而隐入了历史的深处。今天我们在讨论新诗发展史时，"无韵诗"的形象已经愈加模糊，只有回到"无韵诗"发生的话语现场，了解"无韵诗"如何进入文学史著及其形象建构的过程，我们才可能看到"无韵诗"话语的丰富与驳杂，由此也可以窥见白话新诗入史的一斑，及其所包蕴的诗学问题。

---

① 刘半农：《我之文学改良观》，《新青年》1917年第3卷第3期。

第二节　1980 年代现代文学史重写与新诗经典化

历史都是当代史，在王瑶的《中国新文学史稿》① 出版至今的 70 年里，中国现代文学史、中国新诗史被不断重写，其价值在不同观念视域里生成与增值，意义不断彰显。1980 年代，在新知识不断生成的语境里，现代文学、现代新诗研究获得了诸多新的突破，重叙新文学史、新诗史成为时代课题。1982 年，《陕西教育》杂志"应广大教师和青年读者要求自学的强烈愿望"②，创办自修大学栏目，邀请名家编写教材，王瑶受邀负责现代文学部分。杂志社希望他"开设一个专栏，系统介绍中国现代文学的有关知识，作为当时流行的函授大学的教材"③。但由于当时"王先生没有精力来做这件事情"④；同时也为了给年轻人创造机会⑤；更重要的，笔者认为是他希望由他的《中国新文学史稿》奠基的中国现代文学史旧的述史体例能够被突破，期待现代文学的价值能够得到更充分的发掘，于是他将这一任务分配给了年轻的学者钱理群、温儒敏、吴福辉、王超冰⑥。1983 年，《陕西教育》第 10 期开始连载钱理群等编纂的"中国现代文学"，直至 1985 年第 3 期，共计 25 讲，笔者称之为"《陕西教育》版《中国现代文学》"。这部由青年学者执笔的文学史著，虽然在当时未能引起太多关注，但后来以它为基础修改而成的《中国现代文学三十

---

① 王瑶：《中国新文学史稿》，上册，开明书店，1951；下册，新文艺出版社，1953。
② 《〈自修大学〉答问》，《陕西教育》1982 年第 5 期，第 46 页。
③ 李浴洋：《中国现代文学研究的道路、方法与精神——钱理群教授、温儒敏教授、吴福辉研究员访谈录》，《文艺研究》2017 年第 10 期，第 75 页。
④ 李浴洋：《中国现代文学研究的道路、方法与精神——钱理群教授、温儒敏教授、吴福辉研究员访谈录》，《文艺研究》2017 年第 10 期，第 75 页。
⑤ 钱理群曾回忆，王瑶先生安排这件事情主要有三方面的考虑，一是钱理群曾给北大中文系的学生讲授过现代文学史，有现成的讲稿和一定的基础。二是当时的年轻人面临发表文章困难的问题，王瑶先生也为了给他们创造机会。三是出于王瑶先生对女儿王超冰在学术上的期待。见李浴洋《中国现代文学研究的道路、方法与精神——钱理群教授、温儒敏教授、吴福辉研究员访谈录》，《文艺研究》2017 年第 10 期，第 75～76 页。
⑥ 王瑶这种安排，埋下了一个历史伏笔，即该文学史著作可能突破《陕西教育》所预设的函授大学教材的定位。

年》，却不断再版，累计发行逾一百三十万册①，成为改革开放以来影响最大的中国现代文学史教材。那么，这部文学史著作建构出怎样的述史框架？它是如何重组新诗知识板块的？从新诗传播接受与经典化维度看，其功能性价值何在？

一 现代文学史重构

1978 年以后，"为应教学工作的急需"②，出现了一批在旧作基础上修改而成的现代文学史著作，重要的有唐弢、严家炎主编的《中国现代文学史》（三卷本）③，田仲济、孙昌熙主编的《中国现代文学史》④，中南七院校编著《中国现代文学史》⑤，林志浩主编的《中国现代文学史》⑥，以及王瑶、刘绶松等个人文学史著作的重版或修订再版。它们的特点是恢复了现代文学史的新民主主义性质，突出"无产阶级领导的人民大众的反帝反封建的文学"⑦ 主流，勾勒"革命文学与反动文学、革命文艺思想与反动文艺思想斗争"⑧ 的书写线索。这一变化不仅使巴金、老舍、曹禺等具有反帝反封建思想的民主主义作家重新获得了文学史主流地位，而且使一些在思想上有进步意义的资产阶级作家重新受到关注。但是，随着现代文学研究的进一步深入，人们逐渐发现反帝反封建的定位，依然是用社会革命标准衡量文学的结果，思维方式与过去相比并没有本质区别，尤其当面对那些社会性并不突出但是在艺术上颇具特色的作家时，这一历史定位偏离文学的可能性隐患就表现出来了。因此，钱理群等青年学者"已经不再满足于单

---

① 李浴洋：《中国现代文学研究的道路、方法与精神——钱理群教授、温儒敏教授、吴福辉研究员访谈录》，《文艺研究》2017 年第 10 期，第 75 页。
② 《说明》，林志浩主编《中国现代文学史》（上），中国人民大学出版社，1979，第 1 页。
③ 唐弢主编《中国现代文学史》（一）（二），人民文学出版社，1979；唐弢、严家炎主编《中国现代文学史》（三），人民文学出版社，1980。
④ 田仲济、孙昌熙主编《中国现代文学史》，山东人民出版社，1979。
⑤ 中南七院校编著《中国现代文学史》（上·下册），长江文艺出版社，1979。
⑥ 林志浩主编《中国现代文学史》（上），中国人民大学出版社，1979；（下），中国人民大学出版社，1980。
⑦ 唐弢：《绪论》，《中国现代文学史》（一），人民文学出版社，1979，第 8 页。
⑧ 唐弢：《绪论》，《中国现代文学史》（一），人民文学出版社，1979，第 11 页。

纯根据《新民主主义论》来进行文学史研究了"①，他们试图通过历史重叙，系统地表达自己的观点②，寻求对现代文学认识的新突破。那么，"《陕西教育》版"③ 勾勒出一部怎样的中国现代文学史呢？

首先，重审现代文学起点，重新思考现代文学性质问题。现代文学的历史起点在哪儿？性质是什么？不同历史时期的文学史家持有不同的看法。在新文学发生之初，文学史著作如胡毓寰《中国文学源流》④、谭正璧《中国文学史大纲》⑤、赵祖抃《中国文学沿革一瞥》⑥ 等，都是将新文学、新诗作为中国文学史的有机组成部分进行讲述，均十分看重新文学与晚清政治革命的关系，强调梁启超、王国维等是文学革命的先驱者，表达了将晚清作为新文学发端的看法。20 世纪 30 年代以后，人们对新文学有了更深入的认识，一些文学史著意识到 1917 以来的文学革命对文学观念、体式和语言的变革具有界碑性意义，如王哲甫《中国新文学运动史》⑦、谭正璧《新编中国文学史》⑧、霍衣仙《最近二十年中国文学史纲》⑨、李一鸣《中国新文学史讲话》⑩ 等都重点描述了文学革命以及主要提倡者胡适的功绩，认为文学革命是新文学的开端。与此同时，以贺凯《中国文学史纲要》⑪、吴文祺《新文学概要》⑫、李何林《近二十年中国文艺思潮论》⑬、苏雪林《中国文学史略》⑭、蓝海《中国抗战文艺史》⑮

---

① 李浴洋：《中国现代文学研究的道路、方法与精神——钱理群教授、温儒敏教授、吴福辉研究员访谈录》，《文艺研究》2017 年第 10 期，第 77 页。
② 吴福辉认为，《陕西教育》的约稿，使他们有机会系统表达自己的观点，自然十分乐意。参见李浴洋《中国现代文学研究的道路、方法与精神——钱理群教授、温儒敏教授、吴福辉研究员访谈录》，《文艺研究》2017 年第 10 期，第 76 页。
③ 为叙述方便见，以下称《陕西教育》版《中国现代文学》为 "《陕西教育》版"。
④ 胡毓寰：《中国文学源流》，商务印书馆，1924。
⑤ 谭正璧：《中国文学史大纲》，泰东图书局，1925。
⑥ 赵祖抃：《中国文学沿革一瞥》，光华书局，1928。
⑦ 王哲甫：《中国新文学运动史》，杰成印书局，1933。
⑧ 谭正璧：《新编中国文学史》，光明书局 1936 年再版。
⑨ 霍衣仙：《最近二十年中国文学史纲》，北新书局，1936。
⑩ 李一鸣：《中国新文学史讲话》，世界书局，1943。
⑪ 贺凯：《中国文学史纲要》，新兴文学研究会，1933。
⑫ 吴文祺：《新文学概要》，上海亚细亚书局，1936。
⑬ 李何林：《近二十年中国文艺思潮论》，生活书店，1947。
⑭ 苏雪林：《中国文学史略》，国立武汉大学印，1938。
⑮ 蓝海：《中国抗战文艺史》，现代出版社，1947。

为代表的文学史著则将"五四"运动视为新文学的起点。

不同起点反映了史家认知新文学的视野差异，并关涉新文学性质问题：晚清起点说，重视文学发展的内在连续性，重视晚清维新变革与"五四"新文化运动的内在关系；文学革命起点说，表现了史家对新文学史实的尊重，对新文学现代性的重新理解；"五四"运动起点说，侧重于将新文学置于新民主主义革命体系里把握。1949 年 7 月第一次文代会的召开，改变了众说纷纭的状况。郭沫若在《为建设新中国的人民文艺而奋斗》①的会议报告中指出："五四运动以后的新文化是无产阶级领导的人民大众反帝反封建的新民主主义的文化，五四运动以后的新文艺是无产阶级领导的人民大众反帝反封建的新民主主义的文艺。"②首次对新文化和新文学的性质作了统一规定，确立了现代文学的新民主主义性质。这一性质决定了中国现代文学的历史是"三十年的新文艺运动"的历史③，与新民主主义革命的历史同步，上限是 1919 年，下限是 1949 年。此后，几乎所有的文学史著，都以"五四"前后新民主主义革命的发生作为现代文学开端，以 1949 年第一次文代会的召开作为这段历史的终结。而《陕西教育》版则突破了现代文学的"五四"起点说，它在 1983 年 10 月发表的第一讲《现代文学史的发端》就提出"中国现代文学以一九一七年发难的文学革命为开端"④。由此，被剥离出去的一些旧民主主义文学内容再度被纳入新文学史叙述，现代文学史就变成了三十二年的历史。谈及这一变化，钱理群表示："我们当时认为现代化是一条更为根本的叙述线索。"⑤这表明他们

① 参见郭沫若《为建设新中国的人民文艺而奋斗——在中华全国文学艺术工作者代表大会上的讲话》，《中华全国文学艺术工作者代表大会纪念文集》，新华书店 1950 年 3 月发行，第 35 页。

② 参见郭沫若《为建设新中国的人民文艺而奋斗——在中华全国文学艺术工作者代表大会上的讲话》，《中华全国文学艺术工作者代表大会纪念文集》，新华书店 1950 年 3 月发行，第 35～36 页。

③ 参见郭沫若《为建设新中国的人民文艺而奋斗——在中华全国文学艺术工作者代表大会上的讲话》，新华书店 1950 年 3 月发行，《中华全国文学艺术工作者代表大会纪念文集》，第 37 页。

④ 王瑶主编、温儒敏执笔《第一讲　中国现代文学的发端》，《陕西教育》1983 年第 10 期，第 52 页。

⑤ 李浴洋：《中国现代文学研究的道路、方法与精神——钱理群教授、温儒敏教授、吴福辉研究员访谈录》，《文艺研究》2017 年第 10 期，第 77 页。

在 80 年代初期就已经开始重新思考现代文学的性质问题，但并没有形成明确的看法。于是，他们一方面认为现代文学"是近代文学发展的结果"，"是适应新民主主义革命而诞生的产物"①；但另一方面不纠缠于对文学性质的辨析，突破既有文学史著作的述史框架，侧重于从文体、翻译、观念变迁等层面叙述现代文学发展史，这无疑是一种述史策略。换言之，他们在努力探索叙述现代文学历史的新范式。

其次，调整现代文学史的历史分期和内容。现代文学史的分期与述史语境密切相关。1957 年 3 月，高等教育出版社出版了《中国文学史教学大纲》，正式确立现代文学的历史分期规范：（1）五四时期及第一次国内革命战争时期（1919～1927）；（2）第二次国内革命战争时期（1927～1937）；（3）抗日战争时期（1937～1942）；（4）抗日战争后期及第三次国内革命战争时期（1942～1949）。② 这一分期践行了现代文学历史与新民主主义革命史同构的基本性质，影响深远，此后三十年的文学史著几乎都沿用了这一模式。《陕西教育》版未使用这一历史节点意义鲜明的划分方法，而是以年代顺序③为线索，重新描述现代文学历史。在第一个阶段（1917～1927）④的文学发展概述中，它主要从近代文学改良运动，文学革命的发生发展，外国文艺思潮的涌入和新文学社团的蜂起、对封建复古派的斗争和新文学统一战线的分化四个方面入手，还原了现代文学从诞生到发展初期的艰难历史。这一时期，以萧楚女、邓中夏、恽代英等革命理论家和《十二月

---

① 王瑶主编，温儒敏执笔《第一讲 中国现代文学的发端》，《陕西教育》1983 年第 10 期，第 52 页。

② 参见中华人民共和国高等教育部审定《中国文学史教学大纲》，高等教育出版社，1957，第 238 页。

③ 这部文学史在专章论述部分作家之外，对小说、散文、诗歌的发展历史均根据年代编叙，年代特征较为明显的章目有：第一个十年的小说创作（上）（下），三十年代小说（上）（下），三四十年代的散文，二三十年代现代话剧的发展，三十年代诗歌的发展，新文学第三个十年国统区诗歌创作。不明显的章目有：解放区的小说创作（上）（下），国统区小说（上）（下），解放区的戏剧和诗歌创作，实际上也是根据抗战以后的文学创作情况划分的。

④ 这部文学史虽未明确提出具体的分期，但在具体的章节中有所涉及，例如在 1983 年第 11 期第三讲中，它就明确提出了第一个十年的小说史是指"1917～1927"。从整体来看，这部文学史所涉及的第一个阶段确为 1917～1927 年间文学创作，主要包括前七讲：《中国现代文学的发端》、《鲁迅的〈呐喊〉和〈彷徨〉》、《第一个十年的小说创作》（上）（下）、《"五四"时期的散文》、《五四时期新诗的历史发展》、《郭沫若的〈女神〉及其他诗作》。

革命歌》《五卅小调》等歌谣作品为代表的初期革命文学还处于萌芽状态，在文坛上影响十分微弱，所以并未被重点提及。《陕西教育》版主要叙述了鲁迅、汪敬熙、杨振声、冰心、叶圣陶、郁达夫、废名、朱自清、周作人、郭沫若、胡适、冯至、闻一多、徐志摩、李金发、蒋光慈等作家及其作品，叙述的视角也发生了变化。例如，对鲁迅的《呐喊》和《彷徨》，它不再从社会革命角度入手，而注重体现其艺术成熟的四个特点，肯定这两个集子广泛吸收古今中外文学成果、创造改造民族灵魂文学的先锋性；对于周作人，不因其思想面貌否定其艺术成就，从事实出发，陈述其对散文建设的贡献；对李金发的诗歌，避开内容解读，从艺术视角发现了李诗独特的感觉书写和暗示修辞特点。第二个阶段由三十年代的小说和诗歌、三四十年代的散文，以及二三十年代的现代话剧组成。这一时期，茅盾、老舍、巴金、丁玲、沙汀、艾芜、吴组缃、叶紫、肖红、夏衍、田汉、洪深、沈从文、刘呐鸥、穆时英、殷夫、蒲风、陈梦家、徐志摩、戴望舒等作家成为叙述重点。较为明显的变化是，《陕西教育》版以设立专节的方式突出了沈从文、新感觉派作家，以及后期新月派和现代派诗人的文学史地位；同时，删除了对瞿秋白等革命文艺理论家、革命根据地歌谣，以及柔石、胡也频、李伟森、冯铿等左联烈士的专门介绍。在此前的文学史著作中，沈从文、穆时英、陈梦家等作家由于社会政治身份，长期被删除或者批判，《陕西教育》版则从正面发掘了沈从文作品中的湘西世界，解析了穆时英在心理描述和小说叙述节奏上的创新，肯定了后期新月派和现代派诗人揭示内心隐蔽情感的表现手段，简洁、清晰地呈现了这些作家的文学个性及创作特征，使文学史叙述更为丰富、复杂。第三个阶段是由解放区与国统区创作活动组成的战争阶段。① 这一时期，《陕西教育》版不再使用"在民族解放旗帜下的文学创作"以及"沿着工农兵方向前进的文学创作"等标题，大幅削减了报告文学、街头诗、抗日短剧等文学，重点述写了赵树理、孙犁、丁玲、周立波、欧阳山、柳青、柯蓝、张

---

① 整体来看，文学史的第三个阶段比较明晰，主要包括解放区和国统区的小说、戏剧、诗歌创作，由最后八讲组成：《〈在延安文艺座谈会上的讲话〉和革命文艺的新阶段》、《解放区的小说创作》（上）（下）、《解放区的戏剧和诗歌创作》、《国统区小说》（上）（下）、《四十年代国统区戏剧运动与创作》、《新文学第三个十年国统区诗歌创作》。

天翼、沙汀、艾芜、艾青、冯至、郑敏、陈敬容等作家，以及《白毛女》、《王贵与李香香》、《漳河水》、七月派小说、孤岛和沦陷区小说等作品。可以看出，《陕西教育》版对入史对象的选择，看重的是艺术性，而不是社会功能，所以忽略了那些思想性较强但艺术水平不高的作家作品，重新发现了冯至、《九叶集》派诗人等艺术成就较高的作家。

再者，《陕西教育》版不再以文学揭示社会革命主潮，它在文学发展史的各个阶段中，主要以小说、散文、诗歌、话剧为基本划分依据，探讨文学本体特征和发展规律。例如，在第三、四讲谈论第一个十年的小说创作时，先从文学革命发生和文学期刊繁荣的实际背景出发，阐述这一阶段小说创作高潮出现的原因；再根据其主要特点划分出问题小说、乡土小说和抒情体小说几个主要类型；在此结构中，分析不同作家的创作风格、内容主题、叙事技巧等，呈现这些作家作品的个性特点。可见，在文体划分的尺度下，与文体相关的作家主体、创作经验、时代语境、形式特征等均被纳入文学史的观照视野，文学本体意识被凸显出来，文学史叙述也有了更为内在的诗学精神和艺术追求。

由上可知，《陕西教育》版以1917年为现代文学起点，以年代分期，从书写源头改变了以反帝反封建为衡量、划分和评价现代作家作品的基本标准。在书写线索上，它以文体发展的文学性线索取代在革命斗争中前进的历史线索；在评价方式上，它从意识形态的共性描述转向对现代文学的个性发掘，弱化对作家作品思想意识的解读和批判，突出他们的艺术成就和文学贡献；在对象选择上，它不再突出文学的社会性功能，更为强调文学的艺术性，不仅省略了那些艺术成就不高的作家作品，还重新发现了一批艺术水准较高的作家。这些探索，是几位青年学者在新的历史语境中重构文学史的努力和尝试，有助于引领当时的文学史写作走出"虽展新姿仍存旧痕"[1] 的困境，也为新诗历史的重新叙述、新诗代表作品的遴选和评价，提供了前提与依据。

---

[1] 黄修己：《中国新文学史编纂史》，北京大学出版社，1995，第200页。

二　现代新诗知识板块重组

在 80 年代初思想解放的语境里，《陕西教育》版《中国现代文学》基于新的述史框架与逻辑，是如何重解、评估 20 世纪初发生的新诗的？重点叙述了哪些诗人、诗作？拼构出一个怎样的新诗史地图？

第一，"五四"新诗板块。《陕西教育》版所述"五四"时期，从"新诗运动的第一个先驱者"[①] 胡适 1917 年前后倡导的新诗运动开始。它选讲了胡适的《蝴蝶》《老鸦》《人力车夫》、刘半农的《相隔一层纸》、康白情的《草儿》、周作人的《小河》等作品，概述这些诗歌的个性解放精神、偏于写实和说理的艺术手法，以及散文化形式特点。由此，初期白话诗被合理地编入了新诗史。

在编者看来，"五四"时期的代表性诗人是郭沫若，将郭沫若单列一章，从《女神之再生》《梅花树下的醉歌》《匪徒歌》[②]《立在地球边上放号》《天狗》《晨安》等具体作品出发，勾画它们所表现出的大胆创造、个性解放、面向世界的自我抒情主人公形象。显然，这部文学史对郭诗的选评，着意突出了个性解放和自我意识，于是，此前文学史所突出的《凤凰涅槃》没有成为关注的重点。这一时期重要的诗人还有湖畔诗人、冰心、冯至、闻一多、徐志摩、李金发和蒋光慈。相较于以前的文学史著作，《陕西教育》版对这些诗人形象的解读和诗歌作品的评价，特点相当鲜明。他们称湖畔派诗人是"五四所唤起的一代新人"[③]，并选择《妹妹你是水》《伊的眼》[④] 和《过伊家门外》等，肯定这些作品所展示的天真、自我的主人公形象。在新月派诗人中，提高了徐志摩的流派地位，认为他是一位"潇洒空灵的个性与不受羁绊的才华和谐地统一"[⑤] 的诗人，

---

①　王瑶主编，钱理群执笔《第六讲　五四时期新诗的历史发展》，《陕西教育》1984 年第 2 期，第 57 页。

②　应为《匪徒颂》，原文有误。

③　王瑶主编，钱理群执笔《第六讲　五四时期新诗的历史发展》，《陕西教育》1984 年第 2 期，第 59 页。

④　应为《伊底眼》，原文有误。

⑤　王瑶主编，钱理群执笔《第六讲　五四时期新诗的历史发展》，《陕西教育》1984 年第 2 期，第 63 页。

重点解读其《雪花的快乐》，着力分析这首诗所表现出的飞动飘逸的艺术风格、美的理想、情感与形象，而像《这是一个懦怯的世界》《太平景象》等表达反抗、揭示社会惨象的诗歌则被删除。同理，闻一多那首著名的表达爱国思想和民族悲愤的《洗衣歌》也不再被谈论。关于李金发，他们不再认为其诗形式畸形怪异、内容浅陋、感情没落，而通过对《弃妇》的详析，赞誉象征诗派"强调表现人的内心感觉，突出'暗示'在诗歌艺术中的地位"① 这一手法之特别。很明显，《陕西教育》版笔下的"五四"诗人，张扬自我，贴近时代，个性鲜明，他们的作品形象明朗、情感灵动、艺术特性突出。值得注意的是，《陕西教育》版还将此前文学史常以专节突出的蒋光慈和象征派诗人列入同一节，并选择蒋光慈的《自题小像》《莫斯科吟》这类前期诗作进行分析。这一安排避免了不切实际地拔高一些革命诗人的地位，在文学的意义上确认了他们的位置。

显然，《陕西教育》版通过重叙新诗发生起点，调整革命诗人的诗史位置，通过重新选评郭沫若、徐志摩、李金发等诗人的作品，重构出一个彰显个性、重视诗艺探索、多种创作倾向交互发展的"五四"新诗地图。

第二，三十年代诗歌。《陕西教育》版认为，三十年代的新诗"出现了以殷夫、蒲风为代表的革命现实主义诗歌，以徐志摩、陈梦家为代表的后期新月派浪漫主义诗歌，与以戴望舒为代表的后期现代派象征主义诗歌"②，这是一个"三大流派鼎足而立"③ 的时期。实际上，后期新月派与现代派在审美趣味和艺术风格上有相近之处，将它们置于相对的局面，并不十分准确，但这是文学史第一次将新月派、现代派诗歌与革命现实主义并立纳入同一章中，对于凸显这两个诗歌流派的诗史地位，意义重大。50 年代初以来的现代文学史著作，通常集中批判以梁实秋、徐志摩为代表的新月派团体，只重点描述蒋光慈的《哀中国》《血祭》、殷夫的《别了，哥哥》《一九二九年的五月一日》、革命根据地的群众歌谣、蒲风的

---

① 王瑶主编，钱理群执笔《第六讲 五四时期新诗的历史发展》，《陕西教育》1984 年第 2 期，第 64 页。

② 王瑶主编，钱理群执笔《第十三讲 三十年代诗歌的发展》，《陕西教育》1984 年第 8 期，第 52 页。

③ 王瑶主编，钱理群执笔《第十三讲 三十年代诗歌的发展》，《陕西教育》1984 年第 8 期，第 52 页。

《茫茫夜》、杨骚的《记忆之都》、任钧的《战歌》、温流的《买菜的孩子》和臧克家的《老马》《罪恶的黑手》等作品，完全以现实主义诗歌为诗史的主流。此前文学史著中的叙述主流变成了《陕西教育》版中的一节：在"三十年代诗歌的发展"这一章中，它以三分之一①的篇幅叙述了以左翼诗歌为主的革命现实主义流派，并由殷夫的《一九二九年的五月一日》《我们》《呵——我爱人》、蒲风的《钢铁的海岸线》等作品，总结出这一流派紧贴现实生活、反映时代题材、强调自我与集体的融合、强调歌谣形式的特点，删除了这一时期的红色歌谣。它将左翼诗人放入新诗流派中进行归纳总结，体现出鲜明的文体意识，不仅突出了新诗本身的变化特点，也是诗史研究方法的新尝试。② 这一章的余下两节主要叙述了这一时期新月派与现代派的理论贡献和诗歌作品，重新发现了后期新月派在追求主观感情的真实、重视外在现实与内心情感呼应、反对直接抒情等方面的理论主张，且肯定了陈梦家的《一朵野花》、徐志摩的《再别康桥》和《两个月亮》表达真情、揭示内心的艺术表现力。目前来看，这是新时期以来后期新月派第一次以正面形象进入现代文学史。对于现代派的诗人诗作，此前的文学史著作，通常只选择戴望舒的现实主义诗歌，强调诗人歌颂抗日、热爱祖国、反映革命的特点和品质，否定他早期的诗篇，批判其感伤的情绪。但《陕西教育》版没有提及《断指》《狱中题壁》《我用残损的手掌》等诗歌，反而选择了诗人前期的作品《雨巷》，充分挖掘这首诗歌暗示、多义的象征主义特点，认为以戴望舒为代表的现代派所创造的冲破格律、协调情绪变化的诗律形式，对现代诗歌形式的发展有重要意义。很明显，《陕西教育》版对这两个流派的叙述，不再以阶级意识、反帝反封建、现实主义为准则，而是置重诗歌的"情感与形式"问题。

三十年代新诗已经进入相对繁荣时期，太阳社诗人、中国诗歌会诗人、后期新月派诗人、现代派诗人等都登上了历史舞台。但是在以左翼、

---

① "三十年代诗歌的发展"这一章共分为三部分：革命现实主义流派的诗歌创作，后期新月派的浪漫主义诗歌创作，现代派象征主义的诗歌创作。革命现实主义流派占三分之一章的内容。

② 赵凌河在《一部颇具新意的中国现代文学史——读〈中国现代文学三十年〉》中认为，此著流派研究的方式不仅颇具特色，还是首创。参见《社会科学辑刊》1988 年，第 146 页。

大众化的现实主义诗歌为叙述中心的文学史著作中，许多诗人和作品被排除于主流之外。《陕西教育》版以流派为单位归纳左翼诗人、新月诗人与现代派诗人，将革命现实主义流派与后期新月派、现代派共同视为三十年代诗歌发展的主流，颠覆了单一的叙述维度，展现出一种诗学意识自觉，现实主义、浪漫主义与现代主义并行，诗歌"情感与形式"相统一的新诗发展时期。

第三，战时诗歌。1937 年以后，在解放区、沦陷区和国统区，艾青、田间、臧克家、绿原、阿垅、冯至、卞之琳、袁水拍、袁可嘉、陈敬容、穆旦、南星、朱英诞等各类身份的诗人都在进行新诗创作，战时诗歌形成不同的风格。不过，50 年代以来的文学史著通常以《在延安文艺座谈会上的讲话》为节点，将 1937~1949 年分为两个阶段，即 1937~1942 年和 1942~1949 年。因此，抗日战争前期的田间、柯仲平、臧克家、艾青，以及解放区工农群众和李季、阮章竞的诗歌成为叙述重点；国统区诗歌，通常只关注以袁水拍的《马凡陀的山歌》为代表的政治讽刺诗。冯至、中国新诗派等诗人和作品则缺席了这一时期的新诗历史叙述。不同于此前的史著，《陕西教育》版将这一时期的诗歌分为解放区和国统区两部分，在具体论述中，以两小节内容叙述解放区诗歌，以整章重点叙述国统区诗歌，这一章节变化表明它对战时诗歌主体的认识发生了变化。先看解放区诗歌，《陕西教育》版主要选择了十余首特点突出的工农群众诗作，总结出解放区诗歌的两个特点：一是规模盛大，二是叙事诗繁荣。它不再特别提及表现农村阶级斗争、表达农民翻身喜悦的农村作品，歌唱革命连队、歌唱人民战争的部队作品，以及反映紧张劳动、颂扬新社会的工人作品。关于《王贵与李香香》和《漳河水》，不再分析王贵性格的阶级特征、李香香和荷荷等妇女形象的反封建性，而从艺术探索角度出发，认为它们积累了"现代新诗向民歌学习，实践民族化方向的可贵经验"[①]。相比而言，国统区的艾青、田间、冯至、七月诗人、袁水拍、《九叶集》诗人的诗歌创作，构成了这一时期诗歌创作的主体部分。在谈及艾青时，《陕西教

---

① 王瑶主编，王超冰、温儒敏执笔《第二十一讲 解放区的戏剧和诗歌创作》，《陕西教育》1984 年第 12 期，第 64 页。

育》版以"艾青的诗绪""艾青诗的艺术"两部分专门论述其忧郁的特质，以及对象征主义手法的运用，艾青诗歌的现代主义特征开始获得正面诠释。不仅如此，现代派的艺术技巧也被认为"丰富与发展了现实主义的艺术表现力"①，所以，直接受到西方现代主义影响的冯至、袁可嘉、郑敏、陈敬容等诗人也被重新发现，相关作品如冯至《十四行诗》②的联想特点、哲理思索、商籁体形式等诗歌特征也受到重视。在这一板块中，《陕西教育》版改变了以革命现实主义为标准的评价思路，大幅弱化了对解放区工农群众诗歌的叙述，同时又扩展了国统区诗歌篇幅，重新发掘了现代主义诗人和作品。

总之，《陕西教育》版在文学史重写的基础上，开始重叙新诗发展史，重估新诗成就，重组出个性鲜明、流派意识较为突出、风格多元的新诗知识板块。

三　新诗"经典"选

有学者认为，文学史即意味着"某种坚硬的、无可辩驳的事实描述，这样的描述避免了种种时尚趣味的干扰而成为一种可以信赖的知识"③。从这个意义来看，现代文学史著的新诗史叙述，不仅是历史话语和个人趣味的呈现，知识控制的权力还赋予了这一行为塑造经典的功能。《陕西教育》版在思想解放、文学自觉的语境里，重叙新诗历史，重新遴选诗人诗作，重新阐释现代新诗经典。这种重释主要是相对于新时期以来的几部文学史著作而言的，而"唐弢本"④《中国现代文学史》（三卷本）是其中的代表，所以下面将二者进行对比（见表6-4），以揭示《陕西教育》版在塑造新诗"经典"方面所起的作用。

---

① 参见王瑶主编，钱理群执笔《第二十五讲　新文学第三个十年国统区诗歌创作》，《陕西教育》1985年第3期，第63页。
② 应为《十四行集》，原文有误。
③ 南帆：《文学史与经典》，载《理论的紧张》，上海三联书店，2003，第153页。
④ 由于这部文学史主要由唐弢主编，黄修己在《中国新文学史编纂史》（北京大学出版社，1995，第202页）中就简称其为"唐弢本"，此处沿用这一说法。

表6-4　唐弢主编的《中国现代文学史》和《陕西教育》连载的
《中国现代文学》重点关注的作品比较

诗人	唐弢主编的《中国现代文学史》重点关注的作品	《陕西教育》连载的《中国现代文学》重点关注的作品
胡适	《鸽子》《蝴蝶》《老鸦》《上山》《威权》《乐观》《周岁》《人力车夫》《莫忘记》	《鸽子》《关不住了》
康白情	《送客黄浦》《日观峰看浴日》《江南》《庐山纪游三十七首》《女工之歌》	《草儿》
郭沫若	《炉中煤》《梅花树下的醉歌》《匪徒颂》《晨安》《女神之再生》《湘累》《光海》《凤凰涅槃》《三个泛神论者》《地球,我的母亲》《献诗》《洪水时代》《天上的市街》《我们在赤光之中相见》《太阳没了》《我想起了陈涉吴广》《黄河与扬子江对话》《如火如荼的恐怖》《战取》《民族复兴的喜炮》《抗战颂》《们》《血肉的长城》《罪恶的金字塔》	《炉中煤》《梅花树下的醉歌》《匪徒歌》《晨安》《女神之再生》《湘累》《光海》《立在地球边上的放号》《巨炮之教训》《我是个偶像崇拜者》《天狗》《浴海》《创世工程之第七日》《洪水时代》《天上的街市》《春莺曲》《力的追求者》《歌笑在富人们的国里》
湖畔派诗人	《寂寞的国·时间是一把剪刀》《听玄仁槿女士奏伽倻琴》《江之波涛》《黄浦江边》《轿夫》	《妹妹你是水》《伊底眼》《过伊家门口》
冰心、宗白华	冰心《繁星·一二》《繁星·一五九》	宗白华《夜》
冯至	《吹箫人》《帷幔》《蚕马》《蛇》《晚报》《我是一条小河》《狂风中》《哈尔滨》《中秋》《Pompeji》	《蛇》《吹箫人的故事》《帷幔》《蚕鸟》①《十四行诗》②
闻一多	《发现》《口供》《李白之死》《剑匣》《色彩》《孤雁》《忆菊》《太阳吟》《洗衣歌》《静夜》	《发现》《口供》《末日》《死水》《红烛》
徐志摩	《这是一个怯懦的世界》《太平景象》《雪花的快乐》《沙扬娜拉》《她是睡着了》《一条金色的光痕》《残诗》《婴儿》《再别康桥》	《婴儿》《雪花的快乐》《两个月亮》
李金发	《有感》《过去与现在》	《弃妇》
蒋光慈	《莫斯科吟》《临列宁墓》《血祭》《寄友》《我应该归去》	《莫斯科吟》
殷夫	《一九二九年的五月一日》《我们》《别了,哥哥》《议决》	《一九二九年的五月一日》《我们》《别了,哥哥》《呵,我爱人》《祝——》
中国诗歌会诗人	蒲风《茫茫夜》《六月流火》;杨骚《乡曲》;任钧《战歌》;穆木天《流亡者之歌》;柳倩《震撼大地的一月间》《生命的微痕》;石灵《新谱小放牛》;王亚平《十二月的风》;温流《卖菜的孩子》	蒲风《六月流火》《我迎着狂风和暴雨》《钢铁的海岸线》;杨骚《乡曲》
臧克家	《生活》《不久有那么一天》《枪筒子还在发烧》《老马》《歇午工》《洋车夫》《天火》《罪恶的黑手》《胜利风》《冬天》	《生活》《不久有那么一天》《发热的只有枪筒子》《象粒砂》《变》《炭鬼》

续表

诗人	唐弢主编的《中国现代文学史》重点关注的作品	《陕西教育》连载的《中国现代文学》重点关注的作品
陈梦家		《一朵野花》《在蕴藻浜的战场上》
戴望舒	《断指》《我底记忆》《村姑》《游子谣》《狱中题壁》《我用残损的手掌》	《我的记忆》③《雨巷》
解放区诗歌	《王贵与李香香》《漳河水》《东方红》《十绣金匾》《古树开花》《送子出征歌》《我们的骏马》《选好人》《帮助抗属去打场》《妇女们，生产忙》《晋察冀的小姑娘》《赵清泰诉苦》《揭开石板看》《移民歌》《我是个贫苦的孩子》《一枝钢笔一枝枪》等	《王贵与李香香》《漳河水》《边区人民要一心》《移民歌》《东方红》《十绣金匾》《十二月唱革命》《再把刀刃加些钢》《"运输队长"蒋介石》《刘巧团圆》《晋察冀小姑娘》
艾青	《大堰河——我的保姆》《乞丐》《向太阳》《雪落在中国的土地上》《火把》《马赛》《巴黎》《北方》《手推车》《他起来了》《风陵渡》《吹号者》《他死在第二次》《起来，保卫边区！》《雪里钻》《土轮的反抗》《反侵略》《时候到了》《人民的狂欢节》《欢呼》《布谷鸟》《送参军》	《大堰河——我的保姆》《乞丐》《向太阳》《雪落在中国的土地上》《火把》《我爱这土地》《复活的土地》《春雨》《黎明的通知》《树》《旷野》《老人》
田间	《给战斗者》《呈在大风沙里奔走的岗卫们》《她也要杀人》《义勇军》《曲阳营》	《给战斗者》《呈在大风沙里奔走的岗卫们》《她要杀人》④
七月诗派	绿原《雾》《旗》《悲愤的人们》《你是谁？》《轭》《复仇的哲学》《终点，又是一个起点》；邹荻帆《中学生颂歌》《幽默的人》《我底迁都计划》	绿原《给天真的乐观主义者》；阿垅《纤夫》《不要恐惧》；孙钿《雨》；彭燕郊《小牛犊》；冀汸《跃动的夜》《我不哭泣》；芦甸《在动乱的城里》《我活的象棵树了》；杜谷《江·车队·巷》；牛汉《鄂尔多斯草原》；鲁煤《牢狱篇》《一条小河的三部曲》
袁水拍	《抓住这匹野马》《主人要辞职》《万税》《这个世界倒了颠》《公务员呈请涨价》《大人物狂想曲》《一只猫》《发票贴在印花上》《洋孤孀哭七七》	《人咬狗》
《九叶集》派诗人		杜运燮《追物价的人》；郑敏《鹰》；陈敬容《力的前奏》

①应为《蚕马》，原文有误。
②应为《十四行集》，原文有误。
③应为《我底记忆》，原文有误。
④应为《她也要杀人》，原文有误。

　　两本文学史著作的取舍增删，不仅透露出两代学者文学史观的不同，而且彰显了他们学术背景的差异，前者的"言说"建立在50年代以降三十年间的学术话语背景上，后者的"表达"则是在70年代末至80年代初中期不断开放的学术语境中展开。两相对照，不难发现其特征。

　　首先，《陕西教育》版从诗学立场出发，重新翻检、审视新诗史，遴选出一批新诗代表作，或曰"经典"，它们与唐弢本所置重的作品重叠。例如胡适的《鸽子》，郭沫若的《梅花树下的醉歌》《匪徒颂》《晨安》《女神之再生》《炉中煤》，冯至的《帷幔》《蚕马》《吹箫人的故事》《蛇》，闻一多的《发现》《口供》，蒋光慈的《莫斯科吟》，殷夫的《一九二九年的五月一日》《我们》《别了，哥哥》，中国诗歌会诗人的《六月流火》《乡曲》，臧克家的《生活》《不久有那么一天》，李季的《王贵与李香香》，阮章竞的《漳河水》，艾青的《大堰河——我的保姆》《乞丐》《向太阳》《雪落在中国的土地上》《火把》，以及田间的《给战斗者》《呈在大风沙里奔走的岗卫们》《她也要杀人》，等等。这些作品大都是革命文学史叙述十分看重的、表现反抗精神的现实主义作品，《陕西教育》版在叙述上尽量剥离它们的思想性标签，进一步敞开文本的诗性意义。譬如《鸽子》的写实主义风格，《梅花树下的醉歌》张扬自我的精神，《口供》所体现的主观感情客观化的创作手法，《给战斗者》鲜明的诗歌形式和节奏，《雪落在中国的土地上》的情绪渲染等艺术特点，均得到较为充分的阐释。这一努力使它基本上摆脱了原来的叙述、评价逻辑，使它们成为新诗史而非社会革命史意义上的"经典"。

　　其次，《陕西教育》版以新的文学性眼光，发掘出一批以唐弢本为代表的文学史著作所否定或淘汰的诗人诗作，尽量在诗性体系里论述它们，开启了它们在当代的经典化历史。主要包括：胡适的《关不住了》，湖畔派诗人的《妹妹你是水》《伊底眼》《过伊家门口》，冯至的《十四行集》，闻一多的《死水》《末日》，徐志摩《雪花的快乐》《再别康桥》《两个月亮》，李金发的《弃妇》，陈梦家的《一朵野花》，戴望舒的《雨巷》，艾青的《树》《老人》《刈草的孩子》，以及《九叶集》派诗人的作品。这些诗作在1949年新中国成立至改革开放近三十年的历史中，大都没有获得广泛传播的机会。它们面临着被埋没和遗忘的境遇，《陕西教育》版重新考察了它们的诗学价值，并将它们推介给新时期的文学史读者。后来的事实也证明了此著的"经典"眼光，比如少被此前文学史关注的《十四行集》和《雨巷》，《陕西教育》版分别用一整段的篇幅陈述了它们的重要性，后来这两部作品更是被许多选本指认为百年新诗的"经典"之作。① 再如《弃妇》《再别康桥》《雪花的快乐》《死水》《末日》《一朵野花》《我底记忆》《两个月亮》《伊底眼》《刈草的孩子》及《九叶集》派诗人的作品，也逐渐在选本、批评和文学史著作的推介中被广大读者熟知，多成为今天人们谈论新诗时会提及的代表作。这些诗人和作品经历了三十年的沉潜还能再度浮出水面，并逐渐成为新的"经典"，固然与自身的艺术成就有直接关联，但是这一切都建立在被"重新发现"的基础上。《陕西教育》版第一次集中地为这些诗人和作品提供了读者检验的机会，使他们获得了敞开自我价值和走向经典的可能性，意义重大。

值得注意的是，《陕西教育》版在重新遴选、阐释"经典"的过程中，也忽略了唐弢版《中国现代文学史》重点叙述的许多作品。主要包括四类：一是反映农村苦难、关心农民生活的作品，如蒲风的《茫茫夜》、臧克家的《老马》等；二是表达革命斗争情绪和爱国主义的作品，如郭沫若的《战取》、蒋光慈的《临列宁墓》《血祭》《寄友》、殷夫的《赠朝鲜女郎》、戴望舒的《狱中题壁》等；三是表现社会黑暗、渴望民族新生的作品，如郭沫若的《凤凰涅槃》、闻一多的《静夜》《洗衣歌》、徐志摩的《太平景象》等；四是被用以揭示诗人阶级立场和颓废情绪的作品，如康白情的《女工之歌》、汪静之的《寂寞的国》、李金发的《有感》《过去与现在》等。这些作品中，像《老马》《我用残损的手掌》《寂寞的国》《凤凰涅槃》等诗歌都具有很高的艺术水准。《陕西教育》版未能仔细分辨其中的优劣，在叙述历史、阐释"经典"过程中，不可避免地存在一些问题。此外，它还直接淘汰了柯仲平、萧三、陈辉等比较

---

① 比如说，在王一川等主编的《二十世纪中国大师文库·诗歌卷》（海南出版社，1994）、谢冕等主编的《百年中国文学经典》（北京大学出版社，1996）、谢冕等主编《中国百年文学经典文库·诗歌卷》（海天出版社，1996）、洪子诚等主编的《中国新诗百年大典》（长江文艺出版社，2013）这些重要的选本中，《十四行集》中的诗作和《雨巷》均占有十分重要的位置。

出色的解放区诗人、诗作，这些均值得商榷。

从新诗经典化角度看，这种大刀阔斧地重写，具有特别的价值与意义，但也值得深思。淘汰许多艺术水平不高的诗人和作品，这是一种十分必要的精简，有助于文学史发现更具代表性的诗人和精华作品，提升文学史叙述的整体水平，有利于优秀诗人诗作的经典化。那些被忽略、淘汰的诗人诗作，有些是以前的文学史重点叙述的表现反帝反封建思想的"经典"，《陕西教育》版要重构文学史、要遴选出符合新的文学观念的新诗经典，就必须删除旧框架中的某些代表作，遴选出更加适合新的叙述框架的诗人和作品，这一行为本身在新的逻辑框架里是合理的，具有重塑"经典"的历史价值。但这种取舍是否与历史事实相符，也需要谨慎考虑。文学史、新诗史可以有不同的述史框架与逻辑，但逻辑与事实之间的关系一定要处理好。换句话说，就是要从不同维度充分考问诗人诗作取舍的合理性。

总之，《陕西教育》版《中国现代文学》一方面通过对新诗作品的再发现、再遴选与再解读，打破了固有观念，为许多诗人和作品创造了被重新阅读检验的机会，也为新时期读者提供了阅读"经典"的线索，具有正面价值与意义；但另一方面，当这种敞开的力量与重构的意识合流，无形中也产生了新的排斥与遮蔽，导致某些具有重要意义的诗人和优秀的作品无法得到充分的关注。从文学经典化的角度来看，这种敞开与遮蔽值得深入考察，它们也许是这部文学史著作塑造新诗"经典"的重要功能所在。

结语　中国新诗评估的第三范式

　　现代新诗走过了百年历程，诗人诗作无以计数，成为中国文化一道特别的景象。如何评估现代新诗，这是自其发生以来就萦绕在读者心头的问题。迄今为止，评估现代新诗的范式主要有二：一是以新诗史为视野，考察诗人、诗作在新诗创作发展史上的贡献，新诗历史关节点上所起的作用大小是评判关键，诗美是第二位的，所以胡适的《尝试集》成为谈论新诗时绕不开的"经典"；二是纯粹从诗性角度进行考察，诗美是唯一的评判依据，诸如戴望舒的《雨巷》属于艺术表现力大的作品，因而获得高评。这两种评估范式均能在自己的逻辑框架里较为有效地认知并合理地定位诗人诗作；然而，它们的共同问题是基本不考虑诗的传播与建构情况，也就是不考虑诗之阅读传播与外在社会文化建设的关系，不考虑诗歌文本是否在与外在世界对话中实现自身价值的问题，无视诗歌文本经由传播所发生的审美效果，只是在诗歌自身系统里孤立地静态地评估诗歌。

　　现代新诗是在反对旧文化、旧诗的基础上发生发展起来的，传播与现代新诗发生发展关系密切：一方面，现代新诗作品在读者传播接受中敞开自己，发出声音，在对话中不断发展自己；另一方面，现代新诗参与了中国文化、审美意识现代化建设。所以，本书认为，在上述两种评估范式之外，应建立一种新的评估范式，尊重传播与建构事实，考察诗作与文化、诗学尤其是现代审美意识建构的关系，历史贡献而不是抽象的诗美应该成为评估现代新诗的重要依据，就像评估一个人的历史地位不是看其学生时代成绩的好坏，也不是看其智商高低，而是看其进入社会后的建树。这种评估范式是对读者、文本与传播历史的尊重，对诗作实际的审美成效、审美贡献的尊重，使新诗评估由着眼于诗自身特征的静态估衡转换为以传播建构事实为核心的过程研究。

一　新诗与社会转型、现代文化建构

新的评估范式评判新诗的一个重要依据，是看其对中国社会转型、现代文化建设的贡献大小。新诗萌动、发生于清末民初中国社会从传统向现代转型时期，它既是中国文化演变、转型的表征与体现，又从一开始就承担着推动新文化萌芽、生长的使命。无论是"诗界革命"时期的黄遵宪、梁启超，还是"五四"时期白话新诗倡导者、实验者胡适、刘半农、康白情、沈尹默，抑或后来的推动者、弄潮儿郭沫若、李金发、闻一多、戴望舒、穆旦、李季等，他们都自觉传播新思想，开启民智，从创作动机看，他们的写作属于新的文化行为，其作品属于新文化范畴。但创作主体情感和精神结构非常复杂，动机与结果之间并非简单的一对一的因果关系，作品是否具有现代性、现代性成分有多少，或者说给读者提供的阅读阐释的"现代"空间有多大，是一个特别复杂的、与社会语境联系在一起的文本问题。换言之，不是所有作品都具有现代性，现代性程度也不一样。正是在这个意义上，笔者认为评估新诗就得考察它是否具有现代底蕴及其参与文化现代化建设的具体情况。这是一个与传播接受相关的问题，只有那些被读者阅读传播的作品，才可能在中国社会转型过程中发生作用，才可能参与现代中国文化建设，实现自身价值，为我们的评估提供依据。质言之，新的评估范式立足于传播与建构事实，重视诗人诗作传播与建构关系研究，以建构实绩为依据进行评判。

首先，传播接受程度高的作品。从百年传播接受史看，有些诗人诗作，例如胡适的《尝试集》、郭沫若的《女神》、闻一多的《红烛》、艾青的《大堰河——我的保姆》等，在不同时期均被读者阅读与批评，成为他们谈论文化风尚、价值理念及情感生活等的重要作品。这些诗人诗作敏锐地捕捉与表现了现代文化发展趋向与主题，新的评估范式不孤立地评说其诗美优劣或在诗史上的贡献，而是考察其对于中国文化新旧转型、文化现代化建设所起的作用，其间当然也会牵涉诗美问题。胡适站在新文化立场力倡白话新诗，《尝试集》里《人力车夫》《威权》《老鸦》《关不住了》等张扬了现代文明，即一种更关注人的生存状况的文明，一种体现历史进步性的文化。虽然在有的历史时期，胡适诗歌被认为张扬了西方资产阶级文明而被批判，但从客观上讲，批判本身也是一种阅读考验与传播，作品中的文化问题在批判中变得清晰，其多维价值得以显现，在这个意义上看，胡适属于那种在不同时期被不同话语言说以不同形象面世而均对促进中国文化现代发展具有一定意义的诗人，或者说《尝试集》在 20 世纪以不同身份参与了中国现代文化建设，"尝试者"形象、源头性诗人是独一无二的身份与定位。不过，《尝试集》里那些诗性不强的作品，它们在现代文化建设中发生的作用有限，评价时应加以区别，不宜拔高。

郭沫若是一位穿越了大半个世纪的诗人，如何评说、定位《女神》《星空》《前茅》《恢复》呢？从传播建构维度看，《女神》无疑是现代文化建设参与度最高的作品。在中国新旧转型时期，在多数诗人还未找到想象、表达自我和未来世界之方式的时候，它所具有的世界眼光，对世界现代文化精神的敏感捕捉与表达，创造"新中国"的想象，尤其是其所张扬的人的自我解放主题，使它成为空前甚至绝后的文本，在百年中国现代文化想象、建设过程中，它始终是提供启示和力量的自由诗源头性文本，读者也多能从所处时代语境出发，发掘它所具有的"破坏"尤其是"创造"的现代精神，以推进文化现代化进程，从破除旧文化壁垒、推进现代文化建设看，《女神》的地位无可比拟。《女神》中具体作品的参与情况也不一样，《炉中煤》《天狗》《天上的市街》一直以来更受读者欢迎，参与度高，而《凤凰涅槃》直到 1949 年后才真正进入大众读者视野①，所以具体作品之地位，则要依据其传播情况而定。《女神》之后的《星空》《前茅》《恢复》等参与了"五四"后新型话语的创造，但从传播接受看，其光芒基本上被《女神》所盖，文本意义生成度低，参与文化建设的程度有限，所以历史位置不高。

闻一多、徐志摩是两位被多数文学史家放在一起论述的诗人，从百年

① 方长安：《中国新诗（1917～1949）接受史研究》，中国社会科学出版社，2017，第 105～121 页。

新诗传播史看，前者传播度更高，《红烛》《死水》进入现代历史叙述的频率更高。朱自清关于闻一多"爱国诗人"[①]的定位，闻一多对于西方文化的质疑，对民族主义思想的张扬，尤其是其被国民党特务暗杀的历史，使《发现》《死水》《洗衣歌》这类诗作传播特别广，在现代爱国主义、民族主义思想培育过程中起了很大作用，这是应该充分肯定的；但闻一多创作谱系中他种主题的作品，其传播相应地被抑制，使得闻一多诗作的文化反思性价值未能全部被打开。在读者视野里，徐志摩的形象一开始就存在分歧，变动不居，鲁迅讥讽他[②]，钱杏邨否定他[③]，茅盾称他是资产阶级诗人的代表[④]，而胡适又将其定位为"单纯信仰"者[⑤]。所以，历史地看，徐志摩及其作品在争鸣中释放出意义，既延续郭沫若的脉络，为中国人挣脱传统束缚，为现代浪漫主义精神培育，作出了贡献；又经由胡适为现代自由观念形成出力；更通过茅盾的批评，在无产阶级革命文学思想阐释、建构过程中提供了负面例证，这是其文本的另一种价值，所以他在现代文化建设中提供了同代诗人、诗作所不具有的特别价值。《再别康桥》的文本意义主要发生在 1949 年之后[⑥]，它在现代时期少有传播，关于其历史地位应该分别叙述。

从新的评估范式看，艾青及其诗歌是一个值得再审视的话题。从 1930 年代至今，他一直被热评，《大堰河——我的保姆》成为其身份标签。这一标签是在传播接受中获得的。它书写知识分子"我"对于乳母的感情，表现无产阶级革命情感与主题，所以受到热捧。不仅如此，它还与五四时期所张扬的"劳工神圣""人的文学""平民文学"等主题相承袭，助推了现代无产阶级文化、平民文化、平等观念的普及，是一个在现代文化建设中在一些重要主题层面发生重要作用的作品，在这个意义上，

---

① 朱自清：《中国新文学大系·诗集·导言》，上海良友图书印刷公司，1935，第 7 页。

② 鲁迅：《"音乐"?》，《语丝》周刊 1924 年 12 月 15 日第 5 期。

③ 钱杏邨：《徐志摩先生的自画像》，《现代中国文学作家》（第二卷），上海泰东图书局，1930，第 76 页。

④ 茅盾：《徐志摩论》，《现代》1933 年 2 月第 2 卷第 4 期。

⑤ 胡适：《追悼志摩》，《新月》月刊 1932 年 1 月第 4 卷第 1 期。

⑥ 方长安：《中国新诗（1917～1949）接受史研究》，中国社会科学出版社，2017，第 166～181 页。

它是一个必须高度评价的作品。然而，它真的是艾青个人最有代表性的作品吗？从风格和表现力看，《旷野》《雪落在中国的土地上》《北方》《我爱这土地》《吹号者》等，其博大深厚的土地情怀、对北方苦难的体味、民族救亡主题以及中西艺术融通人心的叙事与抒情，一点也不亚于《大堰河——我的保姆》，这些作品的价值尚未被真正阐释出来，就是说，艾青是一个可以为中国战争题材书写提供资源的诗人，一个可以在战争与人之主题上获得更重要的诗歌史位置的诗人。无疑，传播接受程度高的诗人、作品，与社会文化建设核心主题的契合度高，或者说他们为时代主流文化建设提供了可以利用的更大的思想资源，因而被更多地阐释，其思想与意义得到了增值，对于现代文化建设的贡献自然就大。

当然，我们也要注意到另外的情况，有些诗歌作品一直被文学选本收录，被文学史著作叙述，但内在的现代精神并不足，无法震撼读者的审美神经，对于读者来说，读和不读关系不大，多数诗人的绝大多数作品属于此类，如郭沫若的《死的诱惑》、徐志摩的《别拧我，疼》、戴望舒的《致萤火》等，它们对主体自我想象中的感觉书写很细腻，但对现代人自我价值实现的意义并不大；胡适的《蝴蝶》写没有同道者的寂寞，骨子里有一种中国传统文化中集体趋同意识，缺乏在孤寂中独行的现代精神。

其次，传播接受程度一般的诗作。有些现代诗作可能只在某些历史时期被传播，在别的历史时期则未能进入传播接受通道，未被阅读、阐释，其可能性价值未能实现，新的评估思路、范式将如何叙述它们呢？这类作品数量很大，它们在刊物或者诗人别集首次刊发后，偶尔收入某些总集，或偶尔被读者言及。一种情况诸如沈玄庐的《夜游上海所见》、陈衡哲的《鸟》、刘半农的《听雨》、康白情的《江南》、俞平伯的《冬夜之公园》等，它们被最初的白话新诗集《新诗集（第一编）》《分类白话诗选》《新诗年选（1919年）》等分别或同时收录，在新诗发生初期一定程度地被传播，参与了1920年代新文化、新诗建设，后来则少被读者言及。另一种情况诸如郭沫若的《凤凰涅槃》、徐志摩的《再别康桥》、戴望舒的《雨巷》、卞之琳的《断章》等，问世后在相当长的历史时期很少被读者关注，或者说基本被遗忘，但进入20世纪50年代后尤其是80年代以来，则突然成为读者重点关注的对象，甚至被阐述成为新诗史上的"经典"；

冯至的《十四行集》、穆旦的《诗八首》等也属于在历史地平线消失几十年后直到1990年代才成为读者追捧的力作。它们在某些时期高频率现身，在别的时期则几乎从读者视线里消失，对这类作品的评估必须特别谨慎。前一种情况的诗作出现在新诗发生之初，一方面新诗处在最初探索阶段，没有较为明晰的发展思路，如何评价新诗也缺乏较为统一的标准；另一方面，新诗创作处于试验阶段，作品数量并不多，供读者阅读选择的作品有限，在这样的情况下，一些诗作被选进诗集供读者阅读，在当时历史情况下起到了传扬新文化的作用，对初期新诗发展也起了推动作用，后来淡出读者视野，应该说与新文化语境变化和新诗进一步发展有关，它们多属于那种文化容量、诗学潜力有限的文本，已经完成了自己的历史使命。应该肯定它们早年参与推进新文化潮流的历史功绩，但因诗美空间有限致使参与现代文化建设的力度不大，且被再创造的可能性小，它们属于早期新诗坛的"群众演员"。后一种情况的诗作，属于与演进中的文化和诗学发生历史共鸣的作品。单从文化层面看，能发生共鸣的作品数量应该较多，《凤凰涅槃》《雨巷》《再别康桥》《断章》《诗八首》之所以能被后来的读者重新发现，与它们突出的审美性有关。《凤凰涅槃》在现代时期的选本中几乎没有出现过，这固然与其篇幅较长有关，但不是根本原因，它所表现的于彻底破坏中再造历史的精神与现代时期主流话语秩序之维护不够协调，也许是重要原因。新中国成立后，《凤凰涅槃》打破旧世界、呼唤新中国的主题，破除旧秩序、创造新文化的精神，才获得了张扬、生发的空间，或者说它所构筑的世界本身就是一部新中国寓言，这是它被重新发现、不断阐释的根本原因。《雨巷》《断章》在新中国成立以前传播接受程度同样不高。《雨巷》虽然问世后受到叶圣陶高度评价，但很少有选本收录它，《断章》与《雨巷》命运相似，直到1980年代才受到读者高度关注，选本才高频率收录该诗。① 这两首诗时代特色不鲜明，与主流话语保持着一定距离，属于读书人个人化情感之表达，单从现代文化传播角度看，不是那种冲击力特别直接与强大的作品，与现代历史时期那些急切的

---

① 方长安：《中国新诗（1917~1949）接受史研究》，中国社会科学出版社，2017，第257~270、280~290页。

思想革命主题、救亡图存使命无法直接对接，所以未得到广泛传播也是历史理性使然。1949 年后，民族文化自信心的诉求使《雨巷》因其传统诗学内涵而获得了被阐释的机会，《断章》因其短小形式和突出的知性特点，既与中国抒情传统相对接，又体现了现代诗知性力量，使它在 20 世纪末期现代诗歌历史回望、成就总结的大潮中被反复检视与阐述，成为卞之琳的标志性成果，同时也成为新诗承续、转化民族短诗传统的范例。《再别康桥》是今天读者心中徐志摩的代表作，是新诗史上的"经典"，但在 1949 年前只有陈梦家的《新月诗选》、闻一多的《现代诗钞》收录该诗，其他选本没有它的身影；1957 年臧克家的《中国新诗选（1919～1949）》[①] 第 2 版选录它，改变了其历史命运。为何如此？这是一个特别值得思考的话题。该诗形式精致，韵律之美无可置疑，它未受到现代时期选家重视的主要原因恐怕与其内容有关，或者说它不属于现代读者心中徐志摩个人风格的代表性诗作。现代时期，中国与西方保持着密切关系，从西方获取文化资源是基本共识，而《再别康桥》的主题则是告别西方，这与现代历史时期读书界主流话语不协调，所以缺席于那时绝大多数选本。1950 年代，世界处于冷战时期，中国与以英、美为代表的西方进入敌对状态，作别西方是新中国社会主义文化建设的选择，虽然徐志摩属于具有西方背景的资产阶级诗人，但《再别康桥》的主题无意间契合了那时主流话语的表达需要，获得了出场的话语依据，当然其出场也与臧克家新月诗人身份有关。从现代时期新文化建设看，《再别康桥》阅读传播程度低，意义未被揭示出来，实际上没有发生什么作用，所以其在现代时期的历史地位低；但 1949 年后，在告别西方文化的历史叙事中，它发挥了作用，特别是新时期以来在新的语境里得到了更广泛的传播，其在知识分子与西方关系表达中所展示的复杂的个人性主题被不断阐释，被现代时期历史叙事所遮蔽的意义得以进一步敞开，应该区别对待，肯定其在文化建设中的特别贡献，还原其应有的文化地位。冯至的《十四行集》、穆旦的《诗八首》亦可作如是观。

　　总之，在新的范式体系里，现代新诗评价主要是一个历史还原问题，

---

　　① 臧克家：《中国新诗选（1919～1949）》，中国青年出版社，1957。

不是纯粹的理性命题，这类作品在现代历史时期文化建设过程中发挥的作用不大，对它们的评价应以历史事实为依据；但那些后来被重新发现的作品，证明它们具有时空穿透性，显示出强大的艺术生命力，它们在中国文化现代化建设中的功能与价值正处于不断展开的过程中，这也是事实，所以对它们的评估应是开放的，今天也不是盖棺定论的时候。

再次，传播接受程度低的作品和可能从未进入读者阅读视野的文本。新诗诞生百年之际需要评估的不只是既有选本中那些诗人诗作，也不是只有评论文章、文学史著作中提到的那些作品，还有大量仍存留于最初刊发的期刊或集子里的文本，它们至今未有被再次阅读传播的记录。例如：1923 年上海新文化书社出版的《恋中心影》，1924 年上海新文化书社出版的《斜坡》，1928 年上海民治书店出版的《流波》，等等。当然，没有被批评文章和文学史著作言及，没有被后来的选本再次收录，也不能肯定说完全没有被读者阅读传播，但从现代读者市场特点看，没有被言及或收录进新的集子，起码说明它们被读者阅读的关注度很低，或者说阅读后没有留下特别印象。新的评估体系将如何评说这些传播市场的边缘者或者缺席者呢？

历史地看，它们在现代文化词语、语法与修辞的生成建设过程中出场概率低，发挥正面或负面作用的可能性相比于阅读市场里那些受青睐的作品小很多，在这个意义上，它们在现代文化建构史上难以获得自己的位置，其文学史地位很低，甚至可以忽略不计。这类作品无以计数，我们重新面对它们时，考虑的首要问题是它们为何没有引起阅读市场的兴趣，何以被读者忽视。读者与诗人、诗作之间是一种阅读选择关系，而这种选择可能是由读者意志决定的，也可能是外在因素左右的结果。在作品选择上，阅读语境是一个需要特别考虑的客观存在，每个时期都有特别的阅读语境，有与之相应的主流话语和阅读期待，它们与读者个人的价值立场、文化态度、审美兴趣结合在一起，决定了读者的阅读选择与评价。一般而言，只有那些与时代语境趣味相吻合的诗人、诗作才可能被阅读接受，从这个意义上看，那些传播接受程度低的文本，它们与历史语境、时代主题之间往往存在距离，与读者阅读期待相错位，以至于成为现代文化建设的边缘者乃至缺席者。当然，还与作品自身的艺术品格有关，上述那些诗集的作者大都只是新诗创作潮流的追随者、模仿者，缺乏开拓性，他们的作品基本上没有提供新鲜信息，对社会文化思潮、新诗潮流缺乏足够的刺激，更谈不上引领性，阅读市场有它们无它们关系不大，所以难以引起关注，终被历史大潮所淹没。当然，决定一个文本是否被广泛传播，还有历史偶然因素，那些未能成为阅读场域中佼佼者的作品也可能是因为运气不佳。由于新诗历史只有一百年，那些至今未进入读者视线的文本，如果艺术上属于上乘之作而确实因为运气不佳而未能被发现，那它们还有进入读者阅读史的机会，换言之，从审美维度看，我们应该尊重那些传播接受程度低或者未被传播接受而确实具有现代文化潜能和艺术价值的文本，未来历史给予它们敞开自己的机会还是很大的，它们在过去一百年间因为参与文化现代化建设程度低因而未能获得自己应有的历史位置，但未来还是有被重新发现、阐释的可能，还有获得相应历史地位的可能。

二　新诗与现代诗学、审美意识建构

新范式审视、评估新诗的另一重要依据，是看其对中国现代诗学、审美意识建构的贡献大小。诗学与审美意识是直接相关的两个概念，审美意识的形成固然与政治话语、社会思潮、文化风尚等相关，但因为诗歌创作风尚与政治、文化等缠绕在一起，与其他艺术类型审美取向联系在一起，所以在中国这样一个诗的国度里，事实上诗歌对读书人审美意识形成所起的作用很大，诗学往往能催生一个时代审美风尚的出现与形成，从一定程度上说，有怎样的诗学就可能培育出怎样的审美意识。诗学、审美意识之建构不是一件容易的事情，从发生学角度看，只有那些特点鲜明且具有一定叛逆性、开拓性的诗人及其诗作才可能影响诗学和审美意识的建构，多数诗人、诗作只是顺应潮流的参与者，不能独立地提供意义。于是，新的评估范式只能聚焦于那些传播接受程度高或较高的诗人诗作，看他们独立地提供了什么，是否推动了现代诗学建构，是否参与并在多大程度上参与了现代审美意识的培育，或者是否直接培植某种现代性审美意识。

现代诗学、现代审美意识指的是不同于传统而以"现代"为本质特征的诗学和审美意识，那么其核心是什么？这是一个极为复杂的问题，截至目前，现实主义诗学、浪漫主义诗学、现代主义诗学以及相应的审美意识是谈论这一问题时较为普遍的逻辑框架与概念术语，就是用现实主义、浪漫主义、现代主义作为基本尺度对不同诗学进行分类与本质概括。但笔者认为该言说理路过于宽泛，其核心术语也有人用来归纳古代诗学和审美意识，就是说它们无法真正把握现代诗学、审美意识的"现代"本质。新诗发生于近现代转型时期，从文化转型、建设维度看，自"五四"新文化运动开始，"人"成为重建中国文化的根本①，破除旧文化"非人"的基石，呼唤"真的人"，要求"人"的尊严与平等，"人的文学"成为与旧文学的本质区别。与之相应，延伸出"平民文学"，就是破除王侯将相、才子佳人的贵族文学，建立以更广大的"平民"为书写对象的文学。这一文学主题与现实的进一步结合则延展出更具体的主题文学，例如人学层面上的"解放文学"、阶级层面的"解放文学"、民族层面的"解放文学"，以及更深沉的生命层面的"解放文学"，等等。新诗最大的特点是白话书写和自由体式，"白话与自由"就是形式维度的核心，当然，从严格意义上讲，形式本身就是内容。新诗发生后，何为新诗便成为谈论的中心问题，一个基本的共识是以白话自由体书写现代内容。废名说新诗与旧诗的区别就是旧诗形式是诗的，内容是散文的，新诗相反，形式是散文的，内容是诗的。② 就是说应该在内容与形式相结合的意义上定义新诗，现代诗学正是这一意义上的诗学，最重要的两个特点：一是白话自由体形式；二是写"人"的欲望、意志、生命律动，表现"人"的内在、外在的解放主题，笔者认为这就是现代诗学之核心。与之相应，将现代"白话自由体诗"作为审美对象，从中发现、体味美，生发意义，由此建立起来的审美观念、审美意识，就是本书所谓的现代审美意识。

以诗学和审美意识的现代建构为重要评判依据，我们可以对现代诗人、诗作进行新的审视定位。胡适、康白情、沈尹默、郭沫若、李金发、徐志摩、闻一多、戴望舒、何其芳、卞之琳、艾青、蒋光慈、田间、李季、袁水拍等，在新诗史上，前后相沿，在各自所处历史语境里，面对诗坛状况，无不思考何为新诗、新诗何为、新诗如何发展等问题，无不创作

---

① 鲁迅 20 世纪初在《文化偏至论》中曰："是故将生存两间，角逐列国是务，其首在立人，人立而后凡事举。"《河南》1908 年第 7 号。

② 废名：《论新诗及其他》，辽宁教育出版社，1998，第 22 页。

出属于自己时代的代表作。他们都属于传播接受程度高的诗人，他们与现代诗学、现代审美意识建构的历史关系决定了其在新诗发展史、审美生成史上的地位。

胡适、刘半农、康白情、沈尹默、周作人、郭沫若等在新的评估体系里，可以作为一个方阵相互参照评说。胡适虽然被称为改良者，但相比于梁启超，则是一位诗坛革命者。梁启超认为："能以旧风格含新意境，斯可以举革命之实矣。"① 胡适则主张"诗体大解放"，认为"诗体的大解放就是把从前一切束缚自由的枷锁镣铐，一切打破：有什么话，说什么话；话怎么说，就怎么说"②。这是惊世骇俗的诗歌革命理论，使他成为中国诗学新旧转型过程中最重要的人物。《尝试集》是其白话诗试验品，具有开拓性。但有意味的是，他的创作和主张并不统一，许多作品留有旧诗词痕迹，诗体并没有完全解放。随着新诗理论探索和创作发展，他的诗学作为源头性理论被不断讲述、传播，《尝试集》也在争论中成为新诗史上的开山经典。虽然其白话诗写作和白话诗学之间存在矛盾，但从一个世纪的新诗发展史看，尤其是从后来的口语诗、"梨花体"、"羊羔体"看，胡适的影响是深远的，在白话自由诗学培育、生成过程中，在以白话自由诗为美的审美意识的培植过程中，胡适的诗作、诗学的作用是空前的。他在破除旧诗壁垒过程中功不可没，但其话怎么说诗就怎么写的诗学，其实是没有诗学原则的诗学，或者说是以"破"为"立"的诗学，旧的审美规则被打破，又无意于建立新的规范，这不仅为现代非诗现象的出现埋下了伏笔，而且在破除旧的审美观念的同时未能勾画出超越既有审美品位的理想图景，这就折损了他在新诗发展史、审美意识构建史上的地位。

康白情、刘大白、沈尹默、俞平伯等属于胡适诗学的传播者、实践者，他们虽然也发表了一些新诗理论文章，创作了新诗作品，但追随者身份决定了他们只能是白话新诗潮的一般参与者，在现代诗学建构中添过砖加过瓦，但开拓性不足，不属于新的审美意识的开创者，所以在新诗历史叙述中无法获得独立位置。周作人"五四"时期推出了《人的文学》《平

---

① 梁启超：《饮冰室诗话》，人民文学出版社，1959，第51页。
② 胡适：《〈尝试集〉自序》，《胡适文存》卷一，黄山书社，1996，第148页。

民文学》两大开局面的文章，是以"人"为中心的现代诗学建构者，他的《两个扫雪的人》《小河》属于早期白话新诗之上品。但后来周作人文学观发生转变，写作重心也转移了，尤其是其附逆经历使其形象发生了变化，影响了其早期"人"的诗学和作品的传播，使其失去了在新诗传播接受史上应有的主流位置，其诗学价值未能在中国现代诗学建构和现代审美意识培育过程中充分敞开，最终只能蛰伏于新诗史边缘。

郭沫若与胡适是新诗史上的互文性人物，胡适以自己的开拓与局限成就了郭沫若，为郭沫若留下了继续耕耘的新诗田地；郭沫若以自己的探索与作品继续讲述胡适引出的话题，使胡适的拓荒具有源头性意义。郭沫若说：新诗"是我们心中的诗意诗境底纯真的表现，命泉中流出来的Strain，心琴上弹出来的 Melody，生之颤动，灵的喊叫；那便是真诗，好诗"[1]。在他那里，诗是人的真生命的自由表达，他将胡适的"诗体的大解放"的理想付诸实践，用"绝端的自由"[2] 书写"人"的自由意志，《天狗》《立在地球边上放号》《匪徒颂》等使早期白话诗读者无所适从，接受不了他那狂飙突进式的情感和无拘无束的表达方式，应该说郭沫若将新诗推进到一个真正的自由境界，为中国诗歌开垦出一片新的园地。他颠覆了中国传统以"和"为魂的诗学，推进了胡适的白话诗学，经由广泛传播，使老中国的诗歌读者逐步建立起以白话自由体新诗为审美对象并从中体味现代美的审美意识，所以郭沫若是中国诗学、审美意识现代化过程中的里程碑式人物，《女神》的历史贡献与地位远在《尝试集》之上。

在新的范式体系内，从诗学和审美意识现代转换、建构维度看，李金发属于一个可以独立评估的诗人，其地位不低于胡适、郭沫若。他一出场即被命名为"诗怪"[3]，在胡适的《尝试集》、郭沫若的《女神》已经广为传播的白话诗坛，他仍被视为怪物，这表明他的创作不仅对中国"思无邪"的诗学传统构成威胁，而且与"五四"时期新兴的以现实主义、浪漫主义思潮为主体的"人"的诗学不协调。换言之，他的诗歌所体现

---

① 郭沫若：《论诗通信》，载胡适《中国新文学大系·建设理论集》，上海良友图书印刷公司，1935，第 347 页。

② 田寿昌、宗白华、郭沫若：《三叶集》，亚东图书馆，1923，第 49 页。

③ 黄参岛：《微雨及其作者》，《美育杂志》1928 年第 2 期。

的是对既有诗学体系构成历史性颠覆的象征主义诗学，在消解读者既有审美意识的同时，为中国输入了一种全新的现代主义观念，其重要特点是在丑恶中发现美，在不确定中寻找"人"的本质，在非理性中探寻秩序，在神秘中思考人生，以怪诞为美，也就是从孔子所不语的"怪、力、乱、神"之诗中发现美。无疑，他是白话诗坛的闯入者，给正在形成的新诗秩序以巨大冲击，挑战着当时新诗读者自以为新的白话思维与审美趣味。纵观近百年传播史，李金发那些怪异之诗经历了由看不懂到懂的接受过程，它既是颠覆又是建构，是现代主义诗学强行突入、被不断阐释渗透的过程，经由这个过程，中国读者的诗歌观念在震荡中变化，现代主义审美意识由无到有、由萌芽到形成。相比于《尝试集》《女神》，《微雨》《食客与凶年》等提供了空前异质的审美质素，既是对白话诗美学的极端化传承，更是颠覆，在这个意义上，李金发是中国新诗史上少数几位最重要的诗人之一，在现代审美意识建构史上，他的贡献和地位不亚于胡适、郭沫若，朱自清将"五四"新诗分为自由诗派、格律诗派、象征诗派就是看到了李金发诗歌相较于胡适、郭沫若、闻一多的独特价值与意义。

闻一多、徐志摩是两位常常被史家放在一起论述的诗人，在新的范式里，他们同样可以被并列评估。闻一多出版了《红烛》《死水》，但更多时候，他被称为新月诗派理论家；徐志摩是新月诗人代表，是闻一多新格律诗理论的推崇者、实践者。闻一多为阻止早期新诗形式过于散漫自由而倡导新格律诗学①，并身体力行地试验之，写出《死水》《发现》这类成功的新格律诗。但是，这种诗学以新格律取代旧格律，未能走出"格律"的思维程式，规矩过于烦琐，让以自由为诉求的诗人们只能戴着镣铐跳舞，所以未能真正改变既有的白话诗创作潮流，新格律诗歌未能成为后来新诗的主流，闻一多的诗学理论虽然目的性强，自成一格，但不易付诸实践，从近百年新诗发展史看，未能获得实践层面的有力支持，对中国审美意识系统的改造不大，所以闻一多虽自觉建构诗学，但其价值主要在于阻止新诗的自由化倾向，在于提供了一种自由中节制的新诗观念，但从实践和传播层面看，对读者现代审美意识培育、建构的历史贡献小于郭沫若、

---

① 闻一多：《诗的格律》，《晨报》副刊《诗镌》第 7 号，1926 年 5 月 13 日。

李金发。徐志摩在诗学理论上建树不大，他的贡献主要在于使中国浪漫主义新诗有了成功的文本案例。他对于现代审美意识培育、建构的贡献，是经由胡适的概括与推广而完成的，即以"爱""美""自由"①为人格结构的审美诉求，以区别于中国传统"思无邪"的审美意识。他在胡适、郭沫若所倡导的白话自由诗中继续植入个人化浪漫元素，其意义自然不小，但他之前的新诗中其实并不缺乏"爱""美"等浪漫情愫，而"自由"早已被胡适、郭沫若等大力倡导并付诸实践，即他的开拓性是有限的。他的《再别康桥》属于新诗史上的优秀作品，但在整个现代历史时期很少被传播，其诗学价值未得到应有的发掘。所以，从传播与审美意识建构看，徐志摩虽以浪漫化文本提供了独特的贡献，但他属于推进者而不是开拓者，故其地位低于郭沫若，甚至低于胡适与李金发。

戴望舒、何其芳、卞之琳、林庚、废名、艾青等是在"五四"新诗传统上继续探索、创作的诗人，他们各有不同风格的作品，传播与建构命运不一样，历史地位自然不同。废名、林庚既有诗学理论②，也有风格鲜明的作品，但传播性不强，那些融通传统和现代的新诗观念及其诗作未能被充分传播，加之他们的诗性表达比较隐晦，所以对现代审美意识培育的贡献并不大。卞之琳形成了以艾略特诗学为重要资源的非个人性新诗理论，这是一种对传统诗学构成挑战性的诗学，其作品对生活的理性表达也自成风格。在李金发开创的现代主义思潮与审美意识建构史上，他本来可以有更大的作为，但历史语境决定了其传播最广大的作品是《断章》，而不是《鱼化石》《距离的组织》《圆宝盒》这类更为个人性的文本，且大多数读者未能真正打开《断章》的思想空间领略其诗意，因此卞之琳的诗学潜能未能得到充分释放，对读者审美意识现代化所起的作用不太大，这无疑是一种遗憾。戴望舒的诗学内容、含量与实际传播内容之间也不对位。他的《望舒诗论》与闻一多的新格律诗主张针锋相对，倡导自由诗，在如何推进、建构自由诗学上用力很大。但是，由于他与后期象征主义之间的关系，由于《现代》杂志的影响，他被称为1930年代新诗现代派的

---

① 胡适：《追悼志摩》，《新月》月刊1932年1月第4卷第1期。
② 废名：《论新诗及其他》，辽宁教育出版社，1998；林庚：《新诗格律与语言的诗化》，经济日报出版社，2000。

代表，加之《雨巷》在 80 年代后被广泛传播，其韵律美、古典质素得到了广大读者的认可，《雨巷》的影响无疑超过了《望舒诗论》。人们多不是在郭沫若所推入新高潮的自由诗发展史上评说戴望舒，而是在现代主义诗潮里通过与李金发对比而肯定其自然流畅的诗句所体现的成熟性。于是，他实际的历史贡献主要是由《雨巷》完成的，而不是由《望舒诗论》实现的，在新诗中创造韵律美、古典美、朦胧美是他经由《雨巷》对现代诗学和审美意识建构的贡献，这一贡献自然不小，但《望舒诗论》的价值却被遮蔽。所以因传播阐释的错位，他无法得到本该有的更高的历史位置。何其芳是一位经历了自我到集体、朦胧到明朗转变的诗人，"何其芳现象"是新诗传播接受史上引人注目的景象。① 从统计数据看，他早期的《预言》和后期的《我为少男少女们歌唱》《生活是多么广阔》等，都受到读者欢迎。② 从诗学和审美意识建构层面看，前期诗作因只是"五四"爱情诗的发展，是"五四"文学的延伸，提供的开拓性空间并不大；而后期诗歌则对如何书写明朗的生活作了较为成功的探索，《我为少男少女们歌唱》《生活是多么广阔》二者的共同特点，"一是对生活的由衷的热爱；二是不过实，也不过虚；三是较明朗又不失含蓄；四是较精美，不过于散文化"③。长期以来关于"何其芳现象"的探讨，在相当程度上偏离了诗学本身，使何其芳诗歌所提供的如何抒写明朗生活的诗学经验与价值未能在理论上得到充分总结。但是，《我为少男少女们歌唱》《生活是多么广阔》阅读传播度大，在客观上为诗人们书写明朗生活提供了经验，为现代明朗诗学建构提供了文本支持，为新型审美意识培育作出了贡献，所以对其历史地位应予以充分肯定。

---

① 参见应雄的《二元理论、双重遗产：何其芳现象》(《文学评论》1988 年第 6 期)，王彬彬的《良知的限度——作为一种文化现象的何其芳文学道路批判》(《上海文论》1989 年第 4 期)，程光炜的《何其芳、卞之琳和艾青四十年代的创作心态》(《文学评论》1993 年第 5 期)，邵燕祥的《何其芳的遗憾》(《二十一世纪》1993 年 2 月号)，罗守让的《何其芳文学道路评析——兼评所谓"何其芳现象"》(《文学理论与批评》1989 年第 6 期)，周良沛的《何其芳和他的诗及"何其芳现象"》(《文艺理论与批评》1991 年第 4 期)，杨义、郝庆军的《何其芳论》(《文学评论》2008 年第 1 期)，等等。

② 方长安：《中国新诗 (1917～1949) 接受史研究》，中国社会科学出版社，2017，第 310～315 页。

③ 陆耀东：《中国新诗史 (1916～1949)》第二卷，长江文艺出版社，2009，第 197 页。

　　艾青是一位由美术走向诗歌的诗人，一位与西方印象主义、象征主义有精神联系又植根于中国现实、关心中国问题的诗人。他的诗歌传播有三个突出特点：一是《大堰河——我的保姆》被解读成为其标签性诗歌，二是进入新中国以后他的不适与调整作为重要现象被重点谈论，三是突出其诗歌、诗论的散文美。传播特点是阅读语境、读者期待的反映，但不一定是诗人诗作特点的真正体现。中国自 1930 年代以来的社会思潮、文学目的决定了艾青的传播特点与历史贡献，简言之，艾青及其诗作的传播所张扬的是阶级解放意义上的现实主义诗美，由"五四"劳工神圣、平民文学发展而来的底层文学之美，知识分子由个人主义向集体主义思想转变之美，诗体大解放带来的自由诗美，因此在现代诗学建构、审美意识培育上作出了相应的贡献。这是与文坛主流话语一致的传播，所以艾青获得了很高的文学史地位。诚然，《大堰河——我的保姆》是一篇感人肺腑的作品，但他还有许多抒写"北方""太阳"的诗歌非常好，那些写战争期间北方的苦难和坚韧的诗歌，其艺术震撼力并不亚于《大堰河——我的保姆》，在中国这样一个战争题材诗歌、民族苦难题材诗歌并不发达的国度本应得到更高的评价。艾青诗歌也不是现实主义所能概括的[①]，印象主义、象征主义与中国经验的结合也是非常突出的特点，这种风格没有得到应有的阐述与张扬。艾青的诗论是胡适以降自由体诗论的发展，也不仅仅是简单的"散文美"所能概括的。换言之，艾青还有很大的传播阐释空间，其诗歌资源并没有被充分发掘出来，即他在新诗史上的地位应该比现在更高。

　　穆旦是新诗叙述史上失踪而又回归的诗人，在新的评估体系里其位置如何呢？他在战争语境中写诗，战争在他那里刻骨铭心；"五四"诗学、革命诗学、西方诗歌资源等是他创作的主要背景。闻一多在《现代诗钞》里选了他 11 首诗歌，数量上仅次于徐志摩，袁可嘉认为他代表了新诗现代化的方向[②]；进入 1950 年代，穆旦却在读者视野里消失了，直到 1980 年代中后期，才重新进入出版阅读市场，受到空前好评，甚至被誉为 20

---

①　方长安、陈璇：《〈大堰河——我的保姆〉的"经典化"现象研究》，《学习与探索》2008 年第 4 期。

②　袁可嘉：《诗的新方向》，《新路周刊》1948 年第 1 期。

世纪中国最伟大的诗人①。从选本看，传播最广大的是《赞美》《诗八首》，这是穆旦有代表性的两首诗，一首是写苦难的中国民族、中国农人，表达对人民的爱；另一首是反思千百年来人间的爱情。前者有艾青书写北方苦难诗篇的风格，后者则是空前的。这两首诗提供了战争年代如何书写民族苦难和爱情的新思路新范型，它们的独特性使穆旦虽然传播接受时间不长，但获得了空前的声誉。当然，穆旦还有《我》《我歌颂肉体》这类对生命更深沉叩问的作品。他提供了独一无二的文本，或者说提供了一种新的诗歌创作经验，但因传播时段、受众之局限，实际的历史贡献与其本身的诗美价值之间并不匹配，在这个意义上看，现在的文学史著作对他的评价过高。历史地看，穆旦是否称得上中国现代最伟大的诗人，还得看其作品是不是促进中国诗学和审美意识现代建构的最突出者。

　　冯至是穿越一个世纪、传播频率高的诗人。他有抒情诗、叙事诗，也有哲理诗。鲁迅曾称他是"中国最为杰出的抒情诗人"②，但为何最为杰出，杰出在哪里，从传播阐释的角度看，并没有被真正指出与敞开。后来，冯至从北京到哈尔滨到欧洲，放弃抒情，走向形而上冥想，创作出《十四行集》。也许因为得到鲁迅极高的肯定，冯至的创作是自信的，他不断探索试验，不断改变诗路，但从传播影响角度看，鲁迅所高度评价的"抒情"并没有发生多大影响。十四行诗直到1990年代才受到重视，且多是从存在主义角度加以剖析，关于十四行诗之美的分析并不多，也不够深入，有些研究完全是大而空的隔靴搔痒，对现代诗学建构的贡献并不大。置身于1940年代战争语境，冯至对战争的体味显然没有艾青、穆旦深刻，他的作品对战争与人的思考、对现代性的体验相对而言不足。"五四"时的冯至是一位杰出的抒情诗人，后来的发展却与鲁迅的期待有距离。从传播与现代诗学、现代审美意识的培育和建构看，冯至的历史地位显然低于艾青和穆旦。

　　殷夫、蒋光慈、蒲风、田间、李季、臧克家、袁水拍等属于一个系列

---

① 参见张同道、戴定南的《二十世纪中国文学大师文库·诗歌卷》（海南出版社，1994），谢冕、孟繁华的《中国百年文学经典文库·诗歌卷》（海天出版社，1996），王富仁的《二十世纪中国诗歌经典》（北京师范大学出版社，2004），等等。

② 鲁迅：《中国新文学大系·小说二集·导言》，上海良友图书印刷公司，1935，第5页。

的诗人，他们关注阶级苦难、民族不幸，《别了，哥哥》《新梦》《哀中国》《茫茫夜》《烙印》《赶车传》《王贵与李香香》《马凡陀山歌》等，被多数时代的文学选本、文学史著作所关注，很少有真正缺席的时候，在传播史上的命运反映了不同时代的读者对它们的态度，这意味着它们在中国诗歌史上是有重要存在价值的。清末民初，内忧外患，古老中国受到亡国灭种威胁，民族苦难、阶级压迫使人们失去了作为人的权利和生存条件，这些诗人感同身受，写出了历史上从未有过的篇章，这是对社会生活的回应，是一种历史承担。因为历史上没有革命诗歌创作传统，没有可资借鉴的经验，这些诗人属于开拓者，从革命诗学、审美创新角度看，他们提供的诗美价值是大的，值得认真总结。关于它们的传播，一个突出特点是意识形态判断多于审美分析，现代性维度的理论透视不够，所以诗人们的探索经验未能被充分发掘出来，那些诗歌在革命诗学开拓上的贡献未能得到好好的总结，以至于今天对于它们的评价多不是真正诗学和现代审美层面的，这是值得深入研究的现象。

三　新型评估范式运用的复杂性问题

新的评估范式从传播建构史实维度估衡现代新诗，是一个尊重文本、尊重读者、尊重历史的思路，它将既有的新诗评估由诗美、理论命题还原为包含诗美解读、理性思辨在内的更为复杂的历史史实问题。所谓历史史实主要指传播接受过程中的历史性建构。然而，传播对现代文化建设、现代审美意识的培育是复杂的，所以用新的评估范式考察、评说百年新诗一定要注意问题本身的复杂性。

第一，传播程度与作用力大小不一定成正比的问题。新诗的传播不是纯粹的诗歌问题，而是社会发展范畴里的现象，百年中国政治思潮、文化变迁主题乃至经济形态都会作用于新诗的传播接受，使新诗的传播不是诗人、文本和读者所能简单决定的。"五四"启蒙主题、1930 年代至 1940年代战争语境、1950 年代至 1970 年代社会主义改造与建设话语、1970 年代后期以降思想解放主题等相当程度地规约着读者的阅读期待与审美选择，决定了不同诗人诗作是否成为阅读传播市场的佼佼者，也决定着具体诗歌文本意义敞开、生成及其对文化建设、审美意识培育建构的情况，这里面有必然性，也有偶然性，有序与无序现象客观存在。诗人、诗作与时代语境的关系非常重要，与时代精神相吻合的文本就容易走向读者，被阅读传播。但我们一定要考虑文本传播中如何发生影响的问题，考虑发生影响的各种可能性，无论是从理论上还是从历史事实看，都存在传播程度与作用力大小不成比例的现象，就是说与时代精神相吻合的作品参与文化建设和审美培育、建构的力度倒不一定大，它们不是开道者，更多的时候是衬托、印证时代主流话语，是重复表达盛行的时代主题，不是在挑战中建设并提供意义，就是说传播度大的作品，不一定建设性就大，要从具体情况出发加以辨析。同理，与时代审美风尚不吻合的作品，对于既有的文化和审美趣味可能构成挑战，但其对于现代文化、审美意识的培育和建构，从长远看，力度可能更大，如李金发的《弃妇》、穆旦的《诗八首》那类作品。就是说，我们虽然重视读者传播，但要考虑传播文本本身是否具有挑战性、建设性，不能完全以传播程度大小评判作品，而要结合情感内容、诗美特性从具体历史情况出发而进行具体的理性辨析。

第二，市场与传播数据不一定可靠的问题。我们现在能够统计的数据，主要来自文学选本、文学史著作、文学批评文章等，这里面有一个专业读者和大众读者的问题。如，选本自然是专业读者完成的，其出版数量、版次虽然是大众读者阅读信息的反映，但这里面仍有一个专家意志和大众读者关系问题，专家在选择作品时，虽然会坚持自己的审美品位，但多数时候尤其是在1990年代一般还会考虑读者市场问题，这可以说是努力将专家意志与大众读者趣味相统一。但这里也有一个迎合读者口味的问题，有些传播接受程度高的作品可能只是专业读者以市场为取向迎合大众口味的结果，而迎合的那些大众口味可能不具有现代品位或者现代意识不足，还可能是庸俗的，例如徐志摩的《别拧我，疼》进入很多选本，传播接受程度高，但其在现代文化、审美意识建设方面的意义并不大。就是说传播数据很复杂，用于评判具体诗人诗作时还存在一个可靠不可靠的问题，一定要结合诗情、诗美作具体分析。

第三，传播与现代文化、审美意识建构的阶段性使命问题。近百年新诗传播史上有一个现象，就是有些作品不是每个时期都受到读者欢迎，而是只在某一个历史时期被读者青睐，成为那一个时期读者认可的新诗名篇，例如周作人的《小河》、戴望舒的《狱中题壁》、田间的《给战斗者》等。这一现象与历史语境、读者阅读期待有关，与文本的历史适应性有关，对于它们必须结合具体时期的文化使命进行评说。中国现代文化建设、审美意识培育是有阶段性诉求特点的，如果在某一历史转型时期，在新文化传播建设过程中，某一个文本发挥了较大的促进作用，即便在别的历史时期失去了身影，我们也应该承认、肯定其特别的历史性贡献，给予其相应的评价；当然，这类作品可能不属于那种具有时空穿透性的能够沉积为经典的文本。有些作品，在现代时期未能受到读者欢迎，传播程度低甚至消失于读者视野，但在问世几十年之后被读者重新发现，并在传播中阐释其诗性价值，例如郭沫若的《凤凰涅槃》、徐志摩的《再别康桥》、穆旦的《诗八首》等属于重新回归读者视野的诗歌，在20世纪末期中国现代性重新阐发过程中，发挥了重要的历史作用，属于具有丰厚的"现代"底蕴的诗歌。这些作品，从百年历史看是经受住了检验的文本，大浪淘沙，在我们民族重新认识现代文化过程中发挥了重要的启蒙、推动作用，且有沉淀为新诗经典的可能，这类作品继续发生影响的可能性比前述一类更大，评价可以更高一些。

第四，现代文化与审美意识培育、建构之统一与分离现象。近百年里，那些被传播接受的作品，其文化品格和审美特征，以"现代"为尺度衡量，是不一样的。当然，什么是"现代"本来就是相当复杂的问题，笔者赞成不同民族国家有不同的现代性，现代性是历史进程中的具体问题，不是抽象的理论命题。中国的现代性是晚清中国社会走出传统、走向现代过程中出现的，是具体历史阶段呈现的不同于古典性的现象与特征。也就是说，中国的"现代"是一个与"古代"相对应的现象，一个随时间推移其内涵不断变化的历史性概念。所以，衡量一个诗人一首诗作是否是"现代"的，其"现代化"程度如何，最好放在具体历史语境里进行辨析。在这样的逻辑里，不难发现有些作品的文化构成和审美品格属于现代范畴，它们的传播推进了中国现代文化建设和审美意识培育；而有些作品二者之间则不一定统一，甚至处于分离状态，即内容是"现代"的，审美特征是"传统"的，或者审美意识是"现代"的，内容却是"传统"的，这些作品对于中国现代文化建设和现代审美意识启蒙的作用力亦处于分离状态，这是在具体评估时应该注意的问题。

郭沫若的《晨安》《凤凰涅槃》、徐志摩的《雪花的快乐》、戴望舒的《雨巷》、冯至的《我是一条小河》、郑敏的《树》等，或表现了对封建的憎恶、对新中国的想象，或赞美人的自由本质，或站在新的历史视野瞭望世界，或表现人的复杂性，等等，精神结构、情感形式都有别于传统诗歌作品，属于现代"人的文学"范畴；而形式构造、意象、语态也突破了传统诗歌艺术范畴，展现了现代自由体诗歌开放的品格。它们在传播过程中，参与并推进了中国现代文化建设，在新诗探索过程中成为阅读、借鉴的对象，并潜移默化地塑造着中国人的新诗艺术观念，启蒙、培育了国人新的审美意识。

作品对于文化建设和审美意识培育所起作用大小与其自身特征分不开。文化品格是否具有现代属性，相对来说容易判断，而一首作品审美形式、审美属性的判断则比较复杂。艺术形式的新旧与诗美没有关系，唐诗宋词形式是旧的，但诗本身很美，具有艺术穿透性。现代审美意识建立在现代审美形式的基础上，或者说现代艺术形式培育出现代审美意识。审美意识指的是以怎样的艺术为美的观念意识，一般而言，喜爱、欣赏现代艺术的读者就具有现代审美意识，喜爱、欣赏古典艺术就具有传统审美意识。从理论上讲，新、旧审美意识本身没有高低之分，一个人可以欣赏古典艺术，也可以欣赏现代艺术，这本身就是一种开放的现代观念。如果一个人只喜爱传统艺术，无法欣赏现代艺术，甚至排斥现代艺术，那他的审美意识就是保守的、传统的，不是现代的。我们之所以在评估作品时以现代审美意识为价值取向，是建立在社会发展、艺术演变的观念上，就是说现代人应具有开放的多元的审美意识，而不应故步自封，不应死抱住保守封闭排他的审美观念。刘大白的歌谣体《卖布谣》、闻一多的新格律诗《死水》、冯至的十四行体《十四行集》、李季的陕北民歌体《王贵与李香香》等，是传播程度高且产生了很大影响的诗歌作品，它们所表现的内容都是现代的，文化属性是现代的，但诗歌形式来自对"传统"的借鉴与改造。其对读者审美意识的培育总的来看是现代的，但其中也不乏旧的东西，不完全是现代的，或者说它们向读者传播、推广的更多的是传统的艺术形式，在一定程度上培育了读者阅读、欣赏传统艺术的趣味。这些作品推进了中国现代文化建构，但它们对读者现代审美意识培育的推动力并不大，也就是说二者在一定程度上处于分离状态。

还有一种分离情况：文化上的影响是现代的，但因为艺术表现力问题，虽然向读者展示的艺术形式是现代的，但这种形式本身在艺术上值得商榷，或者说形式上粗糙、幼稚，所以影响不是正面的。胡适是白话新诗的倡导者，虽然他一开始写新诗是为了证明白话也可以写诗，是为了推进文学革命，诗歌本身并不是目的，但他的作品还是受到绝大多数历史时期读者的关注，笔者统计 1920～2010 年出版的 218 个选本，胡适新诗作品入选最多的是《人力车夫》①，这个作品写"我"与车夫的对话，表现了"我"对人力车夫的同情，这是"五四"时期人的解放、劳工神圣主题的体现，是那个时期典型的现代性话题。艺术上以对话形式展开，让"人"现身说话，具有现代感，但过于口语化，缺乏足够的提炼，未能将口语中可能有的诗性凝练出来，艺术穿透力不够，诗性不足，该诗虽然表现了一种现代文化，向读者传达了劳工解放、平等的观念，但未能展示一种具有诗感的形式，未能使读者获得关于新诗的相应的审美观念。

艾青的《大堰河——我的保姆》抒写作为地主儿子的"我"对保姆的思念，表现了知识分子观念的转变，对广大底层人民的爱，这是典型的现代观念。该诗情感真诚、充沛，一泻千里，没有半点虚假，它的成功就在于情之真切；但也因为情感的充沛，诗人写作时任意挥洒，形式上不够精练，白话意义上可谓非常流畅，但抒情中出现大量的口语化叙事，一些句式如"在……后""你……""我……"的排比运用，丢失了汉语固有的凝练美，阅读上给人一览无余的感觉。这个作品传播很广，向读者传递的是诗歌的散文美，散文美达到极致，但这种极致也许就是问题，总让人在感动之余觉得缺少一点什么。郭沫若的《凤凰涅槃》也可作如是观。

第五，一方面要重视现代新诗在传播接受过程中所发挥的历史作用，将新诗评价问题还原为历史问题；另一方面，在考察传播接受与建构时，还需要考察文本的诗美属性，重视诗美与传播接受之间的复杂关系，重视

---

① 方长安：《中国新诗（1917～1949）接受史研究》，中国社会科学出版社，2017，第23～29 页。

诗美与阅读效果的关系。将评估还原为历史问题时，既要历史地看待诗人及其作品在历史发展过程中对于现代文化建设、现代审美意识培育所起的作用，看到具体诗人诗作的历史贡献，给予其相应的历史地位；又应意识到历史只有一百年，那些传播程度低甚至尚未进入传播通道的诗人诗作，很可能不是缺乏审美表现力，而是未找到进入传播通道的路径，在未来的阅读语境里，它们还可能进入阅读市场，获得更多读者的阅读，其文化意义、审美价值还可能被打开、被阐释，并生成新义。就是说，一百年历史太短，还没有被传播接受的诗人诗作，并不意味着就没有价值，在更长远的未来他们可能被重新发现，实现自己的价值。

　　传播接受是历史问题，但影响历史进程的因素里由文本固有的结构形式、情感空间、表意方式等所体现出的诗美至关重要，所以，从传播建构维度评估新诗，不是排斥诗美评价，而是将它放在传播接受通道里考量，从传播建设的有效性、历史作用层面谈论诗美问题，在传播如何发生、发生作用大小、审美意识建构层面上思考诗美问题，就是将文本诗美的认知、确认看成一个历史发展问题，而不是静态不变的问题，所以在这种评价范式里不是不考虑诗美，而是换了一种角度，从效果反过来思考文本的诗美现象，这也是对读者的尊重，对历史的尊重，将诗美理解成一个流动的现象，更符合诗美的本质。

主要参考文献

1. 〔德〕H. R. 姚斯、〔美〕R. C. 霍拉勃：《接受美学与接受理论》，周宁、金元浦译，辽宁人民出版社，1987。

2. 〔德〕伊瑟尔（Iser, Wolfgang）：《阅读活动：审美反应理论》，中国社会科学出版社，1991。

3. 〔德〕瑙曼等：《作品、文学史与读者》，文化艺术出版社，1997。

4. 〔法〕雅克·德里达：《文学行动》，赵兴国等译，中国社会科学出版社，1998。

5. 〔法〕米歇尔·福柯：《知识考古学》，谢强、马月译，生活·读书·新知三联书店，1998。

6. 〔法〕安托瓦纳·贡巴尼翁：《反现代派》，郭宏安译，生活·读书·新知三联书店，2009。

7. 〔美〕詹姆斯·W. 凯瑞（James W. Carey）：《作为文化的传播："媒介与社会"论文集》（修订版），丁未译，中国人民大学出版社，2019。

8. 〔美〕斯坦利·费什：《读者反应批评：理论与实践》，中国社会科学出版社，1998。

9. 〔美〕杜维明：《儒家思想新论——创造性转换的自我》，江苏人民出版社，1996。

10. 〔美〕哈罗德·布鲁姆：《影响的焦虑》，徐文博译，生活·读书·新知三联书店，1989。

11. 〔美〕吉尔伯特·罗兹曼主编《中国的现代化》，江苏人民出版社，1995。

12. 〔美〕奚密：《现代汉诗》，上海三联书店，2008。

13. 胡适：《尝试集》，上海亚东图书馆，1920。

14. 新诗社编辑部：《新诗集》，上海新诗社出版部，1920。

15. 许德邻：《分类白话诗选》，上海崇文书局，1920。

16. 郭沫若：《女神》，上海泰东图书局，1921。

17. 北社：《新诗年选（1919 年）》，上海亚东图书馆，1922。

18. 新诗编辑社：《新诗三百首》，上海新华书局，1922。

19. 陆志韦：《渡河》，亚东图书馆，1923。

20. 刘大白：《旧梦》，商务印书馆，1924。

21. 丁丁、曹锡松：《恋歌（中国近代恋歌集）》，上海泰东图书局，1926。

22. 秋雪：《小诗选》，上海文艺小丛书社，1930。

23. 陈梦家：《新月诗选》，上海新月书店，1931。

24. 沈仲文：《现代诗杰作选》，上海青年书店，1932。

25. 朱剑芒、陈霭麓：《抒情诗（汇编）》，上海世界书局，1933。

26. 朱剑芒、陈霭麓：《写景诗（汇编）》，上海世界书局，1933。

27. 薛时进：《现代中国诗歌选》，上海亚细亚书局，1933。

28. 刘半农：《初期白话诗稿》，北平星云堂书店，1933。

29. 苏渊雷：《诗词精选》，世界书局，1934。

30. 赵景深：《现代诗选》，北新书局，1934。

31. 张立英：《女作家诗歌选》，上海开华书局，1934。

32. 赵景深：《现代诗选（中学国语补充读本之一）》，上海北新书局，1934。

33. 王梅痕：《中华现代文学选》（第二册·诗歌），中华书局，1935。

34. 王梅痕：《注释现代诗歌选》（初中学生文库），中华书局，1935。

35. 林琅：《现代创作新诗选》，上海中央书店，1936。

36. 钱公侠、施瑛：《诗》，上海启明书局，1936。

37. 笑我：《现代新诗选》，上海仿古书店，1936。

38. 俊生：《现代女作家诗歌选》，上海仿古书店，1936。

39. 沈毅勋：《新诗》，新潮社，1938。

40. 金重子：《抗战诗选》，汉口战时文化出版社，1938。

41. 王者：《诗歌选》，沈阳文艺书局，1939。

42. 闲云：《新诗选辑》，海萍书店出版部，1941。

43. 赵晓风：《古城的春天》，沈阳秋江书店，1941。

44. 孙望、常任侠：《现代中国诗选》，重庆南方印书馆，1943。

45. 孙望：《战前中国新诗选》，成都绿洲出版社，1944。

46. 闻一多：《现代诗钞》，《闻一多全集》（第4卷），开明书店，1948。

47. 臧克家：《中国新诗选（1919~1949)》，中国青年出版社，1956。

48. 北京大学中文系等：《新诗选》，上海教育出版社，1979。

49. 绿原、牛汉：《白色花》，人民文学出版社，1981。

50. 穆旦等：《九叶集》，江苏人民出版社，1981。

51. 穆旦：《穆旦诗选》，人民文学出版社，1986。

52. 谢冕、杨匡汉：《中国新诗萃》，人民文学出版社，1988。

53. 蓝棣之：《新月派诗选》，人民文学出版社，1989。

54. 蓝棣之：《九叶派诗选》，人民文学出版社，1992。

55. 张同道、戴定南：《二十世纪大师文库·诗歌卷》，海南出版社，1994。

56. 李方：《穆旦诗全集》，中国文学出版社，1996。

57. 谢冕、孟繁华：《中国百年文学经典文库·诗歌卷》，海天出版社，1996。

58. 缪俊杰：《共和国文学作品经典丛书·诗歌卷》，花山文艺出版社，1995。

59. 谢冕、钱理群：《百年中国文学经典》，北京大学出版社，1996。

60. 陈思和、李平：《二十世纪中国文学精品：现代文学100篇》，学林出版社，1999。

61. 雷达、韩作荣：《中国当代名家诗歌经典》，云南人民出版社，2000。

62. 《诗刊》编辑部：《中华诗歌百年精华》，人民文学出版社，2002。

63. 谢冕：《百年百篇文学精选读本·诗歌卷》，天津教育出版社，2002。

64. 龙泉明：《中国新诗名作导读》，长江文艺出版社，2003。

65. 杨晓民：《百年百首经典诗歌》，长江文艺出版社，2003。

66. 王富仁：《二十世纪中国诗歌经典》，北京师范大学出版社，2004。

67. 伊沙：《现代诗经》，漓江出版社，2004。

68. 朱栋霖：《中国现代文学经典（1917～2000）》，北京大学出版社，2007。

69. 谢冕：《中国百年诗歌选》，山东文艺出版社，1997。

70. 牛汉、谢冕：《新诗三百首》，中国青年出版社，2000。

71. 张新颖：《中国新诗1916～2000》，复旦大学出版社，2001。

72. 《穆旦诗文集》，人民文学出版社，2006。

73. 谢冕总主编《中国新诗总系》（全10卷），人民文学出版社，2010。

74. 洪子诚、程光炜主编《中国新诗百年大典》（全30卷），长江文艺出版社，2013。

75. 洪子诚、奚密主编《百年新诗选》，生活·读书·新知三联书店，2015。

76. 孙玉石：《中国现代诗导读（1917～1937）》，北京大学出版社，2008。

77. 《郭沫若全集》，人民文学出版社，1989。

78. 《闻一多全集》，湖北人民出版社，1993

79. 《宗白华全集》，安徽教育出版社，2008。

80. 《徐志摩全集》，中央编译出版社，2013。

81. 《冯至全集》，河北教育出版社，1999。

82 《臧克家全集》，时代文艺出版社，2002。

83. 《中国新文学大系（1917～1927）·诗集》，上海良友图书印刷公司，1935。

84. 《中国新文学大系（1917～1927）·建设理论集》，上海良友图书印刷公司，1935。

85. 《中国新文学大系（1917～1927）·史料索引集》，上海良友图书印刷公司，1936。

86. 《中国新文学大系·导论集》，上海书店出版社，1940。

87. 《中国新文学大系（1927～1937）第十四集·诗集》，上海文艺出版社，1985。

88. 《中国新文学大系（1927～1937）第一集·文学理论集一》，上海文艺出版社，1987。

89. 《中国新文学大系（1927～1937）第二集·文学理论集二》，上海文艺出版社，1987。

90. 《中国新文学大系（1927～1937）第十九集·史料索引一》，上海文艺出版社，1989。

91. 《中国新文学大系（1927～1937）第二十集·史料索引二》，上海文艺出版社，1989。

92. 《中国新文学大系（1937～1949）第一集·文学理论卷一》，上海文艺出版社，1990。

93. 《中国新文学大系（1937～1949）第二集·文学理论卷二》，上海文艺出版社，1990。

94. 《中国新文学大系（1937～1949）第十四集·诗卷》，上海文艺出版社，1990。

95. 《中国新文学大系（1937～1949）第二十集·史料索引》，上海文艺出版社，1994。

96. 谢冕、孙玉石、洪子诚等：《百年中国新诗史略〈中国新诗总系〉导言集》，北京大学出版社，2010。

97. 陈绍伟编《中国新诗集序跋选（1918～1949）》，湖南文艺出版社，1986。

98. 刘增人编《臧克家序跋选》，青岛出版社，1989。

99. 贾植芳等编《文学研究会资料》（上、下），知识产权出版社，2010。

100. 吴宏聪等编《创造社资料》，福建人民出版社，1985。

101. 王训昭、卢正言、邵华等编《郭沫若研究资料》（上、中、下），知识产权出版社，2010。

102. 陈金淦：《胡适研究资料》，知识产权出版社，2010。

103. 萧斌如编《刘大白研究资料》，知识产权出版社，2010。

104. 鲍晶编《刘半农研究资料》，知识产权出版社，2011。

105. 邵华强编《徐志摩研究资料》，知识产权出版社，2011。

106. 海涛、金汉：《艾青专集》，江苏人民出版社，1982。

107. 冯光廉、刘增人编《臧克家研究资料》（上、下），知识产权出版社，2010。

108. 李怡、易彬编《穆旦研究资料》（上、下），知识产权出版社，2013。

109. 刘福春：《中国新诗编年史》（上、下），人民文学出版社，2013。

110. 刘福春编《中国新诗书刊总目》，作家出版社，2006。

111. 林传甲：《中国文学史》，武林谋新室，1910。

112. 曾毅：《中国文学史》，上海泰东图书局，1915。

113. 凌独见：《新著国语文学史》，商务印书馆，1923。

114. 胡怀琛：《中国文学史略》，梁溪图书馆，1924。

115. 胡适：《五十年来中国之文学》，申报馆1924年单行本。

116. 胡毓寰：《中国文学源流》，商务印书馆，1924。

117. 李振镛：《中国文学沿革概论》，上海大东书局，1924。

118. 谭正璧：《中国文学史大纲》，光明书局，1925。

119. 顾实：《中国文学史大纲》，商务印书馆，1926。

120. 鲁迅：《中国文学史略》，厦门大学油印讲义，1926。

121. 胡适：《国语文学史》，北京文化学社，1927。

122. 胡适：《白话文学史》（上卷），新月书店，1928。

123. 胡云翼：《中国文学概论》上编，上海启智书局，1928。

124. 赵景深：《中国文学小史》，光华书局，1928。

125. 赵祖抃：《中国文学沿革一瞥》，光华书局，1928。

126. 周群玉：《白话文学史大纲》，上海群学社，1928。

127. 陈子展：《中国近代文学之变迁》，中华书局，1929。

128. 谭正璧：《中国文学进化史》，光明书局，1929。

129. 陈子展：《最近三十年中国文学史》，上海太平洋书店，1930。

130. 郑振铎：《中国文学史》，商务印书馆，1930。

131. 贺凯：《中国文学史纲要》，北平文化学社，1931。

132. 胡怀琛：《中国文学史概要》，商务印书馆，1931。

133. 胡行之：《中国文学史讲话》，光华书局，1932。

134. 刘麟生：《中国文学史》，上海世界书局，1932。

135. 陆侃如、冯沅君：《中国文学史简编》，大江书铺，1932。

136. 陆永恒：《中国新文学概论》，克文印务局，1932。

137. 苏雪林：《新文学研究讲义》，国立武汉大学印（武汉大学图书馆存本），1932。

138. 周作人：《中国新文学的源流》，北平人文书店，1932。

139. 郑振铎：《插图本中国文学史》，北平朴社，1932。

140. 陈子展：《中国文学史讲话》上中下三册，上海北新书局，上册，1933，中册，1933，下册，1937。

141. 刘大白：《中国文学史》，大江书铺，1933。

142. 王哲甫：《中国新文学运动史》，北平杰成印书局，1933。

143. 郭绍虞：《中国文学批评史》，商务印书馆，1934。

144. 张若英编《中国新文学运动史资料》，光明书局，1934。

145. 郑作民：《中国文学史纲要》，上海合众书店，1934。

146. 张振镛：《中国文学史分论》，商务印书馆，1934。

147. 容肇祖：《中国文学史大纲》，朴社，1935。

148. 张长弓：《中国文学史新编》，开明书店，1935。

149. 谭正璧：《新编中国文学史》，光明书局，1935。

150. 赵景深：《中国文学史新编》，北新书局，1936。

151. 霍衣仙、王颂三：《中国文学史》，广州商务印书馆，1936。

152. 吴文琪：《新文学概要》，中国文化服务社，1936。

153. 青木正儿：《中国文学思想史纲》，商务印书馆，1936。

154. 陈介白：《中国文学史》，北京书店，1937。

155. 李何林：《近二十年中国文艺思潮论》，生活书店，1939。

156. 李一鸣：《中国新文学史讲话》，世界书局，1943。

157. 任访秋：《中国现代文学史》（上），河南先锋报社，1944。

158. 宋云彬：《中国文学史简编》，香港文化供应社，1947。

159. 胡云翼：《新著中国文学史》，上海北新书局，1947。

160. 林庚：《中国文学史》，厦门大学出版社，1947。

161. 草川未雨：《中国新诗坛的昨日今日和明日》，北平海音书局，1929。

162. 王瑶：《中国新文学史稿》（上），开明书店，1951。

163. 王瑶：《中国新文学史稿》（下），新文艺出版社，1953。

164. 张毕来：《新文学史纲》，作家出版社，1955。

165. 丁易：《中国现代文学史略》，作家出版社，1956。

166. 刘绶松：《中国新文学史初稿》，作家出版社，1956。

167. 复旦大学中文系：《中国现代文学史》，上海文艺出版社，1959。

168. 中国人民大学语言文学系：《中国现代文学史讲义》，1961 年校内使用版。

169. 中山大学中文系：《中国现代文学史》（1919～1927），中山大学，1961。

170. 田仲济、孙昌熙：《中国现代文学史》，山东人民出版社，1979。

171. 唐弢：《中国现代文学史》，人民文学出版社，1979。

172. 陆耀东：《中国新诗史（1916～1949)》，长江文艺出版社，第一卷，2005，第二卷，2009，第三卷，2015。

173. 孙玉石：《中国现代主义诗潮史论》，北京大学出版社，1999。

174. 龙泉明：《中国新诗流变论》，人民文学出版社，1999。

175. 王毅：《中国现代主义诗歌史论：1925～1949》，西南师范大学出版社，1998。

176. 罗振亚：《中国现代主义诗歌史论》，社会科学文献出版社，2002。

177. 王光明：《现代汉诗的百年演变》，河北人民出版社，2003。

178. 郭沫若、田寿昌、宗白华：《三叶集》，上海亚东图书馆，1920。

179. 谢楚桢编著《白话诗研究集》，北京大学出版部，1921。

180. 梁实秋、闻一多：《冬夜草儿评论》，清华文学社，1922。

181. 胡怀琛：《新诗概说》，商务印书馆，1923。

182. 胡怀琛：《小诗研究》，商务印书馆，1924。

183. 梁宗岱：《诗与真》，商务印书馆，1935。

184. 梁宗岱：《诗与真二集》，商务印书馆，1936。

185. 曹葆华辑译《现代诗论》，商务印书馆，1937。

186. 艾青：《诗论》，三户图书社，1941。

187. 李广田：《诗的艺术》，开明书店，1943。

188. 废名：《谈新诗》，新民印书馆，1944。

189. 朱自清：《新诗杂话》，上海作家书屋，1947。

190. 唐湜:《意度集》,平原社,1950。

191. 何其芳:《诗歌欣赏》,人民文学出版社,1962。

192. 袁可嘉:《论新诗现代化》,生活·读书·新知三联书店,1988。

193. 何其芳、李广田、卞之琳:《汉园集》,上海商务印书馆,1936。

194. 卞之琳:《人与诗:忆旧说新》,生活·读书·新知三联书店,1984。

195. 陆耀东:《二十年代中国各流派诗人论》,中国社会科学出版社,1985。

196. 孙玉石:《中国初期象征派诗歌研究》,北京大学出版社,1985。

197. 於可训:《新诗体艺术论》,武汉大学出版社,1995。

198. 吴思敬:《心理诗学》,首都师范大学出版社,1996。

199. 谢冕:《新世纪的太阳:20世纪中国诗潮》,时代文艺出版社,1993。

200. 蒋寅:《古典诗学的现代阐释》,中华书局,2003。

201. 陈良运:《中国诗学体系论》,中国社会科学出版社,1992。

202. 洪子诚、刘登翰:《中国当代新诗史》,人民文学出版社,1994。

203. 洪子诚:《问题与方法》,生活·读书·新知三联书店,2002。

204. 骆寒超:《论新诗的本体规范与秩序建设》,中国文史出版社,2007。

205. 吴秀明:《重返文学的"历史现场"——吴秀明学术论文自选集》,浙江大学出版社,2018。

206. 张勇选编《创造社研究学术论文精选集》,山东人民出版社,2017。

207. 王家新编选《新诗"精魂"的追寻:穆旦研究新探》,东方出版中心,2018。

208. 戴燕:《文学史的权力》,北京大学出版社,2002。

209. 姜涛:《"新诗集"与中国新诗的发生》,北京大学出版社,2005。

210. 陈国恩等:《跨文化的传播与接受》,人民文学出版社,2010。

211. 方长安:《中国新诗(1917~1949)接受史研究》,中国社会科学出版社,2017。

212. 方长安:《新诗传播与构建》,中国社会科学出版社,2012。

213. 叶维廉:《中国诗学》,生活·读书·新知三联书店,1992。

214. 杨匡汉、刘福春编《中国现代诗论·上编》,花城出版社,1985。

215. 杨匡汉、刘福春编《中国现代诗论·下编》，花城出版社，1986。

216. 刘福春、徐丽松：《中国现代文学总书目·诗歌卷》，知识产权出版社，2010。

217. 吴晓东：《象征主义与中国现代文学》，安徽教育出版社，2000。

218. 伊沙：《现代诗论》，青海人民出版社，2015。

219. 朱自清：《中国新文学研究纲要》，《文艺论丛》第 14 辑，上海文艺出版社，1982。

220. 陈西滢：《西滢闲话》，中国文联出版公司，1993。

221. 周东元：《中国外文局五十年回忆录》，北京新星出版社，1999。

222. 杨宪益：《杨宪益自传》，薛鸿时译，人民日报出版社，2010。

223. 茅盾：《徐志摩论》，《现代》1933 年 2 月第 2 卷第 4 期。

224. 胡适：《追悼志摩》，《新月》月刊 1932 年 1 月第 4 卷第 1 期。

225. 朱自清：《中国新文学大系·诗集·导言》，上海良友图书印刷公司，1935。

226. 金克木（柯可）：《中国新诗的新途径》，《新诗》1937 年 1 月 10 日。

227. 艾青：《诗的散文美》，《广西日报》1939 年 4 月 29 日。

228. 袁可嘉：《新诗戏剧化》，《诗创造》1948 年 6 月。

229. 艾青：《中国新诗六十年》，《文艺研究》1980 年第 5 期。

230. 王光明：《中国新诗的本体反思》，《中国社会科学》1998 年第 4 期。

231. 於可训：《在经典与现代之间——论近期小说创作中的现实主义》，《江汉论坛》1998 年第 7 期。

232. 陈子善：《徐志摩墨迹的刊布》，《新文学史料》2018 年第 2 期。

233. 姜涛：《"选本"之中的读者眼光》，《江汉大学学报》（人文科学版）2005 年第 3 期。

234. 李浴洋：《中国现代文学研究的道路、方法与精神——钱理群教授、温儒敏教授、吴福辉研究员访谈录》，《文艺研究》2017 年第 10 期。

235. 刘勇：《中国现代文学的历史性、当代性与经典性》，《当代文坛》2019 年第 2 期。

236. 李继凯：《从文化策略视角看"大现代中国文学"》，《文艺争鸣》2019 年第 4 期。

237. 罗振亚：《百年新诗经典及其焦虑》，《文艺争鸣》2017 年第 8 期。

238. 黄曼君：《中国现代文学经典的诞生与延传》，《中国社会科学》2004 年第 3 期。

239. 黄子平、陈平原、钱理群：《论"二十世纪中国文学"》，《文学评论》1985 年第 5 期。

240. 吕进：《文化转型与中国新诗》，《西南师范大学学报》（哲学社会科学版）1997 年第 3 期。

241. 丁帆：《论近二十年文学与文学史断代之关系》，《复旦学报》2001 年第 2 期。

242. 张福贵：《经典文学史的书写与文学史观的反思——以严家炎〈二十世纪中国文学史〉为中心》，《文艺研究》2012 年第 8 期。

243. 王本朝：《中国现代文学的生产体制问题》，《文学评论》2004 年第 2 期。

244. 李怡：《中国现代新诗的进程》，《文学评论》1990 年第 1 期。

245. 陈思和：《新文学史研究中的整体观》，《复旦学报》1985 年第 3 期。

246. 程光炜：《二十世纪八十年代的"现代派文学"》，《文艺研究》2006 年第 7 期。

247. 谭桂林：《论中国现代文学的漂泊母题》，《中国社会科学》1998 年第 2 期。

248. 高旭东：《论现代中国文学中的清华传统》，《文艺研究》2011 年第 1 期。

249. 郜元宝：《从文学批评诸概念内含的冲突看批评的价值取向》，《文艺理论研究》1991 年第 4 期。

250. 张新颖：《"不纯"的诗》，《当代作家评论》2002 年第 2 期。

251. 高玉：《文学史作为中国文学教育基本模式之检讨》，《文学评论》2017 年第 4 期。

252. 吴俊：《关于民族主义和世界华文文学的若干思考》，《文艺研究》2015 年第 2 期。

253. 王彬彬：《中国现代大学与中国现代文学的相互哺育》，《中国现代文学论丛》2010 年第 2 期。

254. 陈希：《1925 年之前中国新诗对象征主义的接受》，《中山大学学报》（社会科学版）2006 年第 6 期。

255. 王珂：《新时代诗歌疗法的原理、方法、目标与职责研究》，《河南社会科学》2018 年第 11 期。

256. 吴晓东：《中国现代派诗歌的幻象性诗学与拟喻性语言》，《文艺研究》2016 年第 1 期，第 257 页。

257. 姜涛：《"起点"的驳议：新诗史上的〈尝试集〉与〈女神〉》，《文学评论》2003 年第 6 期。

后 记

　　这本小书是从传播接受维度研究百年新诗经典化问题。经典化不是纯粹的理论命题，而是一种历史文化现象，那些被称为"经典"的诗作是经由读者传播接受而塑造、建构出来的，传播接受的过程就是经典化过程。作品进入某种传播接受通道，就开始了经典化进程，那些被不同时代的读者广泛欣赏的作品，在传播对话中，文化意蕴、诗美品格被发掘、传扬，诗性空间不断扩展，经典性不断生成、巩固，在文明发展、审美意识建构过程中发挥了重要作用，遂化为"经典"；更多的作品其传播年代有限，未能得到更广大的读者欣赏、认可，遂被淘汰。经典、经典化是不同的概念。经典化是塑造经典的行为，是向未来延展、开放的历史过程，但并不必然化出传世的经典。

　　叩问新诗经典，就得考察、还原其化为"经典"的历史过程，这是一个建立在大量历史史实基础上的还原研究，枯燥但也有趣。在这里，特别要感谢我的硕士生、博士生邬非非、郑艳明、陈柏彤、高爽、李沛霖、曾翔、扈琛等同学在资料搜集上所提供的帮助。本书第三章第二节"'十七年'英文版《中国文学》诗歌选译论"与陈澜合作完成；第六章第一节"现代'无韵诗'入史考论"与郑艳明合作完成，第二节"1980年代现代文学史重写与新诗经典化"与陈柏彤合作完成，在此向她们致谢。

　　本书是我主持的国家社科基金重大项目"中国新诗传播接受文献集成、研究及数据库建设（1917—1949）"（16ZDA186）的阶段性成果，感谢在项目研究过程中提供过无私帮助的前辈先生和同辈师友。

　　本书的出版，得到了武汉大学文学院经费支持，感谢学院领导和老师们！

228

感谢长期默默支持我读书问学的家人！

感谢责任编辑刘娟老师，她为此书出版付出了热情和智力！

2019 年 6 月 7 日星期五

图书在版编目（CIP）数据

中国新诗传播接受与经典化研究/方长安著．－－北
京，社会科学文献出版社，2020.2
　　（中国新诗传播接受文献研究丛书）
　　ISBN 978 - 7 - 5201 - 5540 - 3

　　Ⅰ．①中…　Ⅱ．①方…　Ⅲ．①新诗 - 诗歌研究 - 中国
Ⅳ．①I207.25
　　中国版本图书馆 CIP 数据核字（2019）第 205261 号

·中国新诗传播接受文献研究丛书·
中国新诗传播接受与经典化研究

著　　者／方长安

出 版 人／谢寿光
责任编辑／刘　娟
文稿编辑／王文娟　周　宇

出　　版／社会科学文献出版社（010）59366527
　　　　　　地址：北京市北三环中路甲 29 号院华龙大厦　邮编：100029
　　　　　　网址：www.ssap.com.cn
发　　行／市场营销中心（010）59367081　59367083
印　　装／三河市尚艺印装有限公司

规　　格／开　本：787mm × 1092mm　1/16
　　　　　　印　张：14.75　字　数：235 千字
版　　次／2020 年 2 月第 1 版　2020 年 2 月第 1 次印刷
书　　号／ISBN 978 - 7 - 5201 - 5540 - 3
定　　价／89.00 元